風景線上那一抹鮮亮的紅

韓秀　著

自序

獲獎理由

韓秀

二〇二〇年十一月一日，週日，寒風蕭瑟，樹葉即將落盡。我寫完這一天要寫的段落來到後園將這一年最後的鮮花剪下來插瓶，大捧的桔梗便用輕柔的淡紫色、冰藍色妝點了前廳。然後，走出前門，用小掃把清掃簷下懸吊著的暗綠色的「小燈籠」，帝王蝶的蛹。

鄰家的五歲小女孩瑪芮帶著小狗貝貝正站在人行道旁我家郵箱下那一叢普羅旺斯薰衣草前。她喜歡用手輕撫這香草，不但放到鼻子下面聞個不停，還伸手讓貝貝聞香，狗兒搖搖尾巴，並不領情。

瑪芮常來，曾經親眼看著帝王蝶在花叢中飛舞，在乳草馬利筋上產卵；卵變成幼蟲，拚命加餐，將乳草青翠的葉子吃得乾乾淨淨；然後，這些毛毛蟲就沿著植株、牆壁爬上我家門廊，僅憑著一根細絲懸吊在簷下。瑪芮常常驚恐地指給我看，說是蟲兒要掉下來了，怎麼幫牠們一把才好。我總是安慰她，帝王蝶絕頂聰明，牠們能夠克服任何艱難險阻。果真，成排的小燈籠順利地懸掛起來了。兩週之後，從那小燈籠裡面成功脫身出來的帝王蝶只有一位。我和瑪芮親眼看著牠從比牠小得多的蛹裡掙扎出來，舒展一下身體，然後就振翅飛走了，飛向三千英里之外的墨西哥。瑪芮淚眼模糊地問我：「牠什麼時候回來？」我跟她說，只要我門前的乳草健康茁壯，帝王蝶就會回來，只不過，不是現在飛走的這一位，而是牠的孫兒們。瑪芮的眼淚流下來了，她跟我說：「帝王蝶是世界上最漂亮、最勇敢的物種。」何止如此，大自然以怎樣柔韌、堅定的力量造就了這麼偉大的物種。

這一天，瑪芮親眼看著我把那些已經乾癟的小燈籠收拾乾淨，沒有掉淚，只是很嚴肅地跟我點頭問好，帶著貝貝回家去了。我知道，帝王蝶的壯麗行程感動了這女孩，她在這幾個月裡長大了。

回到房裡，電話鈴響，老友的聲音：「下午一點鐘，你方便嗎？要送個東西給你。」非常時期，友人送東西不是放在門外就是塞在郵箱裡，哪裡還需要打電話約時間？除非是善本書。老友不但是政治家、經濟學家也是藏書家，難不成機緣湊巧遇到了珍本書要跟我分享？於是喜孜孜答應了老友，回書房查核資料，準備第二天的寫作，完全忘記了老友在白宮任職這回事。

準時，門鈴響，手裡提著白宮的大紙袋，眼睛裡滿是疲憊的老友到。原來，疫情煎逼、選情緊張，日理萬機的白宮主人卻還掛念著默默耕耘的文化人，要頒個獎給我。週日，老友為了這件事竟然親自開車來。似乎讀懂了我的心思，未等我開口，老友已經摘下口罩：「你哪裡有什麼週日？還不是一年三百六十五天天天『上班』。」這倒是實話。

沒有隔著六英尺遠的距離，老友從紙袋裡取出已經裝裱好的大獎狀送到我手裡，打開手機讓我看到總統為獎項簽名的照片，把一枚沉甸甸的金質獎章掛到我胸前，拍照存檔。最後是一頂白宮的棒球帽，充分展現白宮主人的幽默感。我從來沒有過這麼一頂舒適、漂亮的帽子，忍不住笑了起來。老友也笑了。

正事辦完，我問：「我可不可以請你喝杯茶？」老友搓搓手：「太好了。」半年多來，這可是第一次，有人走進家門，不僅摘掉了口罩而且樂意坐下來喝杯茶。

捧著熱騰騰、香噴噴的天仁蔘茶，我們坐在書房外的陽光屋，遠離了殘酷的政治，遠離了艱難的經濟，我們談文學、談文藝復興，從義大利談到西班牙談到克里特談到德意志。看著方桌上有關杜勒的一大堆書，老友問：「下一個不眠不休的旅程？」我脫口而出：「不計生死，就像帝王蝶。」老友點點頭：「國家與社會對你這樣的人表達禮敬是應當的。」告別時，精神已經大好，疲憊已經一掃而空，老友又說：「文藝復興當然非常重要，也絕對值得你全力以赴；不過，你有多久沒有出版散文集了？你的散文很好看的，海闊天空驚喜連連，就像跳躍著的光焰。人需要光焰照亮內心，順便照亮腳下的路。」可不是，我的出版雖然從未間斷，卻真的有足足十二年沒有出版散文集了，那種飄逸不定自說自話的肺腑之言，我心裡想。老友點點頭說：「我等著看。」

幾天以後，地方報紙記者來電：「恭喜獲得總統獎，請問獲獎理由是？」獲獎需要理由嗎？我一時怔住。對方說：「寫一條消息，獲獎理由是需要的。」

我同老友的相知相惜自然是不方便暴露的，於是只好顧左右而言他，不了了之。

夜深人靜，捫心自問，支撐著自己耕耘文字三十八年的動力究竟來自何處？說到底，是對世間美好的無比珍惜。神說，要有光。我心底裡的光焰便是對人性至美的無懈追求。我相信，口罩、六英尺間隔、鎖國、封城都不是最終戰勝邪魔的利器。歐洲文藝復興的輝煌粉碎了瘟疫、戰爭帶來的漫長暗夜，給我們留下了豐沛的文化遺產。我們能不能像帝王蝶那樣不畏任何艱難困苦，將吉光片羽留在世上呢？念及此，豪氣頓生。

將五十幾篇文字挪到電郵窗口，按傳送鍵。我知道，臺北無所不能的編者定能將其化作一本美麗之書。這本書大概也就可以成為「獲獎理由」的最佳詮釋。

二〇二〇年十一月二十一日寫於美國北維州維也納小鎮

Contents

輯二

輯三

輯一

當美學教育成為唯一的目的

金秋十月，大家都往新英格蘭方向去賞楓，我卻決定要往南走，不是十哩八哩的路程而是整整一千英里的距離。那地方在哪裡？朋友問我。在佛羅里達，東邊還是西邊？東邊，靠近奧蘭多。那個鳥兒不下蛋的地方，除了迪士尼遊樂園之外還有什麼？朋友嗤之以鼻。那地方最近來了大量的紐約客，咦，你不是也要在那裡買房子吧？朋友露出高深莫測的表情，盯著我不放。

噢，當然不是。我只不過要向一對夫婦表達我的敬意而已。他們姓McKean，在奧蘭多北邊的Winter Park建造了一家博物館，真正承擔起美學教育的重責大任。朋友支吾說，從來沒有聽說過。

雖然是資訊氾濫的二十一世紀，少為人知的人間至美依然多著呢。

十九世紀中葉，十七歲的少年Charles Hosmer Morse進入一家機械製造公司，年薪五十枚銀質美元，七年之後，二十四歲的莫爾斯進入公司高層。之後，他有膽有識地買下公司，並且逐步成為十九世紀最有影響力的機械製造業鉅子，富甲一方。巨大的財力使得熱愛藝術的莫爾斯成為美國藝術的大收藏家。他不喜終日喧騰的芝加哥，雖然他在那裡揚名立萬，他卻珍愛佛羅里達的氣候宜人，尤其喜歡冬之苑的靜好。於是，他在那裡廣為置產，並且在那裡退休。

莫爾斯夫婦育有一個女兒，女兒熱愛藝術，婚後也生了一個女兒，名字叫做Jeannette Genius Morse。乖巧的小婕涅特是外祖父的掌上明珠。外祖父與母親的大量藝術藏品使她在幼年時期已經等於是生活在博物館裡，而她對第凡尼玻璃的認識更是與生俱來，因為家裡的長窗、桌上的花瓶與檯燈正是第凡尼的作品。幼年時代與外祖父在冬之苑的生活也奠定了她日後為此地奉獻一生的感情依據。外祖父在她十二歲的時候故去了，母親在她十九歲的時候也故去了，那時候，正在求學的婕涅特已經是一位卓有成就的藝術家，她離開了人去樓空的芝加哥大宅，轉向冬之苑，她在那裡的Rollins College求學，並且從一九四二年到一九七五年在校董會裡為這所大學服務了三十三年，為大學提供了豐沛的資金，從美國名校延聘知名學者、作家來到羅琳斯學院執教，成為大學最可靠的支持者。

婕涅特與羅琳斯學院藝術系教授Hugh Ferguson McKean的結識也是緣於外祖父藝術藏品的收藏與展示方面的技術性問題。沒想到，兩人一見鍾情，結為連理，攜手為美學教育的推廣努力。兩袖清風的教授修在婚後更擔任了羅琳斯學院的校長長達十八年之久。權勢與財富沒有改變這位學者的人生態度，他只是更加努力地將人文的藝術的創意付諸實施而已，最偉大的建樹自然是 The Charles Hosmer Morse Museum of American Art 在冬之苑的建立以及第凡尼藝術品的搶救工程。

一九五七年，位於紐約長島的第凡尼故居拉瑞爾頓莊園遭到大火。那時候，整個莊園已經賣出且被閒置，完全無人居住。空屋遭到祝融之災成為廢墟。第凡尼基金會沒有財力買回更沒有財力修復，第凡尼的女兒給修寫信，希望馬崁夫婦「也許有興趣買一扇窗戶」。因為兩年之前，正是由於馬崁夫婦的大力促成，第凡尼藝術品在羅琳斯藝廊得以盛大展出。我們可以想像，當修與婕涅特抵達長島，站立在殘窗與斷壁之間面對那一片焦黑的時候，他們是怎樣地震驚與心痛。

馬崁夫婦當下做出了決定，他們將買下這全部的廢墟，搶救所有的殘片，盡一切可能修復之。這個決定使得這對夫婦在美國藝術史上留下了永遠的輝煌。這對默默付出的夫婦所付出的不止是無法計量的金錢，更是他們的生命與心血。全部的修復工作在半個世紀之後的一九九九年才完成，那時候，婕涅特已經辭世十年，而修也故去五年了！每念及此，我總是忍不住熱淚盈眶。

現在，我走進了莫爾斯博物館，面對著一扇樸實無華的木頭大門，上面有一個浮雕十字，在這扇門的後面就是曾經曇花一現然後「消失」了整整一個世紀的第凡尼重要作品，第凡尼禮拜堂（Tiffany Chapel）。今天的人們不知世界上有這件珍品的不知凡幾。從拉瑞爾頓莊園移來的這扇木門是鑲嵌在影壁上的，繞過影壁，我們面對的是歷史的、藝術的、文化的整體結晶。禮拜堂以莊嚴、浪漫、輝煌烘托出的質樸懾人心魄。四層半圓形穹頂十二根廊柱呵護著祭壇。祭壇後方的壁上，冠冕之下，兩隻正在開屏的孔雀成為華麗的極致。所有的一切都是用四分之一英寸大小的彩色玻璃鑲嵌而成的巨大馬賽克建築。如此的登峰造極卻不給人難以趨近的感覺，層層臺階以平實的大理石鋪就，立面近大遠小，彩色馬賽克裝飾成活潑的圖案，似乎在召喚著人們的親近。有著拜占庭風格的禮拜堂卻沒有拜占庭的森冷與清臞。大堂正中的天花板上懸吊著三度空間的巨大十字燈飾，巨大的鮮嫩綠色的玻璃與無色透明鑽石般的水晶玻璃交相生輝，那種一覽無遺的瑰麗是典型的第凡尼風格了。雖然，在禮拜堂裡宗教故事不可或缺，但是第凡尼不會拒人於千里之外，圓窗上的人物豐滿、圓潤，甚至有些喜氣洋洋。走進這裡的人們不會心生戒懼，反而會滿心歡喜。禮拜堂側殿的受洗之處是一個美麗的球體，那是一個受洗盆，不舉行儀式的時候，半圓形的蓋子是闔攏的，它讓我想到古希臘阿波羅神殿中那世界的「肚臍」，是那樣的自然而風趣，人與神之間大約可以那樣親如兄弟的罷？而這受洗之處的後壁則是巨大的第凡尼長窗，水之濱，白色百合花盛開著，這是對生命的禮讚了。

博物館的設計善解人意，知道我們是多麼希望親近這美麗之所，所以允許觀者直接走進受洗側殿，沐浴在花影之下，享受美麗的球狀「受洗盆」帶給每一個人的無限慰藉。

但是，親愛的來訪者啊！你們能相信嗎，這樣純淨的美好竟然曾經深陷地底不見天光！而且曾經遠離塵世達百年之久！

一八九三年，盛大的哥倫布世界博覽會在芝加哥舉行，第凡尼禮拜堂堂皇展出，吸引數十萬人參觀、讚歎，報紙上的評論更是花團錦簇。博覽會結束，一位教友將禮拜堂買下，捐贈給正在創建中的紐約聖若望大教堂。這本來是一件好事，哪裡想得到，這個教堂的建築師與主教根本不欣賞第凡尼更不喜歡這個禮拜堂，認為這「新拜占庭」風格的作品不適合聖若望，並且堅決地表示，這個禮拜堂應當永遠不見天光。第凡尼公司忍辱負重，將禮拜堂的穹頂拆掉一半以適應聖若望大教堂地下室的高度。整個禮拜堂縮在黑暗的角落裡，完全失去了在博覽會中的光彩。

一九一六年，聖若望教堂的地下室水深盈尺，禮拜堂完全成為「棄物」浸泡在水中。第凡尼寫信給主教，他在信中說，禮拜堂是他最好的作品之一，積水對這件作品絕對不利，既然現在教堂棄之若廢物，不如讓第凡尼公司給禮拜堂換個地方。那一年，那位捐贈者也故去了，主教完全無所謂，就讓第凡尼將禮拜堂拆遷了。拆遷過程痛苦不已，禮拜堂不但被砍頭削腳，那巨大的懸吊燈飾也不翼而飛了。第凡尼公司將這幾十萬片玻璃運到長島，在拉瑞爾頓莊園裡，與主體建築有一小段距離，蓋了一所房子，將其成為一個完整的禮拜堂。如此這般，又經過幾年的努力，這美麗、祥和的禮拜堂才恢復了在博覽會上曾有的輝煌。修復工作也苦澀不堪，因為產權還屬於聖若望教堂。直到一九三五年，路易斯．第凡尼去世兩年之後，主教大人才高抬貴手將產權還給第凡尼公司。

一九五七年的大火將拉瑞爾頓莊園的主體建築破壞殆盡，禮拜堂的損失不是太大。經過第凡尼親手修復的禮拜堂與拉瑞爾頓的其他殘片一道被再次搬運，抵達冬之苑。馬崁夫婦的大力援助對於困窘不堪的第凡尼公司而言是巨大的鼓舞。藝術家們紛紛熱情投身這一漫長的修復工程。那最後一次的搬遷也是笑中有淚。一家名譽極佳的搬運公司接受了馬崁夫婦的要求，將這些「廢物」從紐約運到佛羅里達，那時候州際高速公路尚未通車，那搬運工作是比較漫長而辛苦的。抵達之時才發現，所有的殘片只是胡亂與廢舊輪胎等等一道堆放著。「因為，這實在都是廢物呀。」搬運公司坦言。藝術家們不再多說，小心地將全部殘片放進預先準備好的巨大工作間，自此開始，每一片玻璃才真正回到專家們手裡，清理與修復的巨大工程於焉展開。

現實現刻，我坐在博物館對面軒暢的咖啡館裡，從人聲鼎沸色彩斑斕的遮陽棚下看著對面這座鋼筋水泥的堡壘。她與周遭浪漫的西班牙建築完全不同，窄小的窗戶完全沒有採光的作用。但是，水、火不侵，固若金湯。馬崁夫婦給基金會最後的指示：「這所博物館不能成為冬之苑的負擔，而應當為此地帶來繁榮。」我們周遭的一片欣欣向榮正好是最貼切的佐證。

在二〇〇七年，這個為第凡尼作品以及玻璃藝術量身打造的博物館一日門票三元美金，可以多次出入。外子與我從咖啡館站起身來再次走進這家完全靠燈光照明的博物館，設計高明的燈光會使得玻璃如同寶石、如同飛瀑、如同花瓣與飛旋的樹葉、如同佳人細緻的肌膚，給人不同的「觸覺」與感受。我長久站在整個展覽空間第一幅作品前面，那是一百二十年以前，路易斯·第凡尼為英國商人 Joseph Briggs 所創作的一扇彩窗，黝暗的背景中心是異常明亮、歡快、鮮豔、怒放著的一束玫瑰。外子站在一間展室的中心，長久凝視那些雖然不能再修復但是依然是玻璃工藝極品的「片段」，它們被仔細地鑲嵌在透明的裝置裡，我們可以從各個角度欣賞它們，想像它們在原來的創作中所擁有過的燦爛。當我們終於在博物館即將關門的時分緩緩步向出口的時候，一件作品自紐約大都會博物館歸來。工作人員大大方方在我們面前將作品取出，仔細懸掛回它原來的位置。眼前一亮，正是那幅《飼火鶴》。

當美學教育成為唯一目的的時候，美好與祥和的實現便都是可能的。

從一張菜單說起

並非第一次，精疲力盡地坐進曼哈頓摩根圖書博物館的咖啡座，準備叫一些點心和飲料補補元氣。但是這一次，我沒有能夠馬上安撫正準備造反的腸胃，而是被白色菜單封面上一排排的紅字所吸引，李奧納多、珍・奧斯汀、愛倫坡、納博可夫、狄更斯、惠特曼、透納、林布蘭、莫札特、貝多芬、塞尚、畢沙羅、梵谷、華格納、拉斐爾、米開朗基羅……。我的疲勞完全被嚇跑了，天吶，這是什麼意思？我在一個小時以前剛剛離開大都會博物館的曠世特展「神的最愛——米開朗基羅」；李奧納多，當然是達文西，加上米開朗基羅，加上拉斐爾，文藝復興三傑全員到齊！在一張菜單的封面上！翻開菜單內頁，摩根圖書博物館沒有半個誇張的字眼，以工整印刷體簡明書寫：封面上創作者的手跡都在本館珍藏之列。換句話說，摩根有米開朗基羅！或者是現存於世的五百封信件中的若干，或者是若干幅素描、若干張草圖？我的感覺已經不只是震驚。剛剛在大都會，見到一幅人體手臂的素描，其說明文字這樣寫「私人收藏・紐約市」，難不成便是借自摩根？

幾個月前還有來自牛津的藝術史家指出大都會自羅浮宮借展的一座大理石雕像是整個美國唯一的米開朗基羅作品……。現如今，深藏不露的摩根在一份新近出籠的菜單封面上展示了部分的典藏內容，足以震撼世界頂級典藏界。

時間不多，我點了一碟乳酪，佐以一大杯卡布奇諾，安撫了躁動不安的腸胃，直奔摩根正在展出的一批來自藝術品經紀人尤金・蕭夫婦的典藏品。這批寶藏是蕭氏在一九九九年贈送給摩根的。原因很簡單，摩根圖書博物館自將近一百年前開放給民眾參觀以來，收藏、研究、展示頂級藝術品早已有口皆碑。蕭氏夫婦一心一意將自家收藏貢獻給社會，當然會選擇摩根。摩根善解人意，經過十七年的研究整理，在二〇一七年深秋盛大展出，極具力量的標題叫做《筆走顛峰——蕭氏典藏》。

走進典雅的展室，首先跳進眼簾的是一系列的十五、十六世紀德國、義大利、荷蘭藝術家在素描領域自然而然創造出的文藝復興。那是一種必然，是在多年禁錮後生發出來的呼喊，充滿了對自由的渴望、對自然的愛慕、對人的尊重。之後，便是十七世紀的藝術世界。林布蘭一六五五年一幅充滿意趣的素描作品讓我又驚又喜，題目叫做《找到摩西了？》描述摩西逃出埃及途中，在尼羅河畔被人拉上岸來的情景，摩西本人的表情我們看不到，但是摩西的姐妹在眾人背後的表情卻是驚疑不定的，生怕人們將摩西送官。華蓋下站在岸上面對摩西的華服女子臉上卻是有點惱怒的，好像在問，「你這麼大個人怎麼會掉進河裡？」《聖經》裡摩西的逃亡故事得到這樣節奏歡快的詮釋，讓我想到破產前林布蘭豪邁愉悅的好心情。轉進另外一個廳之前，看到透納的輝煌之作，這位循著林布蘭足跡前進的英倫藝術家讓我們看到他怎樣用不同的色彩展現前輩的藝術力量。

之後，便是光彩照人的十八、十九世紀，哥雅的《捨棄一切前往應許之地》中的黑衣少女孤身一人走在荒漠之中帶來的震撼尚未消失，畢沙羅素描中嫻雅的女士從畫裡走了下來，她用戴著蕾絲手套的手指點著整整一排塞尚的水彩作品：「這便是摩根的精彩之處了，我們永遠能夠從這裡找到世界上最好的，或許也是唯一的。」我向她點頭致意表示贊同之後，便目不轉睛地瞪視著這一組十幅從未見過的從自畫像到玩牌者到靜物、樹木、愛神邱比特、浴者、河川、峰巒。漫無邊際的優雅色彩、透明光線，無不精彩展現塞尚晚年嫻熟的技巧、寧靜的心態以及試煉不休的意志。在他身邊的便是梵谷，給友人的信箋中央是草圖，周遭則是生活的日常絮語、對作品的構想……。之後，便是畢卡索、馬諦斯對世界、對人生的更新穎的詮釋……。

兩三個小時以後，我搖搖晃晃走進一個小小的廳室，現在這裡以尤金·蕭妻子的名字命名，以感念這對夫妻對摩根、對民眾、對藝術的無私奉獻。廳室裡展示的是世界上最貴重的手工珍本書，封面用貴重金屬貴重寶石鑲嵌，其價值無法度量。

如同每次來到摩根一樣，我無論怎樣地疲累都不會忘記來到首屈一指的銀行家、美國摩根大通銀行創建人Ｊ．Ｐ．摩根先生的私人閱覽室，向這位將一切美好留給我們的偉人致上我最深的敬意。通天徹地的珍本書靜靜地站立在三層樓高的書櫃裡，無言地指引著人類文明之所在。我坐在鋪著絲絨坐墊的長凳上，仰望美麗的穹頂，這座文藝復興風格的建築中一個格外優美的景觀。思緒飄飛到幾個小時以前在大都會再次欣賞拉斐爾作品《聖母子在王座上得到聖賢的尊崇》，Ｊ．Ｐ．摩根買下這幅一五〇四年的作品，一九一六年其家人遵照他的遺願送給了大都會博物館……。

思緒繼續飄飛，想念著英倫戲劇家王爾德的名言：「我們都在陰溝裡，但是，仍然有人會仰望星空。」Ｊ．Ｐ．摩根給我們機會仰望星空，他的收藏極富內涵，他的兒子遵照他的遺願將這裡擴建成圖書博物館，開放給民眾。每次我來都會發現圖書室工作人員選擇了不同的書籍打開書頁，展示給我們細細欣賞。這一天，我站在一本一四五五年出版的古騰堡《聖經》面前，古騰堡先生在風雪中將《聖經》裝在袋子裡揹到市集擺攤售賣的景象出現在眼前。五、六百年來，書寫者、編撰者、出版者、書籍評介者、書籍經營者走過荊棘叢生的路依舊血跡斑斑。然而這條路引導著人們仰望星空，走出現實的泥沼。

同J．P．摩根先生告別，我回到咖啡座，服務生很體貼地說：「您剛才一定沒有吃飽，我們有很棒的蘆筍蟹肉濃湯配剛出爐的麵包，可好？音樂會馬上就要開始了，請入座。」

這一個晚上的節目是文藝復興時期的音樂。二〇一七年深秋，紐約市的天空非常的文藝復興。我坐在那裡，心情漸漸地放鬆下來，手邊菜單上的名字閃耀著光彩，照暖了整個大廳，照暖了滴水成冰的紐約市。

多年如一日

一家祖籍湖南的臺灣人在離我們家不遠的商場裡開著一家餐館，取名「湖南」。老闆娘親切、溫暖，一口臺灣國語總是喚起我對美麗島土的思念。他們的牛肉麵非常可口，加了幾根酸菜，更是提味。吃遍大華府地區的中餐館，他們的牛肉麵二十年如一日，絕對獨占鰲頭，無人比得上。

我們的健康守護神，一位來自山西的中醫郝醫生就在一箭之遙的辦公大樓裡問診。到診所看病，然後到「湖南」吃麵，順路、舒服、省時，成了多年的習慣。

七月底、八月初，氣溫華氏一百度的酷熱中，累倒、嚴重暈眩、虛汗淋漓，於是去看醫生，扎針灸，期待撿回這條小命。郝醫生醫術精湛，一次治療已然感覺大好，正想著又可以奮筆疾書一番，聽得醫生很嚴肅地跟我說：「讀書、寫作時間過長造成的頸椎病變已經不能完全治癒，你要認真控制工作時間，每隔一個小時站起來走動走動……。這是很嚴重的事，不可掉以輕心。」我點頭稱是，約了第二天上午繼續治療，走出診所。

開車兩三分鐘來到「湖南」，面對了老闆娘和善的笑臉。

寒暄了幾句，老闆娘審視著我，幽幽地開口，說了這樣幾句話：「你真是一點沒變，多年如一日，帶一本書，一封書頁貼紙，一支筆，來店裡吃一碗牛肉麵。」聽得她這樣說，我只能笑笑，可不是，多年如一日，沒有改變。

在老座位坐了下來，環視四周，無論男女老少，人人手捧各式手機，表情專注。我手裡的一本書、一封貼紙、一支筆果真是獨特的風景。

喜歡這個老座位，因為面對著兩個掛在牆上的字「捨得」。這兩個字是店家的心聲，捨得力氣、心血、新鮮而昂貴的食材，為的是食客的心滿意足。我也喜歡這兩個字，我捨得力氣、心血、健康，只要能夠為讀者提供一點提神醒腦的書寫，若是辦不到，起碼要賞心悅目。我捨得一切，只要能夠持續寫作，每天在精神最健旺的清晨敲鍵三小時，一天的八分之一。其他的八分之七則用來讀書看報、用來養精蓄銳，用來將灰色的腦細胞磨得沙沙作響為第二天的書寫做好準備，只要能夠這樣，便毫無他求。因之，絕對捨不得虛擲一分一秒，不用手機、不肯上臉書、不在網路上流連忘返也就成為必然。

這一天，手裡一本臺北木馬出版的約翰·齊佛小說集，正看到〈悲歌〉這一篇，在紐約求生存的男人不時遇到一位能夠引發鄉愁的女子，千瘡百孔的生活卻讓他終於看清楚了那是一個「搜尋死亡樣貌的邪靈」，馬上想到了比齊佛晚三十多年的徐四金，頓時萌生許多聯想，隨手將一張貼紙留在了這一篇的結尾處。貼紙是英國圖案大師威廉．莫里斯的設計，其曼妙、優雅與書中情節的粗礪、短兵相接形成尖銳的對比，一時竟怔住了。

老闆娘的聲音從空中飄下來：「麵來了……」托盤上那一碗色香味俱全的麵已經端端正正放在桌上。我開心地笑了，抬頭看著老闆娘，誠心誠意地道謝，卻發現她似乎還有話說，便耐心地等著。

她也笑了：「我只是要跟你說，拉斐爾的母親真是好命。有這樣好的兒子畫了一輩子母親美麗的容顏。」

我呆住了，《拉斐爾》出版以後見到不少評說，但是如此明快的讀後感倒是初次聽聞。拉斐爾七歲喪母，確實是在繪畫中不斷地傾訴他對母親的依戀、思念、熱愛。

沒想到，老闆娘還有話：「下一位藝術家是誰？」

「卡拉瓦喬。」我實話實說。

「卡拉瓦喬？」老闆娘頓了一下下，開心地笑了：「沒關係，看了書就知道了……」

聲音遠去了，我拿起筷子一口一口吃麵。伴在卡拉瓦喬身邊，在十個月裡陪他走過三十九年歲月的點點滴滴，鑽進無數歷史黑洞上下求索正確解答的困頓、驚愕、釋懷、喜悅頓時湧到了面前。碗裡冒出的熱氣蒙住了眼鏡，並非不爭氣的淚水滴落在麵碗裡。我拿下眼鏡，用餐巾紙輕輕抹去水氣，看到櫃檯邊老闆娘關切的眼神，我笑笑跟她說：「一如既往，好吃極了。」

在托斯卡尼尋訪卡拉瓦喬

按說來到心儀已久的佛羅倫斯應當雀躍不已才對，但是，我的心情卻是忐忑不安的。剛剛才在華盛頓聽了一場專家們的議論，真正難以置信，某些文藝復興時期藝術史的博學之士竟然依舊相信著某些書本上的意見，或者說他們相信了貝洛里、普桑、費里比安、蘭齊、拉斯金等人對卡拉瓦喬的詆毀，而並不願肯定卡拉瓦喬這樣一位藝術家的成就。

一六一〇年的夏天，未滿四十歲的卡拉瓦喬是死在托斯卡尼的，他沒有來得及返回羅馬。他搭乘的船隻本來在一個小港停泊，他卻被岸上的人誤認是一個罪犯被無理地扣留了。這誤會好不容易冰釋了，他恢復了自由，那船，那載著他全部家當，完成了的以及還沒有完成的畫作的船，竟然棄他而去了！飽受折磨而且心急如焚的畫家在酷熱的沙灘上追趕揚帆而去的船隻，他沒有追上，人也倒了下去，很快就在一所小醫院裡撒手西去。消息迅速傳到羅馬，那些一輩子也沒有達到過輝煌頂峰的滿心嫉妒的人們甚至對他的死也極力冷嘲熱諷。之後的三百年，有些人處心積慮地要把卡拉瓦喬的名字從藝術史中抹去，雖然，當年可愛的魯本斯曾經這樣熱心地為卡拉瓦喬奔走。我們必得耐心等待，等到印象派大師塞尚，這位充分了解卡拉瓦喬藝術理念亦同樣相當孤獨的藝術家拂去覆蓋著藝術史的厚厚的塵埃再次提到卡拉瓦喬，人們終於意識到，那些留在書本裡的嫉妒與仇視使得人們錯失了多麼漫長的歲月。

我知道，卡拉瓦喬曾經備受爭議的代表作《聖母之死》珍藏在羅浮宮，我也知道他的大量精品珍藏在羅馬。終其短短一生，他只有精品，從未畫過凡俗之作。在他不到二十歲的時候就已經出手不凡，一幅靜物已經與荷蘭大師們的筆觸不相上下。在他年輕而貧病交迫的時候就已經對著鏡子畫出了不朽的《病中的酒神》。我還知道他的包括《美杜莎》在內的畫作保存在佛羅倫斯，而我現時現刻已經在佛羅倫斯的烏菲齊博物館了，我已經離他很近很近了。你在哪裡？卡拉瓦喬，我們的苦難深重的藝術家？

與杜勒相遇、與拉斐爾靜靜對視、感覺著提香的溫柔、透過丁托萊托的朦朧甚至看到了林布蘭的凝重，卻未見卡拉瓦喬。走啊走，一條又一條長廊，一個又一個展室，終於走到了正在修復的部分，巨大的黑灰色布幔從天花板直垂下來。根據常識，參觀義大利的博物館基本上需要自求多福，不能依靠館方的指引。我呆立於這鋪天蓋地的灰黑之前感覺腿軟、眼睛痠澀。難道真的無緣相見？忽然，左手牆角邊出現了一個怯生生的箭頭，兩行小字用義文和英文簡潔指示：「卡拉瓦喬在正前方。」

我大步向前，幾乎跑了起來，快到出口的時候，我的心緊縮起來，幾乎要懷疑剛才所見的指示箭頭只是我的幻覺。就在這個時候，我被甜美的《酒神》阻住了腳步，祂身邊竟然是《阿伯拉罕與以撒》。而讓我呆立原地不能動彈的則是《美杜莎》。果真是這樣生動、果真是這樣飽滿、果真是這樣「平民化」、在四百年前果真是如此的大膽！

我靜立畫前，胸臆間翻江倒海。卡拉瓦喬是這樣執著地描摹著人生、人的世界。他是這樣不顧一切地將神祇人性化，他是這樣的寫實又是這樣的富於超前的想像。「能夠嚇死人」的《美杜莎》是狡黠的，眼光一直緊緊追隨著觀者，祂讓我想到數百年後的達利。

外子 Jeff 輕聲提醒我，我們開始參觀的時候，前面有一個五、六十人的參觀團，為了避免擠在一起，我們跳過了長長的大半條走廊，那裡有達文西的早期作品還有波提切里著名的《春》、《維納斯的誕生》……。

噢，那都是不容錯過的，我們與卡拉瓦喬道別向來路回轉。

待我們補課完畢才發現，要想離開博物館必須經過正在修復的大廳，換句話說我們必須再看一次卡拉瓦喬才能離去。人已經很累很累了，但是卻覺得那是得到了一份無比貴重的禮物，我竟然得以再次駐足卡拉瓦喬畫作之前，再次被吸引，再次被震撼。

在佛羅倫斯第三天的重頭戲是參觀碧提宮。我知道，在一間極其富麗的廳堂裡沉睡著邱比特。卡拉瓦喬的這幅作品也曾經被譯作《沉睡的愛》，非常貼切。卡拉瓦喬有一幅《揚揚得意的邱比特》，愛神面對觀者歡天喜地、蹦蹦跳跳。這一幅卻像鄰家男孩一般甜睡著。那只是理當如此，當我走進這間著名廳堂的時候，面對的只是一個空空蕩蕩的華麗畫框，說明牌上寫著，因為某種原因而不得展出。不是需要修復吧？我心裡有些不安。

面對這個畫框，或許我已經站得過久，或許我臉上的表情洩露了內心的不安，竟然引來了一位展室工作人員，這位青年簡直就像是從洛瑞佐·洛托的畫作上直接地走到了我面前。他用著悅耳的男中音寬慰我：「請不要擔心，這幅作品被暫時借出了。」我也和顏悅色地回應他：「也許，您可以告訴我是哪個機構這樣幸運地借走了睡夢中的邱比特？」他微笑：「噢，那已經不是秘密，邱比特已經安抵倫敦，在大英博物館繼續甜睡。」我放心了，嘆息一聲：「幸運的倫敦人。」青年心情愉快地與我道別。

離開佛羅倫斯之後，我們有一週時間在托斯卡尼南部的城鎮鄉村遊逛。在一個晴好的上午，我們來到著名的 Sant'Antimo 修道院，這地方在著名酒鄉蒙塔奧西諾南部十公里處。西元七八一年，營建修道院的修士留下了相當完整的建築紀錄。在修道院的基礎上建築教堂以及相關設施，將全部建築完善之，卻是十二世紀的事情。也就是說，這是托斯卡尼地區最古老的教堂與修道院，在這麼一個風景秀麗，除了鳥鳴極少人聲的地方。

修士們正在修院晨禱，教堂執事輕聲細語，引領我們走進黝暗的教堂，便不發一言地悄然消失了。天光從小小的窗戶射進來，穹頂是樸實的木結構，沒有任何裝飾。這是一個非常樸素、潔淨的教堂，沒有任何政治與商業勢力的侵擾。我深深嘆息，想念著卡拉瓦喬畫作中那濃郁深沉的黑色背景。

走出教堂，看到不遠的山坡上有一家小店，門開著，一位修女正在門前灑掃，陽光灑在她灰色的袍子上、白色的頭巾上，鑲了一道金邊。我們走上那小山坡，站在坡上看著下面，修道院沐浴在金色的晨光裡，一片恬靜。

修女微笑迎接我們，一邊俐落地整理貨架上一包包的薰衣草以及修士們手工製造的氣味淡雅的香皂。店堂中央一張巨大而沉重的木頭方桌，整齊擺放著書籍。本來以為大約是神學書籍，沒有想到，多半都是關於托斯卡尼人文、歷史、建築與藝術的專論，有義文、英文、法文、俄文與德文的多種版本，讓我對這小店生出敬意。

正瀏覽著，忽然，《手捧果籃的男孩》從書叢中跳了出來，極厚重的書，足足六百多頁，標題是《義大利藝術的引領者》。我的心狂跳著，這，難道是可能的嗎？封面列出這一本專論所涉及的藝術家：弗蘭西斯卡、波提切里、米開朗基羅、拉斐爾、提香、卡拉瓦喬、卡納利托。這本二〇〇一年在佛羅倫斯出版、二〇〇四年修訂再版的書不但收集了權威論述，甚至也收集了這七位弄潮兒迄今為止所發現的全部作品圖錄！

「您也喜歡他？」是修女輕柔的問話，英語帶著溫柔的義大利口音。他？不是指那封面上意亂情迷的俊美男孩吧？看我啞然不語，修女微笑：「我是說卡拉瓦喬。」

「當然，我非常喜歡他。」我趕緊回答，想著在這奇妙的地方會有一場關於卡拉瓦喬的議論，就開心不已。

「看得出來。」修女大笑了，跟著說出的一番話，那是對文藝復興時期的藝術成就很有見地的系統意見了。她是修女還是美術理論的研究者？我竟然有些迷惑了。她微笑：「對藝術的喜好並非專業，就好像我有空的時候喜歡編織蕾絲一樣，讓您見笑了。」她的話講得十分謙虛，她的眼睛裡閃爍著的卻是全然的自信。好一位藝術史的業餘愛好者！

我很少有機會與神職人員討論任何問題，於是虛心向這位修女請教：「不知您對卡拉瓦喬《受釘刑的聖彼得》有怎樣的看法？」修女收斂了笑容，字斟句酌地回答我：「神與人都會感覺痛苦，對痛苦做出反應是最自然的事情，卡拉瓦喬幾乎是絕無僅有的藝術家，忠誠於自然，讓我們感受到聖徒所感受到的。」修女紋絲不動，湛藍的眸子卻蒙上了水光。

依依不捨地，我們告別了聖安提摩，車子幾乎無聲地滑下碧綠原野上的小路，百年以上的橄欖樹在道旁揮動枝葉送別。我從包裝紙裡靜靜抽出剛剛買的這本大書，緊緊抱在懷裡，心裡感謝著。Jeff無語，靜靜開車，努力將車子的聲音減弱到最小。

我們都不願打破此時此地的靜謐。

温柔的霞光

美國的感恩節揭開了年節的序幕，這一天人們多闔家團圓足不出戶，大啖火雞之餘便是觀賞球賽電視轉播，養足精神準備參加第二天「黑色星期五」的購物狂潮。

有鑑於此，便在這一天到華府國家藝廊看有關維梅爾（Johannes Vermeer, 1632-1675）與荷蘭畫派的一個特展。沒有想到，有同樣想法的人何其多，於是大排長龍。

工作人員送上特展簡介，我的思緒卻飛到遙遠的代爾夫特，思念著在阿姆斯特丹南方的這座名城，因為維梅爾的存在而聲名大噪的美麗城市。維梅爾完成著名的油畫作品《地理學家》那一年，林布蘭辭世。他們之間沒有交集，畫風更是南轅北轍，我知道，在這個特展中，我不會同林布蘭見到面，我將面對的是一道道溫柔的霞光，它們來自荷蘭的黃金時代，來自對日常生活的描摹，細緻、精準，尤勝照片，是普魯斯特讚美過的：「世間最美的畫面。」

果不其然，一踏進展室，便面對了擅長才藝的兩名女子正在編織蕾絲。一幅是維梅爾被珍藏於羅浮宮的極為著名的作品《蕾絲編織者》，創作的年代是一六七一年。另外一幅卻是珍藏於加拿大國家藝廊的梅斯（Nicolaes Maes, 1634-1693）的作品《年輕女子編織蕾絲》，創作的年代比較早，是一六五五年。兩相比較，我熟悉的當然是維梅爾，美麗女子專注的神情、她手邊被精細描摹的絲線都是藝術史家津津樂道的。但是，梅斯的作品卻是更加生活化的，女子身著深色衣裙，雪白的大翻領、精緻的頭飾都讓我們看到她優雅的生活。她的面前攤放著的兩本書更讓我們看到了她所受到的教育。梅斯輕而易舉地讓我們看到女子身後的帷幕、牆上懸掛的男子肖像、護牆板、擱板、擱板上的一只碗、典雅的家具、講究的地板。讓我們知道，編織蕾絲只是這年輕女子偶一為之的活動，她並非維梅爾畫作中的蕾絲編織者。一幅作品幾乎是道出了人物的身家背景，這讓我對梅斯這位畫家產生了濃厚的興趣。編織蕾絲的題材，還有內切爾（Caspar Netscher, 1639-1684）一六六二年的作品，身穿紅衣黑裙的編織者輕鬆自如地對付手中的蕾絲。我們只能夠看到她美麗的側面卻還能夠看到她靈活的雙手，以及正在編織中的蕾絲。於是，我們對她的人生充滿了好奇，真想知道她的故事。但是，葛瑞特·竇（Gerrit Dou, 1613-1675）一六六三年的作品卻將一位衣著華麗的年輕女子置放在一個弧形的高窗之內，窗上的絳紅色帷幕捲起，女子探究的目光望向窗外，與我們的視線相接。她也在編織蕾絲，雙手懸在空中，蕾絲的圖樣書攤開著，旁邊竟然放著一枝粉紅色的玫瑰。女子身側還有一排窗戶，透進朦朧的光線，更加彰顯了女子的心不在焉。我們站在這幅畫前，能夠聽到女子的心跳，莫非是意中人正巧站在窗外不遠的地方？那扇高高的長窗將女子和她的心緒「裝裱」了起來，成為名畫。

在十七世紀，荷蘭藝術家們常常使用這樣的技法，用一扇門、一扇窗，將畫中人物納入一個景深，人物的周遭背景都得到極為準確的描摹，於是觀者便感覺到了作品的深度，甚至能夠邁開腳步「走進去」，走進那個環境中。維梅爾一六五七年的著名作品《小街》極為精彩地將兩位女子納入街上的兩扇門內，一位坐著正在縫衣，一位站著正在打掃。她們兩位之間，還有一男一女兩個人物背對著我們、側對著我們正在清理小街門前的地磚，我們與這四個人物之間簡直是零距離，似乎只要我們開口，他們就會轉過身來，抬起頭來，微笑著招呼我們。寧靜、祥和的尋常日子，代爾夫特小街上的尋常風景就這樣永遠地留在了畫中。內切爾一六六六年繪製《女子與一個僮僕餵鸚鵡》，同葛瑞特．竇一樣將這女子與她身後的小僮放置在高窗之內，女子在明處一手拿食物一手上棲息著等待餵食的鸚鵡，女子身前是精緻的鳥籠，身側窗檯上搭著一條顏色絢麗的毛毯。小童在暗處很敬業地端著盤子。女子的眼睛沒有看著鸚鵡而是注視著我們，似乎正想告訴我們一個有趣的故事。這幅作品是華府國家藝廊的藏品。我們時常見面，每見一次就多知道一些這位女子的故事。

十七世紀的荷蘭，細緻的紡織品，絲綢、羊毛、棉布都在畫作中有著顯赫的地位。桌布、裙裾、袍袖、帽子、外衣無不顯示人們日常生活中的種種講究。密特蘇（Gabriel Metsu, 1629-1667）一六六六年的著名作品《男子寫信》是一個典型的範例。年輕俊朗的金髮男子坐在敞開的窗前寫信，玻璃窗後面是一架地球儀；男子身後的牆壁上懸掛著一幅油畫，鑲在金碧輝煌的畫框裡，壁腳則裝飾著磁磚，那正是代爾夫特最著名的藍白兩色瓷磚。男子寫信的桌上鋪著一條華麗的桌毯，非常的吸睛；我們能夠感覺那條毯子的柔軟、厚重。男子的手指修長，正在用鵝毛筆書寫。他的襯衫袖子、領子從黑色短外套裡露了出來，我們一眼看清那是上好的白色細棉布，外套則是精緻的絲絨。椅背上隨意地掛著一頂帽子，那是緄有帽飾的黑色寬簷呢帽。帽子不在衣帽架上，而在椅背上，讓我們想到男子從戶外回來隨手將帽子掛在椅背上，坐下來寫信的急切。急切的背後，大約有一個纏綿的故事。

同是寫信的題材，這一回換了美麗的粉衫女子，整個畫面無比的精彩。藝術家是大名鼎鼎的特．波爾施（Gerard ter Borch, 1617-1681）。他是這個以現實日常生活為題材，遠離宗教神話的荷蘭「現代派」藝術圈的創始人、領導者。維梅爾很快加入了他的陣營。年輕的林布蘭在萊登畫室的一位學生也投入了他的旗下。荷蘭黃金時代高尚生活的種種細節：寫信、讀書、算帳、編織、餵鳥、研究地理、玩樂器、攬鏡自照、試穿新衣、聊天、歡宴，一一以最精細的筆觸、最嚴謹的透視、最規整的比例、最寫真的色彩、最精準的明暗對比留在了畫面上，在西方藝術史上留下了最為溫柔的霞光。

人見人愛的這一切都太美好、太甜蜜、太優雅了，連畫幅的尺寸都非常適合於懸掛於客廳……。我卻需要更為有力的精神支柱。走出特展大廳，我筆直地奔向林布蘭展廳。遠遠地，隔著印象派展廳，林布蘭微笑著，深邃睿智的眼神接住了我的視線，頓時，我更清楚地感受到他在同一個時代孤絕奮鬥的內容與意義。

小鎮盛景

在美國的中部平原，與美東華府有一小時時差的地方，有一個小鎮，位於肯塔基州的西端，叫做帕篤卡（Paducah）。二十世紀三〇年代，小鎮北側的俄亥俄河曾經氾濫成災，這個小鎮幾乎消失在滔天的洪水之中。第二次世界大戰期間，這個地方在安靜了一些年之後忽然聲名大噪，因為這裡是美國核武器的生產地。但是最近五十年來，這個小鎮卻逐漸地與世界上最美麗的一種手工藝品聯繫了起來。這種手工藝品叫做百衲被（Quilt）。

世界上唯一的一座展示百衲被以及紡織品藝術的美國國家百衲被博物館就設立在這個小鎮上。自一九九一年開館以來，這個擁有兩萬七千平方英尺的展場每年吸引十多萬遊客到訪。來自美國五十個州以及四十五個國家的精美展品展示出百衲被曲折的歷史與燦爛的今天。

擁有來自八十多個國家近十萬會員的美國百衲被製作者協會（American Quilter's Society）簡稱AQS的總部也設在此地，不但出版雜誌、書籍、組織專業人士研究百衲被設計、製作的技藝，一年一度也在美國各地舉辦百衲被展覽會。二〇一四年春季，在帕篤卡舉辦第三十屆大展，經過遴選，展出來自美國四十一個州以及十個國家的四百零五件最為精美的百衲被藝術品。在四月二十三日到二十六日這四天內，居民總人數只有兩萬五千人的小鎮，迎接了從世界各地湧到的三萬多訪客，帶來了數百萬美元的經濟效益。不但帕篤卡本地百衲被電視臺日夜報導展事新聞、《帕篤卡太陽報》的每日頭條離不開百衲被專題，甚至引發《華爾街日報》、《財富》雜誌熱烈關注，成為真正的盛大慶典。

百衲被究竟是什麼？在科技高度發展的美國，何以吸引這麼多人親手來製作？

眾所周知，美國是一個年輕的國家。數百年前，歐洲人離鄉背井越過大西洋登上美國東北部陸地的時候，他們所追尋的基本上是信仰的自由。為了自由，來到遙遠的北美洲，用他們的雙手來建立新的家園。從家鄉帶來的衣物破爛了，捨不得丟掉，將比較結實的布塊剪剪裁裁縫縫補補，做成被子來禦寒。被子有面子有裡子，中間加上棉絮。為了結實，又用針線將這三層牢牢固定，這便是百衲被的雛形。因之，這種技藝先天的就具有一種艱苦卓絕的創業精神，一種樸素的性格。傳統百衲被維護著家人，帶給家人溫暖，甚至代代相傳，成為家庭與親友之間情感的聯繫與象徵。隨著經濟的發展，生活的富足，紡織品的質量與設計日新月異，百年來，部分百衲被的功用逐漸地從禦寒走向裝飾，從床上走向牆壁，從日用品走向藝術品，出現了專業的設計師以及專業的製作者，也從純女性的手工技藝，走向了有男性加入的使用機械的縫製工程。百衲被走向多元的近二十年來，更受到電腦技術的影響，從設計到製作，電腦都發揮了巨大功能。傳統與現代在電腦的推動下迅速融合，傳統美學與現代藝術相結合，推陳出新的結果便是百衲被製作的速度飆升、設計百花齊放，令人歎為觀止。AQS緊跟時代潮流，一年一度給世人機會親眼觀看世界各地百衲被一日千里的新發展。然而，傳統的力量畢竟強大，百衲被的傳統性格仍然受到重視，得到呵護。百衲被所扮演的溫暖、理解、愛護、相互扶持的腳色正是現代人對抗冷漠、孤絕、疏離所絕對需要的。所以，雖然繼續手工縫製百衲被的人數近年來有明顯減少的趨勢，更多的人投身電腦設計、機器縫製；但是百衲被的製作風起雲湧，勢頭正健。其哲學基礎正是在此。

那麼，這些來自世界各地的百衲被製作者都是些什麼樣的人呢？首先，他們中間的絕大多數仍然是女性。帕篤卡滿街彩旗飄揚，「歡迎百衲被製作者！」的市招下走著滿面笑容神采飛揚的各種年齡的女性。平常的日子，她們多半在家裡獨自飛針走線，兼顧工作、家庭之餘，設計、製作著美麗的百衲被。大展期間，她們有了機會同識與不識的同行們在帕篤卡相會，交換心得，分享喜悅。她們中間的絕大多數是母親，一條條百衲被完成的同時，孩子們長大了，甚至搬離了家鄉。在他們的行囊裡，有著母親親手縫製的百衲被，那樣的美麗而溫暖，其中所包含的遠遠不只是創意、巧思、數月的辛勤勞作，更是無限的愛意、無盡的關懷、無條件的支援。

那麼，百衲被的題材又以什麼為主呢？首先，每一件作品都是獨家設計。傳統作品與人們的生活密切相關，花草、樹木、落葉、日出與夕照、月亮與星星、房子、圍籬、炊煙……日常所見、世間風物都可再現。現代作品則融進了更多的抽象，不但日月山川、奇花異草、珍禽瑞獸被放大縮小成為畫面，連「靜默的瞬間」、「夢中漣漪」、「留住過往」、「迷思」、「光與影」、「時光飛逝」等等需要更多理解更多想像力的作品都在大展中頻頻獲獎，備受好評。我注意到，許多具有強烈現代風格的作品，卻都完全是手工縫製的，沒有機器帶來的任何痕跡。

隨著時代與科技的進步，製作百衲被所需要的材料也在不斷地改善、豐富。老字號布店Hancock's在帕篤卡有占地三萬平方英尺的銷售場地。據了解，除了在店堂裡展開的交易之外，他們也接受網上訂貨，每個星期寄往世界各地的包裹高達四千份！客戶數量最大的國家竟然是英國和澳大利亞！布店工作人員告訴我，美國棉布之外，印尼和加拿大的蠟染廣受歡迎，最近新加入進來的還有設計新穎、質量上乘的荷蘭與比利時布匹。

帕篤卡擁有無數小小的獨立店家。在這裡，我們買得到用臺灣木或者菲律賓木製作的大小繃架、吊桿、收藏百衲被的中國木箱，各種形狀的美國剪裁板，銳利的德國剪刀，好用的臺灣頂針，經久耐用的英倫縫衣針，粗細各異的義大利彩色棉線，來自美國和日本各地的設計紙型……，五花八門，應有盡有。

帕篤卡從河濱到小鎮另一頭的住宅區遍植山茱萸，五十年來，每一個四月都將小鎮籠罩在粉紅色的雲霞之中。如今，春花與百衲被互相輝映，帕篤卡更加嫵媚，更加迷人。

美麗的藝術家們

談到藝術家，若是男性，人們會很自然地說，某某藝術家，生平如何，創作如何，語調自然、流暢、平順。若是女性，則聲調會提高，帶著驚喜或是訝異，某某女藝術家在某個藝術流派裡幾乎是唯一的女藝術家，真不容易，她的極其稀少的作品藏於某處，極為罕見云云。每次聽到這樣的議論，我都只有沉默，用我的沉默來表達我對這位藝術家最誠摯的敬意。在潛意識裡，我刻意地減去了這個「女」字。世間所有的藝術家，若是想要走自己的路，有點自己的創意，沒有一位是容易的，無不嘔心瀝血，無論男女。

一日，在一家博物館，見到荷蘭黃金時代藝術家瑞秋．魯伊斯（Rachel Ruysch, 1664-1750）一幅鮮活如昔的花卉油畫。同行的朋友說，魯伊斯了不起，荷蘭畫派那麼多傑出的藝術家以花卉作為靜物創作題材，她居然能夠脫穎而出得到一席之位……。

生於海牙一個教授家庭的瑞秋從小喜歡臨摹父親書房裡的昆蟲標本，喜歡描摹千姿百態的珍奇花卉，十五歲的時候已經售出她的簽名作品。她也在父母的支持下跟隨一位專攻花卉主題的藝術家學藝，尤其是瓶花方面的技藝獲益良多。她十九歲時，老師故去，瑞秋獨自一人行走江湖，成績斐然。二十九歲時嫁給一位肖像畫家，為他生了十個孩子。瑞秋在婚後沒有停止藝術生涯，因為她的個人收入足以雇用保母照顧眾多的孩子，美術史家這樣告訴我們。女兒、妻子、母親的腳色對於尋常女子來說已經是重負，對於心思敏銳、善感的藝術家來說，更是沉重。瑞秋怎樣撐過來，傲然活到八十六歲，創造出千年不壞的美麗世界，我們只能想像。

自二〇一九年十月十一日起至二〇二〇年元月五日止，位於華府西北區紐約大道一二五〇號的國家女性藝術博物館（National Museum of Women in the Arts）舉辦了一個別開生面的特展，介紹了八位在荷蘭黃金時代卓有貢獻的女性藝術家。整個展場的入口以及展廳牆壁以放大了的瑞秋繪製的花卉作為裝飾，極為壯觀且輝煌而優雅。

面對著足球大小的鬱金香，紅白兩色花瓣極為豪邁地伸展著，高踞於整束瓶花之上，滿溢王者貴氣，觀者無不駐足讚歎。難怪當年威特爾斯巴赫王朝神聖羅馬帝國執政約翰・威廉（The German Elector Palatine, John William, 1658-1716）會從一七〇八年到一七一六年聘請瑞秋擔任宮廷畫師。這位執政與義大利佛羅倫斯貴族麥迪奇家族聯姻，娶了科西莫三世的女兒。他的家族與麥迪奇家族在藝術典藏方面都是精彩絕倫的。風華正茂的瑞秋是這位執政的女性宮廷藝術家之一，念及此，心情大好，邁步走進展場。

首先見到的便是只活了三十八歲的版畫藝術家瑪葛達麗娜·凡·德·帕司（Magdalena van de Passe, 1600-1638）的作品。瑪葛達麗娜出身於科隆著名的藝術家庭，父親與四位兄長都是卓越的版畫藝術家。帕司全家移居阿姆斯特丹之後，加入了浩浩蕩蕩的藝術家行列，闖出了名號，開啟了自家的新天地。

面前這幅創作於一六二三年的著名版畫描繪的是奧維德（Ovid, 43 BC-18 AD）所寫的一則故事。仙女薩瑪希絲（Salmacis）獨居魔池百無聊賴，一日忽見美麗的年輕神祇赫爾馬弗若岱特斯（Hermaphroditus）來到了池畔。這位神祇來頭極大，祂是荷米斯（Hermes）與阿芙羅蒂（Aphrodite）的兒子，高大健美，英俊無比。薩瑪希絲喜心翻倒，向赫爾馬弗若岱特斯傾訴衷腸，表示願意作祂的新娘。年輕的神祇在錯愕之下拒絕了仙女，躍入池中游泳。薩瑪希絲躲在池畔樹叢後面偷窺，越看越愛，心中煎熬。過了一段時間，赫爾馬弗若岱特斯又一次信步來到魔池之畔，脫了衣服下池游泳。這一次，薩瑪希絲當機立斷，緊緊抱住這位神祇，向眾神祈求，讓她同祂「合而為一」。眾神微笑，做出了回答，祂們讓赫爾馬弗若岱特斯的身軀變得柔軟，趨向女性化。於是，自然而然的，仙女成為神祇的一部分。在奧維德眾多的故事中，這一則充分展現了眾神的幽默感。

畫面上，魔池中所發生的戲劇化場景只占了四分之一的篇幅。遠處的風景線、空中的雲朵、起伏的山巒與植被，甚至薩瑪希絲曾經躲藏其中偷窺神祇游泳的灌木無不纖毫畢現，十分細緻。魔池中，薩瑪希絲緊緊抱住所愛，臉上滿是渴求與盼望。年輕的神祇一邊全力掙脫，一邊驚恐萬狀地望著左前方，畫面以外的地方，神諭將從那裡傳來。作品定格在事情最終無可挽回地發生前一刻，那一個瞬間，赫爾馬弗若岱特斯的衣服留在了池畔的石頭上，他的美好清晰可見，連水下骨骼亭勻的腳都優雅無比。觀者只能讚歎，難怪薩瑪希絲會如此瘋狂地愛上祂。

小小一個特展看完，順便去看了一下這家博物館的館藏。

新古典主義藝術家安吉莉卡．考芙曼（Angelica Kauffman, 1741-1807）三十歲時的創作《葛維爾伯爵的家庭》（*The Family of the Earl of Gower*, 1772）是這家博物館唯一的考芙曼作品。不但在題材方面自希臘羅馬藝術中吸取營養，更在畫面的三角形布局與繪製技巧方面繼承了義大利文藝復興追求完美的傳統。伯爵家庭的成員圍繞著伯爵本人，十四歲的男孩帶著一本書聆聽父親的講述，成為畫面的中心。父子之間的互愛、尊重、誠懇、端凝正是這個英倫政治世家的尋常風景。整個畫面精緻、優雅、寧靜而端莊，是為十八世紀歐洲新古典主義畫風之代表作品。

猶記得，二〇〇三年春天，聖彼得堡隱士廬博物館帶著館藏大量女性藝術家作品來到華府，在美國國家女性藝術博物館舉行了盛大的展出，其中，考芙曼的作品就有九幅之多。在少年時期已經在繪畫與音樂方面展示出天賦的考芙曼通曉四種歐洲語言，從瑞士到奧地利、德國、英國、義大利，交遊廣闊、大受歡迎、卓有成就。在那次展出中，她的一幅《維納斯勸說海倫接受帕瑞斯的愛情》（*Venus Persuading Helen to Accept the Love of Paris*, 1790）令我印象深刻。在希臘高大的石柱前，美神維納斯勸說斯巴達王后海倫接受特洛伊王子帕瑞斯的愛情，掀開了十年征戰的序幕，醞釀了特洛伊的敗亡。那時候，我剛從雅典返回美國不久，感覺考芙曼再現古典韻致的成熟技法、表面的詼諧與內在的殺機形成的詭異氛圍非常迷人。

那一次特展中還有一幅考芙曼在四十歲時的自畫像。記得眾多的觀者中有人訝異著：「沒有想到，這麼樣一位美人竟然是新古典主義的代表畫家之一。」此時此刻，面對這位藝術家的作品，我的眼前清晰地浮現出她美麗的倩影，四目相對之時，我在心中默禱，祝福她，祝福美麗的藝術家們，無論你們現在宇宙間哪一個角落，必將繼續發光發熱，照亮混沌。忽然聽得一陣耳語來自身側，兩鬢斑白的祖父正悄聲告訴孫兒：「一八〇七年十一月七日，這位考芙曼在羅馬去世，葬禮隆重。上一次羅馬人見到如此隆重的葬禮還是拉斐爾謝世的時候……」孫兒猛按手機，驚訝出聲：「一八〇七年，距離拉斐爾謝世差不多有三百年呢！」

唯美的世界

說到「古典」芭蕾，很多人都會馬上說出幾位重量級前蘇聯的「國家藝術家」：烏蘭諾娃、普列謝斯卡婭、列別申斯卡婭；而不會想到另外一些二十世紀最偉大的舞蹈家，巴若諾娃、卡拉索芙斯卡、瑪爾柯娃、瑞波琴斯卡、托曼諾娃、斯拉汶斯卡。她們是俄國難民，隨著父母匆匆逃離革命中的俄國，來到巴黎。小小的年紀，跟隨她們的母親、祖母開始習舞，俄羅斯芭蕾的精髓就這樣在巴黎發展起來。一九二九年，俄羅斯芭蕾舞團（Ballets Russes）在摩洛哥的蒙地卡羅成立，立時轟動西歐與南歐，更遠航美國，在紐約、芝加哥、洛杉磯都引起熱潮，人們額手稱慶，唯美的芭蕾畢竟在蘇聯以外的自由世界也得以傳承。

那時候，這些天才的舞蹈家都只有十三、四歲年紀。蘇維埃革命使得她們的家庭一貧如洗。舞團初建經費拮据，雖然她們已經是國際巨星，薪水卻極其菲薄，但是，這些將美麗帶給世界的女孩子們卻感覺著無比的豐足。數十年後，當她們歡聚一堂共同回憶起當年的盛況，還是十分滿足地感嘆著當年收入的菲薄與精神上的無比豐足。

戰爭沒有對舞團產生任何影響，舞團人事變遷一分為二也沒有造成災害，更沒有內部的刀槍箭戟。甚至，影響無遠弗屆的好萊塢文化與百老匯文化也沒有給舞團帶來傷害，只是出現了融合；古典芭蕾在好萊塢拍成電影，登上百老匯的舞臺，都出現了一些變化。舞蹈家們樂見這些變化，親身參與了古典芭蕾走向現代的過程，也接受了現代音樂對芭蕾的詮釋。

世界上沒有不散的宴席。在二十世紀三〇年代和四〇年代曾經閃亮如晨星，堪稱世界之最的俄羅斯芭蕾舞團在成立四十三年之後，走入了歷史。其最主要的原因，就是這一批來自俄羅斯，卻從來沒有在俄國跳過舞，一生用俄文、法文、英文表達意見的舞蹈家們年事已高，陸續離開了舞團。她們的晚景如何？只能說，好極了！她們早已是美國公民，多半留在美國教舞，備受禮遇。也有幾位返回歐洲，在倫敦與巴黎教舞，備受推崇。她們在八、九十歲的高齡，還在練習廳裡指導年輕的舞者，讓他們了解一個唯美的世界是怎樣組成的。她們真正成為促使古典芭蕾在西方燃燒的那一粒粒的火種。

說到對美的無止境追求，說到在幾種語言的語境中促進融合，說到無論年事多高，仍然為世界的美好不遺餘力，仍然全心全意將美好傳遞下去，而完全不受政治因素、意識形態等等的干擾，我就想到了文壇上的一位女性，她不只是屬於華文文壇，她多年來致力於中法文化交流，貢獻頗豐，曾獲得法國文化傳播部頒贈學術騎士勳章和一級文藝勳章。她使用中文、法文、英文寫作。她寫抒情的詩文，也撰寫極具學術價值的文學評論，她桃李滿天下，甚至「在文學被踐踏的日子培養出語文天才，像無根藤冒出葉芽」。她是臺北詩人、翻譯家、教育家胡品清女士。她在二〇〇六年九月三十日離開了我們，給我們留下一個唯美的世界。年輕的讀者朋友當中，大約不少人不大知道這位詩人，不要緊，現在知道了。

我也是在最近才知道一位中國的詩人，他是四川萬縣人，名字叫楊吉甫，二十世紀二〇至三〇年代，他在《萬縣日報》上發表極為精緻的短詩。一九六二年，他去世之後，他的遺孀請到名人幫忙，將他的短詩結集刊印了五十本。瑞典漢學家馬悅然先生偶然得之，喜歡得不得了，馬上將這本集子譯成瑞典文，那已經是八〇年代的事情了。之後，馬先生又熱情推薦給英譯者。如此這般，楊吉甫詩作在西方廣為流傳之後，終於回到了家鄉，四川為他出版了漂亮的詩集。無數華文讀者這才知道，原來我們有著這樣一位偉大的詩人，他留下的美好值得後人吟誦再三。

正如胡品清女士在詩中所唱，「大地充滿著愛／充滿著美／為人人／持續地」。我們要做的只是接受與欣賞而已。

明淨的世界

臺灣作家南方朔曾經這樣說：「有一種人，對社會的最大貢獻，乃是促成了生活的藝術化。」臺灣藝術家王俠軍正是這樣的一種人。隨著時間的推移，我們在許多東方與西方的博物館裡都能夠看到王俠軍的作品。我曾經在美國新澤西州的美國玻璃博物館看到王俠軍將原料磨成均勻細粒精工鑄造的琉璃作品「福揚」，整件作品如同頂天立地、在燦爛陽光中燁燁生輝的蝙蝠，恢弘大氣，凸顯出東方文化的精神，其精緻工藝更是源於古代埃及。這個展覽配合著國際琉璃水晶界有關「微粒論」的研究，影響深遠。

據王俠軍自己說，引領他走上這條人跡罕至的創作之路的是法國 Lalique 公司的產品，父親在他十歲的時候給他的一個五片模壓鑄成型的玻璃文鎮，「簡單的質地，乾乾淨淨的透明光澤，觸摸或觀看都非常動人」，帶給少年清涼與平靜，給中年王俠軍展示出一個深邃、喜悅、豐富、變化無窮、充滿希望的玻璃世界。

瑞內・拉利克（René Lalique）一八六〇年出生於法國東北部祖父母家中，

父親在巴黎經商，瑞內在祖父母的庭院裡親近花草，度過幸福的童年。瑞內自小喜愛繪畫，他的繪畫天分在無拘無束的童年得到自由的發揮。少年瑞內來到巴黎入學，其繪畫才能大放異彩，十二歲的時候就奪得學校繪畫比賽第一名。十六歲的時候，父親去世，瑞內跟著巴黎一位著名珠寶製作者學習了兩年，準備成為珠寶設計與製作者。十九世紀末的法國，首飾都是由貴重金屬和寶石製成，價格昂貴。年輕的瑞內卻覺得美麗的首飾應當屬於所有的人，無論他們是否多金。瑞內於十八歲時來到英國，在倫敦附近一家設計學院學習，他不但勤習英文而且參觀各種展覽，非常傾心於剛剛開始時髦起來的「新藝術」與「裝飾藝術」運動，深深感覺在首飾設計中東方藝術與巴洛克風格的融合至為重要，而且工業革命帶來的便利也應該可以應用在首飾製作中。

一八八〇到一八八二年，瑞內返回巴黎成為自由插圖畫家與珠寶設計師，他的設計十分搶手，許多頂尖珠寶製作者都來購買他的設計，包括他的老師在內。一八八四年，他的設計在羅浮宮展出，得到廣泛的注意。一八八五年，在巴黎歌劇院區，他擁有了自己第一間工作室，雇用了十二位珠寶師傅，成為真正的珠寶製作者。在他的工作室裡率先使用機械輔助手工操作，材質不僅限於貴重金屬和寶石，他也使用犀牛角、鯨魚骨，琺瑯，以及玻璃。二十五歲的瑞內被玻璃迷住了，玻璃有著寶石的璀璨，玻璃的可塑性是無限的，玻璃的價格也是非常可愛的。

他開始悄悄地親手實驗各種可能性，樂此不疲。

一八八九年，在巴黎的萬國博覽會上，拉利克設計製作的胸針「鳥歌」大獲好評。這件作品用的是傳統的貴重金屬、鑽石、紅寶石。但是設計新穎，三隻歡唱的小鳥生動有趣，十分浪漫。之後，瑞內搬遷到同一地區更大型的工作室，此時他擁有了三十位師傅。不斷獲獎的青年藝術家在工作室裡孜孜不倦地工作，他的工作檯周圍布滿鮮花，帶給他愉快的兒時記憶，也帶給他無窮的靈感。兩年之後，瑞內不但使用普通的脫蠟法來鑄造玻璃，他甚至發明一種簡單易行的辦法，在設計完備的泥模中注入玻璃液，等待其緩慢冷卻，去掉模子，於是出現了一件獨一無二的作品。運用這種辦法，瑞內製作出以玻璃代替象牙、寶石的飾品，大受歡迎。之後，瑞內用酸處理金屬製成能夠重複使用的模具，玻璃的鑄作工程便更加得心應手。之後，便是一系列的實驗、參展、獲獎。

一八九八年，瑞內用金屬製作出美麗曼妙的雕塑骨架，將玻璃吹入骨架成為一只美麗的花瓶，巴黎為之驚豔。從此，拉利克工作室推出一系列的桌上用品，形式各異的花瓶、設計精巧的香水瓶為其大宗。一九〇九年，瑞內的妻子去世，他做了重大的決定，將工作重心由首飾轉為高雅的日用品，成為一個真正的水晶玻璃藝術家。第一次世界大戰期間，拉利克的工廠被用來當作醫院與化驗室，但是瑞內的工作沒有受到影響，他繼續進行各種實驗，繼續在工藝流程上推陳出新。

戰後，拉利克迅速成為歐洲水晶藝術品頂尖品牌。二次大戰期間，工廠完全關閉。一九四五年五月，瑞內辭世，戰爭結束，瑞內之子馬爾克沒有浪費一秒鐘時間，迅速接掌拉利克的事業。到了二十一世紀，已經傳承三代，拉利克早已成為世界級水晶藝術翹楚。

在美國維吉尼亞州東南部濱海城市諾福克有一家美輪美奐的克萊斯勒藝術博物館，汽車大王克萊斯勒家族不但將自家收藏無償展示給民眾參觀，而且時時舉辦世界級的特展。二〇一七年九月十四日到二〇一八年元月二十一日，瑞內．拉利克水晶藝術在這裡盛大展出。展品均來自紐約州的康寧玻璃博物館。康寧博物館得到一批捐贈，內容是四百餘件拉利克藝術品。其中兩百餘件頂尖精品於二〇一四到二〇一五年在康寧博物館盛大展出後，移師克萊斯勒博物館，吸引大批觀眾前來欣賞瑞內．拉利克在兩次大戰間隙所創造出的美好。

裝飾與實用的結合是設計的方向，於是，除了首飾之外，瑞內所矚目的日用品，不但香水瓶、手鏡、粉盒、菸灰缸、雪茄盒、書擋、印章、墨水瓶、吸墨器、文鎮都在他的興趣範圍之內。而且，他創作桌上大型裝飾，華麗的燭臺、璀璨的檯燈、浪漫的座鐘、雍容的花瓶、秀雅的餐盤、精緻的餐刀架，甚至溫潤如玉的客廳裝飾藝術品，甚至汽車車頭上非常拉風的水晶裝飾。

觀眾遊走在這個明淨的世界裡，歡喜讚歎花卉、藤蔓的優雅，松鼠、蝴蝶、小鳥的靈動，巨聖甲蟲、蟒蛇、鷹隼的莊嚴，美麗女子衣衫的輕柔。觀賞拉利克公司提供的水晶工藝流程影片，看到瑞內所走過的來時路，感激無限。

風從莫拉諾吹來

入秋了，二〇〇八年的華府，空氣有點冷，帶著硬度。政治明星們努力展示的笑容裡帶著疲憊。更多的華府人不再熱中於選戰之種種，將電視關掉，捧起書本。競選海報登上了《華盛頓郵報週刊》的封面，人們仍然提不起興致。

十月初，Lino Tagliapietra 從事玻璃藝術六十年的回顧展在白宮對面的美國藝術藝廊（Renwick Gallery）盛大登場。親愛的里諾如同一陣暖風，從玻璃之都威尼斯的莫拉諾（Murano）飄然抵達華府。十月三日，展覽開幕，里諾帶著濃重的義大利口音輕鬆自在地和華府人見了面，簽書的隊伍排成了長龍，展品前人頭攢動，一時間，白宮周遭的溫度迅速上升，華府人的臉色好看了許多。

美國是莫拉諾藝術玻璃的巨大市場，而里諾卻是整整一代美國玻璃藝術家的良師益友。七〇年代末，從來沒有唸過英文從來沒有搭乘過飛機的里諾來到了西雅圖北部的 Pilchuck Glass School。這位「駐校藝術家」講的英文沒人懂，手裡握著奇奇怪怪的工具，吹著口哨，哼著義大利舞曲，玻璃就在他的手裡舞動起來成為他要的優美形狀。里諾笑說，「玻璃就是語言」，玻璃幫助他和美國年輕的藝術家們打成一片。三十年過去了，當年的青年今天已經赫赫有名，但當他們回憶起里諾，還是一往情深。「沒有秘密，」里諾說，「我放手大幹，一覽無餘。」

美國琉璃藝術家們對里諾工作的熱情和體力印象深刻，「早上七點鐘，里諾就要大展身手，我們只好六點半準備好一切。里諾從早上七點到下午五點，根本不停！我們的年齡是他的一半，都需要輪流躲在一邊喘息一下！」

一九三四年里諾出生在莫拉諾，體力並非天生，他打從十歲就開始吹玻璃了，十一歲的時候拿到第一份薪水。那時候，里諾的工作時間就是從早上七點到下午六點，有時候加班到晚上十一點，第二天清早照樣出現在滾熱的爐前。里諾二十歲的時候成為這一行的佼佼者 Maestro，意思是「大師」。如同大指揮家一樣，帶領著四人團隊在玻璃藝術的世界裡揚名立萬。與里諾合作過的美國藝術家屈胡利（Dale Chihuly）一再告訴世人，在玻璃世界，沒有人比義大利人更能發揮團隊的威力。里諾笑說，「玻璃知道今天是誰在指揮！」豪氣十足。

果真，里諾的玻璃世界不同凡響，每件作品融匯了千年以上的威尼斯風格，然而它們又是如此新穎、朝氣蓬勃，難怪從來沒有接受過學院教育的里諾稱呼自己的作品是新文藝復興的代表。

到處都是風留下的痕跡。微風吹皺河面，水下的石頭神采奕奕。晚風將夕陽的餘暉均勻塗抹到曼哈頓的大廈群上。不是希臘神話的美杜莎，不是卡拉瓦喬筆下的美杜莎，而是水母在水中漂浮，風從水母身旁掠過。恐龍迎風而立。颶風在海底捲起巨大的漩渦。春風拂面，天使喜極垂淚，淚如彩虹。如蕾絲般細緻的織品在風中飄拂，聞得到陽光曬暖的青草香。鳥羽顫動，看得到風的足印。蝙蝠俠穿雲裂石、風馳電掣，則是另外一重風景。土星美麗端莊運行太空，風兒靜止，遙遙觀望。

在兩個用玻璃隔開的展廳中央，是滿載威尼斯風情的船隻，色彩斑斕，讓人想到風平浪靜的水面上貢多拉搖船帶來的旖旎風光。「我一直想做船。」里諾如是說，「船本身很長，船尾船頭也很長，這個讓玻璃延伸的過程別有趣味。」

人世間有趣的事物何其多！里諾的父親曾經捕魚為生，大海、船隻都是風景。里諾的母親是巧手的蕾絲藝術家，大約在孩提時代里諾已經感受到蕾絲的美妙了。里諾的妻子莉娜來自一個有著五百年玻璃製作歷史的家族，在這個美滿的婚姻裡，玻璃占著舉足輕重的地位。

「威尼斯無與倫比，玻璃藝術變化無窮，但是傳統的力量無遠弗屆。」談到傳統設計與技藝對今日義大利玻璃藝術的深遠影響，里諾語重心長。於是，由熱氣騰騰的玻璃製作回歸文化的記憶與探討。

風勢更加強勁了，不但拂去了籠罩華府的政治陰霾，而且，更重要的，里諾的到來將掀起新一波的文化對談。古老的義大利文化與年輕的美國文化將有一個和樂融融的對話，受益的將不只是華府人。聽！里諾已經在熱情地邀請我們了，「你一定要和我一起跳舞，你一定要和我在一起！」與里諾在一起旋舞的不只是玻璃，還有我們。

秋的旋律

一場秋雨，滿地霜葉，葉片完美，由金黃而絳紅，層次分明，於是草坪與人行道都被繪上了新的圖畫，圖畫生動，自樹梢到空中再旋轉至地面，由動而靜別有一番韻致。此地的秋毫無感傷意味，反而華麗、生機勃勃。

我們都喜歡北維州亞歷山大老城，老城沿河而建，許多的老建築在歲月的淘洗中平靜地煥發出年輕的風采。水雷廠藝術中心（Torpedo Factory Art Center）就是這麼一個永遠吸引人的地方。這裡，從一九一八年一直到第二次世界大戰結束，真的是一個製造水雷外殼的工廠，兩個順牆架設在地板上的水雷靜靜地臥在一樓大堂裡，告訴我們曾經有過的進攻與防守，遠程射擊與近身搏鬥，於是我們看到水面上升騰起的濁浪，傾倒的艦隻，以及在短時間裡將水染紅的畫面。現在，這裡卻是祥和的，淺綠色的水雷混跡於各色各樣的現代藝術作品當中，孩子們有時候會不知究裡地輕拍這龐然大物，或者想像著可以坐在上面，將它當作一條圓滾滾的長凳。

這裡，自一九七四年起成為藝術家的一方樂土，在二〇〇七年深秋，這裡有著八十二間工作室，六家藝廊，甚至一家藝術學校和一間博物館，容納著一百六十二位藝術家。喬治．丘吉爾（George Churchill）的工作室在三樓，窗外就是波多馬克河的河景。他在這裡已經二十七年。他的工作室沒有煙熏火燎的高溫，他不負責吹製玻璃，他負責鑲嵌，換句話說，他使用成品玻璃製作美麗的彩窗、燈具。他的客戶多半是教堂，也有些是前來遊覽的民眾，看到他懸掛於大窗上的成品，驚喜地奔過來說道，「我也想要這麼一扇窗戶！」或者「我不想要太多的紅色或者藍色，可不可以是橙色的？橙色、白色、咖啡色和黑色？」可以，都可以，一切都可以商量：色彩、圖案設計、形狀、尺寸與大小。二十七年之間，他出售了無數美麗的窗戶，從設計、採買材料、鑲嵌製作、將成品裝入各種不同材質的框架、直至安裝到建築物上，全部的作業，他親手完成。最美妙的當然是設計與鑲嵌的過程。喬治非常陶醉。

這一年，喬治已經八十六歲，二十七年前他從外交官的職位上退休，離開了美國國務院，興趣廣泛的喬治決心開始另外一個專業。他曾經學習專業寫作、學習繪畫，最後還是選擇了玻璃工藝。想來，年輕的時候久居地中海沿岸國家，游蕩在玻璃之鄉的美好經驗給他留下了深刻的印象。將近耳順之年，他去做了一位學徒，跟著比他年輕許多的師傅學習玻璃鑲嵌藝術。這種學徒生涯是非常古老而傳統的做法，喬治樂在其中，他不但學到了真本事，而且繼承了師傅在水雷廠藝術中心的工作室。「我的這位前任不但是優秀的藝術家而且他完全依靠這項技藝維持生活，那是很不容易的。」喬治心平氣和，「我的情形不同，我是對玻璃興趣濃厚，不要靠它來養家餬口，沒有精神上和經濟上的負擔，心情比較輕鬆，可以選擇自己特別有興趣的項目去做。而且，可以自行創造，不必完全拘泥於客戶的需求。」對於將來，他也有想法，「我現在還好，但是，總會有做不動了的時候。那時候，我就希望把這個工作室再交還給我的前任，讓他在這裡實現他的夢想。因為，今天，較之二十七年以前，玻璃鑲嵌藝術比較有市場，製作方面也更上軌道了。」製作方面的所謂上軌道，與許多的玻璃材料的配套供應有關。比方說著名的 Ed Hoy's International 公司提供的就不只是玻璃工藝所需要的各種工具，他們還提供各種形狀、厚度、色澤的玻璃，有了這些玻璃，藝術家能夠創作的範圍幾乎就完全沒有了限制。

眼下，喬治正在創作的一面彩窗有著柔和的乳黃色背景，凸顯於上的是美麗杏花的花影。草圖之上，喬治先用薄薄的塑膠片剪出花瓣靈動的圖形，然後切割玻璃公司提供的彩色玻璃，這些玻璃非常特別，它們完全按照喬治的要求製作，乳白色裡面有些淡綠、鵝黃、絳紫、冰藍，玻璃整片凹凸不平，賦予切割出來的花瓣以立體感。用銅片包住邊緣，用鉛條鑲嵌而成的花朵似乎在枝幹上迎風起舞。

喬治正在把舞動中的柔美景致凝結到質感完全不同的玻璃世界裡。窗外，秋風正裹著紅葉旋舞，瞬間，會產生一個秋與春兩種截然不同的氛圍正融合在一個畫面裡的相當真切的感覺。那感覺非常華麗。

總會有那樣的時候吧？

什麼樣的時候？

無論您怎樣切割，玻璃還是不能完全符合您的設計？

噢，我明白了，你要知道的是我對玻璃的再造工程。

喬治微笑，領我們看一個長方形、銀灰色的 Kiln。這是一個窯嗎？看起來像微波爐。「講老實話，這是非常『古老』的設備，只能『烘』而已。」他拿出一個一吋見方的模子，「是用石膏粉調水捏合而成的。」中間凹下去的部分是一個美麗的蜆殼。喬治把一片小小的咖啡色玻璃放在模子上，「華氏一千四百度，一個半小時之後，玻璃就會軟化『掉進』模子。拿出 Kiln 之後再等整整一夜，玻璃冷卻了，就可以得到一個完美的蜆殼。完美，但是費時，是一種相當『落後』的工藝。」喬治的微笑依然非常的溫暖。

不想改進嗎？完全沒有這個意思。喬治非常喜歡這種緩慢的等待過程，他利用那等待的時間做別的事情。咖啡色的玻璃變成美麗的蜆殼之後，登上彩窗之時，在陽光的透視下就好像剛剛來自海灘的砂礫般的色澤，鮮活無比。「這是我自己心愛的作品，不計時間不計成本，慢慢地去完成它，要的只是最為理想的結局。」他抬眼看著另外一面窗的窗檯上置放著的那些聖像，手繪玻璃，完全不考慮市場，「祂們像朋友一樣和我在一起，在這間工作室裡創造有市場的美好，比方說杏花。或者沒有市場考量的美好，比方這些晶瑩的蜆殼。」喬治微笑，意味深長。

怎樣宣傳自己的作品？比方說網頁之類的？噢，我需要網頁嗎？喬治露出孩子般調皮的神情，「人們看到了這些美麗的成品與半成品，就心癢難熬地下訂單了啊。重要的只是怎樣將人們的夢想變成已然懸掛於牆的彩窗，在我還身強力壯的時候。」

走近現代藝術

從美國東部的紐約州開車越過國境線，繼續向東北方前進，就會來到加拿大一個美麗的城市叫做魁北克市，整個城市高踞在丘陵之上，俯瞰著聖勞倫斯河。此地的居民日常生活使用法語，面對遊客的時候也會使用英語。市中心高聳著城堡飯店，這個飯店不但非常的入鏡，是遊客們一定要想辦法拍下全景照片的偉岸建築，而且，在這個飯店的藝廊裡，我們能夠很輕鬆地看到一些非常重要的藝術家的作品，比方說馬諦斯，比方說達利，比方說畢卡索。不只是大家都熟悉的畢卡索的抽象作品，甚至還能看到他的早期作品，充滿古典主義的美好，很容易看懂的母子深情。

魁北克市聚集著來自世界各地的藝術家，圍繞著城堡飯店呈放射狀的街巷裡、或是坐纜車下到河濱街區，我們都能夠看到無數的畫廊、藝品店。多半的時候，畫廊主人就是藝術家本人，無數有關藝術的談話、交易就在這裡愉快地進行。版畫尤其受矚目，甚至有一條街，整條街上展示的都是版畫藝術。摺疊椅上坐著的藝術家，一邊照顧生意，一邊抽空刻銅版，表情專注，是這條街上的尋常風景。

這樣的一個城市必然有著壯觀的美術館。魁北克市的國立美術館非常特別，兩個截然不同的建築聯合成為巨大的整體，一個部分是廢棄的老監獄改建，從外表看很沉重、很陰暗、很堅固的古老磚石結構；另外一個部分則是新建的玻璃空間，寬敞、明亮、活潑、開朗，內部設施都是線條流暢的白色硬體。兩棟建築之間的連結非常的複雜，需要搭乘電梯，而且需要在地下通道步行很久。如此這般，也就提供了更多的展示空間，也為觀眾提供了更多元的展示內容。

我在二〇一八年五月二十三日，一個溫暖潮濕的早晨來到這家美術館，館方工作人員抱歉說，正在布置古典藝術的一個展覽，無法入內參觀。他雙手一攤：「您只能看現代藝術的部分了，實在抱歉。」我謝了他，徑直走進森嚴的老監獄大門，心想，這座建築本身就有著古典的意味，看過之後，再來走近現代藝術會是很有趣的經驗。

果然，幽暗的室內關閉了大半，策展人帶著工作團隊正在門後靜靜地布置展覽。恐怖的樓梯井裡裝置著大型的現代雕塑，歪歪扭扭向上延伸直抵天窗，讓我們想到當年囚徒們仰望那遙遠天光時的絕望心情。但是，人類的樂觀精神是永遠存在的，當年，就在這個看不到任何美麗事物的監獄裡，一位囚徒畫下了一束鮮活、優雅的捧花，獄方很人道地將其懸掛在壁壘森嚴的上層通道牆壁上。我相信，這束花給了無數曾經被囚禁者巨大的慰藉與溫暖。監獄改建成美術館，這束美麗的花仍然懸掛在老地方，像一束溫柔的陽光沖淡了整個建築令人窒息的氛圍。

在前往新建築的途中看到現代藝術的展示，一幅油畫讓我們感覺到區隔與疏離。畫中一位老者漠然地與我們對視，他身後的人們或是面目模糊或是只讓我們看到一半身影甚至只有側面的一小部分，層層疊疊的空間區隔了他們，使得他們無法交流。這樣的一幅作品似乎是現代人生活的某種寫照，令觀者印象深刻。我看到一位年輕的觀眾站在這幅畫前，下意識地將手機關機，放進上衣口袋裡，不禁微笑起來。另外一件作品是五個立體的面具，鑲嵌在正面是玻璃的木質展示櫃裡，我們透過玻璃可以清楚地看到他們有著不同的色彩，不同的表情，或沉思、或激昂、或喜悅、或哀傷，我們會不由自主地關心他們，想要知道他們的故事……。

畫廊綿長，訴說著現代人內心深處的種種思緒，我們一路聽著這些傾訴，一路走向更為寬敞的所在。忽然之間，我們從陰暗中走進一個白色的巨大空間，弧線、直線、三角形、矩形、正方形組成的宏闊世界，寬敞的階梯帶領著我們前往不同的展室，讓我們看到現代藝術所表達的不同訴求，對人類命運的關切與展望，對大千世界無盡的好奇心，對宇宙奧秘永不退縮的探尋。

終於，感覺累了，坐在巨大玻璃窗前的白色長椅上歇息一下，無意中抬頭，面前出現了另外一個畫面。戶外青翠的草坪上，巨大的紅黃兩色現代雕塑好像手臂奇長的風車一樣在蔚藍色的空中緩緩地轉動。魁北克市多風，在城堡飯店的高地上，風勢尤其強勁。這風車轉得這樣緩慢當然是因為沉重的關係，於是我們了解，這是金屬的雕塑，給人沉穩與寧靜。在美術館裡接受了那樣多的訊息、那樣多的啟迪之後，我們格外需要沉穩與寧靜。

與我的視線平行，看到一位工作人員，他蹲在高聳入雲的風車下面，正在整理花壇。加拿大魁北克市位於北地，春季的到來比我居住的美國北維州整整要晚兩個月，已經是五月下旬，鬱金香同櫻花都還在含苞欲放的階段。這位工作人員正在鬱金香花叢裡尋找寥寥可數的野草，把它們連根拔起來放在小竹籃中，他感覺到我的視線，便轉過頭來，滿面笑容地隔著玻璃揮手打招呼問好。我也笑著回應他，感謝他的辛勞。似乎，在這一瞬間，室內與室外同時融入了一幅畫裡，非常的現代，又非常的古典，充滿人與人之間、人與大自然之間、人與藝術品之間溫暖的情誼。

走出這座美術館新館的玻璃大門，看到大門一側的草坪上有一個石板鋪就的平臺，上面是一組雕塑，數個大小不一的樹墩散落著如同座位，面對著一個比較大的樹墩，上面有一臺正在播放新聞的電視。看不到電線與天線，這臺老舊的電視就這麼歪歪地蹲在「樹墩」上，帶領我們回到現實世界。我坐在一個樹墩上，看著夏威夷火山爆發出通紅的岩漿正在慢慢地流進海洋，煙霧迷濛中，夾帶著強大的力量。

那一個下午，白浪如練

習慣坐火車，從華盛頓坐火車到紐約三個多鐘頭而已。在賓夕法尼亞車站下了車，人已經置身曼哈頓，這是最方便的旅行方式。更讓我滿意的，出了站臺碰到的第一個地下火車站就是藍線A、C和E，往下城方向三站，即可抵達蘇荷區泉街。

夏日星期六的午後，街上瀰漫著喜氣洋洋的味道。畫家們和販售皮包、腰帶的小販們成為近鄰，以不同的方式服務著人群，將微笑或者哈哈大笑灑向摩肩接踵的潮流裡。我提著簡單的衣物，準備在這裡逗留一個下午，一夜和一個白天。彎進西百老滙，人間的歡樂進入一個比較含蓄的狀態，男男女女在陽光底下，在餐館的露臺上，在街邊的餐桌旁，吃著、喝著、聊著。空氣裡滿是酒菜的香味。

從對講機裡，我聽到了老朋友虞曾富美的聲音。隨著巨大電梯的晃動登上六樓，門一開，嬌小的富美和她巨大的畫一起跳了出來，一如既往。

但是，那麼明顯的，她滿腹心事，連中午的飯點也是身為建築師的虞先生在張羅。富美不好意思地笑笑，「James把我慣壞了。」虞先生卻開朗、坦然如昔，談笑風生不失幽默機趣，讓暖融融香噴噴的空氣繚繞在巨大的空間裡。

「一組畫還不成熟，一個新的系列。」富美終於按捺不住，將心裡正在考量的題目說了出來。記得，不久前，紐約最著名的藝評家唐納．克斯貝特（Dr. Donald Kuspit）曾經說過，富美的創作完全是由自然提升而來的藝術品，每個系列之間都好像接力賽跑一樣有著連貫性。

我跟在她身後大步流星進入她的工作間，她順手就抽出十張「小」畫，直接放到了大廳的地板上。我知道，在她動手畫十多呎高，二、三十呎長的大畫之前，她會畫許多三呎乘四呎的小畫，作為準備。準備的工作有多麼艱辛，內心的掙扎與較量有多麼劇烈，恐怕沒有人真正了解。雖然藝評家們一再地說，她的創作完全憑借著她自己的敏銳，她的永不重複所顯示的正是一種無限的可能性。然而，我還是深深了解這「來自上帝的禮物」抵達人間的道路何其坎坷。「是水，是浪花，只是還沒有成熟。」她喃喃自語。

我想到她的魅力無窮的琥珀系列，想到她熱力四射的火山熔岩般的那一系列作品在已經完成的時候，她還有著意猶未盡的躑躅，心裡的千般思緒還在起伏動蕩著。我們，這些觀者卻已經被畫作所釋放出來的能量擊倒、迷住了。其實，富美一直吸引我的最主要的原因是她不同於一般的抽象藝術家，她不受理論的牽引與拘束，她內心世界的真正寧靜使她絕對有別於一些抽象畫家在作品中所流露的沮喪與失落。她的畫作生氣勃勃、快樂、動人，如同大自然。

把好朋友留在工作中，我奔向大都會博物館。週末，這裡人山人海。雖然大都會正在進行大規模的整修工作，連主體建築的正面都被蒙了起來，觀眾們還是可以參觀絕大部分的展品。

大都會是我最熟悉的博物館之一，除了素描的特展之外，我當然要去看望老朋友：希臘陶甕的彩繪，文藝復興時期的繪畫，前期印象派歷久彌新的浪漫。在在都具象地感動著我們。遙遠的，在什麼地方，有著完全不同的、抽象的、巨大的移動、顛躓、奔騰，時時地讓我神不守舍。面對莫內的輝煌之美而神不守舍？我搖頭笑自己。但是，不同的藝術語言表達著事物的不同層面。不能專心只不過是我被另外一種表達方式攝去了部分的敏銳罷了。

這一晚，我投身在富美巨型作品《宇宙之歌》的投影裡。熄了燈，夜靜悄悄的，遙遠的星光從畫幅上走下來，通天徹地瀰漫在我置身其中的畫室裡。窸窸窣窣，我聽到富美到廚房去倒水的聲音。她也睡不著嗎？成熟的作品懸在牆上，不成熟的作品在心底裡湧動。

在《冰川花園》裡，被靜止了的流動即將破冰而出，狂奔千里，構成另外一種雄奇的風景了嗎？或是，只是如同涓涓細流，卻含蘊著永不涸竭的靈泉？

虞曾富美，或者西方藝評界早已熟知的 Marlene Tseng Yu，曾經接受過東方與西方的繪畫訓練。在四十餘年的實踐過程中，她自己找到最適合於她的壓克力顏料。無論在畫布還是畫紙上，她都在做同一件事：將自然之美再現出來。深海、潮汐、冰川、北極光、火山、宇宙黑洞、山崖與積雪、雨林與美石，無一不將當下與永恆推近到每一位觀者的面前。她堅定不移地確信，這是積一生之力描摹不盡的偉大題材。她在創作的路上目不斜視地走著，未曾停歇。

宇宙之歌盡收輝煌，在暗夜裡撫慰著疲倦的心神。

第二天，因為準備與我們同船遊河的友人們晚點，我也就有了比較多的時間和虞氏伉儷閒話家常。在寸土寸鑽石的曼哈頓，虞家有著挑高十五呎的八千平方英尺空間，但是十八呎高的畫卻不能懸掛，想給大畫拍照必須登上房頂。最重要的是，畫家沒有辦法遠距離地看自己的畫……。虞先生正在動腦筋，怎麼樣為畫家妻子創造更好的工作環境……。富美告訴我，新的大展十月在皇后區舉行，那是她的第五十二次個展，將有六十餘幅作品與觀眾見面，那將是一個回顧展，系統介紹她最近四十年來的系列作品。「那會很好。但是，比較重要的還是新的高度……，新的期許……。」富美如是說。

我想到了二〇〇四年，富美在希臘的展覽，那樣壯觀的巨大作品，當它們被陳列在古老的神殿裡，希臘人自然是感動不已。阿波羅從雲端下望，大約也會被這些舞蹈著的綠松石激起愉悅的好心情。更何況，這來自臺灣美濃的客家女子無論白天還是晚上都徘徊在祂的神殿裡，在遠古與現代之間，在神力與人力之間積蓄著精神、智慧與感悟。難怪，對現代藝術一向持保守態度的希臘人一而再、再而三地邀請富美「回」希臘去展她的畫，他們已經把富美的作品和他們自己的歷史文化緊緊地聯繫在一起了。

「我太幸運，得到太多了。我必須有所回饋。」富美說到做到，她組織幾十位來自許多不同國家的藝術家，將已經瀕臨滅絕的熱帶雨林重現在藝術品裡。他們不取分文，走許多地方，巡迴展覽，呼喚人類對自然的珍惜與敬畏。對「水」的情感也許有著相近的源頭。

終於，我們上船了，是虞先生新購置的一艘三層的機動船。食物與度假的心情似乎是屬於大家的，富美的注意力卻一直被浪花所吸引。

拿破崙最喜歡海浪。七、八歲的時候，在家鄉科西嘉島的懸崖上，他就很喜歡長久地注視著海浪周而復始撞擊海岸的景象。他喜歡海浪的威力，喜歡海浪鍥而不捨的精神。我述說著拿破崙的故事，心裡充滿了悲涼，這位悲劇英雄內心深處的絕望，似濃雲壓頂，揮之不去。「噢，是嗎？拿破崙也喜歡海浪？」富美輕描淡寫地撥開了這個沉重的話題。汪洋大海，在拿破崙最後的歲月裡，隔絕了他對自由的想望。富美，這位現代藝術家，在作品裡要表現的卻恰恰是自由與奔放。其中，也有著拿破崙畢生的追求罷，那是人類最為寶貴的自由精神了。

我們與曼哈頓西岸不即不離，從南端的自由女神直奔北端的喬治華盛頓大橋，遠遠的，陸地上，西點軍校遙遙在望。富美與我不約而同地轉頭凝望曼哈頓南部，消失了的雙子星大廈留下的空曠驚心地現實。船尾白浪如練。

書寫也好、繪畫也好、雕塑也好，每一種藝術語言無一不是要喚起人類對美的追求、良知的昇華。富美凝視船尾白浪久久不語。浪花凝成細細白練在哈德遜河心描畫出精緻的曲線，將河面分割、凝聚，訴說著恆久不變的情懷。

那一晚，我返回華盛頓已經是午夜，外子開車來接。憲法大道上車燈如練。他問我，這一天還好嗎？我脫口而出，整個下午，白浪如練。他馬上反應過來，這麼壯麗的題材，Marlene 的畫幅會有多大呢？起碼五十四呎長，我估計。

二〇〇五年八月二十九日初稿
二〇〇五年九月三十日二稿
二〇〇五年十一月五日三稿

＊完稿此時，畫家剛剛獲得美國繆思美術大獎，她走在紅地毯上前去領獎，頒獎臺上懸掛著的正是她自己的巨大作品 UNDERCURRENT。

永遠的風景

初秋的傍晚，站在紐約長島牡蠣灣的街心公園裡，放眼望去，水天相接之處雲蒸霞蔚。那顏色卻似乎不大對，怎麼會紅得如此嬌豔欲滴？應當是莊重的、柔和的、淺淺的水紅色，甚至有著一抹淺灰色透明的煙靄才對啊。更不消說眼前並沒有那纍纍的紫藤蘿，沒有那懸垂在天際、懸垂於水上的千嬌百媚。當然也沒有那曲曲折折、攀援而上的老藤與新枝。

這裡，本來有著一所巨大的莊園，叫做拉瑞爾頓（Larelton Hall），從那莊園的長窗眺望牡蠣灣，才會出現那樣一種風景。而這風景卻被路易斯・第凡尼（Louis Comfort Tiffany, 1848-1933）永遠地留給了我們，留在了一扇巨大的鑲鉛彩色玻璃窗上。跨越了百年的風霜，那柔美的景致永遠地存留下來了，存留在我們心裡。當我們面對著某一道自然的尋常風景，反而感覺不真實。

以珠寶設計與繪畫為起點，一八七九年到一九一五年，路易斯走進了他創作的顛峰時期。這扇牡蠣灣風景窗正是他一九〇八年的作品。它曾經是一扇真正的窗戶，鑲嵌在紐約曼哈頓的一所豪宅，直到一九五七年拉瑞爾頓莊園遭到火災之後，才隨著第凡尼的其他作品一道，陸續地進入博物館收藏，逐漸地廣為人知。

在紐約大都會博物館，我常常有著一種無法克制的陶醉其中的感覺。當我們欣賞古代希臘與羅馬的六千多件展品，可以感覺到一個時代的輝煌。當我們欣賞印象派上百件珍品，會無比讚歎那一批大師的登峰造極。但是，第凡尼卻是一個人造就出一連串的風景。短短三十六年之中，上千件精品，深入人們的生活，引導了時尚與潮流，甚至改變了建築形式，成為一種文化。自然景觀被這樣細緻入微地引進了室內，人們可仰望、可觸摸、可面對沉思。孔雀羽毛化身花瓶，蜻蜓飛上了燈罩，玉蘭、鳶尾花、木蘭、紫藤蘿躍上長窗。天地之間的美麗被一一地複製出來，其媒介卻是玻璃。

這玻璃的五彩繽紛不是繪製的，而是將顏色熔入了透明、半透明，甚至不透明的物質，用鉛、用銅這些低熔點的金屬將設計好的玻璃連接成一幅畫、一扇或者多扇彩窗。甚至用酸等化學物質在玻璃的背面下功夫，而使玻璃的正面出現驚人的變化。

在一扇高一米五、寬一米的彩窗《飼火鶴》的製作過程裡，這些技藝得到充分發揮。畫面中心是那餵食火鶴的女子的手，兩隻火鶴正滿心信賴地從這隻手裡啄食。畫面充滿溫暖、依戀與誠意。這幅作品曾經是拉瑞爾頓莊園客廳的一扇窗。

當初的樣子，我們今天只能從 Ernest Edward Oelhrick 五〇年代初拍攝的一幀照片看到端倪。原作在數年後的大火裡被毀，但是，沒有全毀，最終得到了恢復。恢復的過程使得整個畫面格外逼真。路易斯當年非常自豪的乳光玻璃在表現女子肌膚時達到極佳效果。女子衣裙的褶皺則依賴玻璃厚度的改變來體現。女子腳邊的小地毯被賦予更多色彩而增加了質感，懸吊於空中的魚缸，色彩更加明麗，似乎魚兒正在水中游動。畫面正中小小噴水池那激噴而出的水柱是在玻璃背面用酸處理而成的。隨著技術的進步，在經過第凡尼工作坊藝術家們的精心處理之後，被修復的作品較原件更為精彩。

並非每件重要的作品都有如此好運。曾經在拉瑞爾頓莊園客廳占據整整一面牆位置的巨大橫窗作品《浴者》在製作過程中不斷豐富，其結果甚至超過了路易斯早先的設計，而成為路易斯．第凡尼最為得意的作品。莊園近牡蠣灣，陽光透進彩窗，美麗的女子與池水相輝映，浪漫的人體凸顯在色彩斑斕、生機無限的自然背景之中，不但成為美麗的畫面，更彰顯了玻璃技藝的更上層樓。那是路易斯首次使用乳色玻璃並獲得空前的成功，在此之前，世界各地玻璃藝術家在彩窗製作中，人體部分還是要依靠彩繪而不能完全以玻璃本身來體現。路易斯去世之後，他的密友邯莉女士就向第凡尼基金會建議，將拉瑞爾頓莊園的彩窗送給紐約大都會博物館作為永久的珍藏。她的建議沒有被採納。一九五七年的大火完全地毀掉了這幅重要的作品。消防隊趕到火場之後，破窗而入，那扇窗正是精美絕倫的《浴者》。現如今，在紐約大都會博物館的美國藝術新翼，我們能夠看到的只是一幀照片。池水裡的睡蓮、池旁紫色的鳶尾花、高視闊步的孔雀、陽光在樹梢與枝葉間的閃爍、美麗女子的歡愉，都還有著很好的呈現。然而，已不再是玻璃，只留下了無限的悵惘與念想。

彩窗作品《木蘭》，本來是五扇連結在一起的長窗，火災之後，只餘得三扇。北美洲的星狀白色木蘭（Star Magnolia）是早春天氣最早綻放的花朵。在純淨、湛藍的碧空映襯下格外高潔。這讓我們想到在第凡尼家族的巨量藝術收藏中間那許多來自東方的瑰麗。路易斯是一位絕對不肯墨守成規的藝術家，他熱切地吸收著人類創造出的一切美感，將之融入自己的創作。這無葉的木蘭，讓我們聯想到東方美術的簡潔與留白。玻璃的厚度使得花朵如同浮雕，宛如舞蹈著的精靈般栩栩如生。花蕊的部分不但使用了琥珀色甚至使用了寶藍色，這畫龍點睛的神來之筆不但使我們看到了東西方美學交融的那一瞬，也讓我們看到了路易斯作為新藝術（Art Nouveau）代表人物的一個典型例子。精巧、自然、率真，而且絕不拒絕採用新材料、新技法與新觀念。

最終，我長久地將目光停留於《四季》，一九〇〇年，路易斯帶它參加在巴黎的世界博覽會。《四季》本身以大膽設色的四扇窗組成畫面中心。周圍的設計卻如同古老書冊中的插圖與邊角設計，以極其細緻的琥珀色圖案，如同工筆，勾勒出頂端的雄鷹、下方的陶甕、兩邊的花卉。周邊的精巧、細膩與主題的自由、奔放所形成的強烈對比已經很難用適切的言辭來形容。我只是牢牢記得了佛羅里達州那個叫做冬之苑的郡，在那裡有一家美國藝術博物館，他們那裡才是當今世界上第凡尼珍品最豐富的藏家。或遲或早，我必得到那裡去走上一趟，為了那些永遠不褪流行的風景。

古蹟捍衛者

當我們走進一家博物館，看到一件上了年紀的美麗畫作，一只歷經千百年風雨的陶甕；當我們走進一家珍本書店，看到那些紙張泛黃被蟲子咬過的書頁；當我們走進一間舊貨市場，看到一張覆滿灰塵的書桌，我們將灰塵掃落看到桌面上優雅的鑲嵌時；我們有沒有問過自己，它們怎樣來到這個世界，走過了怎樣的漫漫長途，遇到過什麼樣的劫難，是誰救護了它們？當我們走進一座古老建築，一所廟宇一處遺跡一所教堂一座神殿一個城堡一座鐘樓，我們有沒有問過自己，世界上有著怎樣的古蹟捍衛者保護了它們，讓它們避過了戰爭的硝煙，躲過了一切人為的災害，讓後世的我們能夠站在這裡欣賞它們的莊嚴、美麗？

有一本書，叫做《大尋寶家》，還拍成了同名的電影，讓我們看到了人類歷史上最殘酷最具有毀滅性的第二次世界大戰對人類文明的災難性破壞、納粹德國的掠奪，以及人數極少的英勇無畏的古蹟捍衛者們硬是在沒有裝備、沒有編制、沒有後援的狀態中依據他們的專業知識、靠著頑強的努力盡一切可能減少了戰爭對古蹟的破壞，將被強敵偷盜、劫掠的藝術品歸還原主。這不是小說，這是歷史，英勇的古蹟捍衛者們是博物館館長、古文獻學者、藝術家、語言學家、建築師、藝術史專家。他們比任何人都更敏感地預知希特勒與納粹德國對歐洲藝術的野心而提出警告，他們以普通士兵的身分參戰，在盟軍統帥艾森豪維爾將軍的支持下成立了一個組織ＭＦＡＡ，對古蹟、美術與文獻展開不屈不撓的搶救行動。簡單來說，正是因為有他們，我們造訪巴黎的時候才不會面對空無一物的羅浮宮。他們奮戰於歐洲的時間是從一九四三年到一九五一年。他們從喪心病狂的敵人手中營救的作品包括米開朗基羅、多納泰洛的雕塑，達文西、拉斐爾、林布蘭、維梅爾、塞尚的畫作以及無數藝術大師的傑作，他們營救的作品多是歐洲著名博物館與私人收藏的珍品，是人類文明的珍貴遺產。

有多少古蹟捍衛者投身這樣偉大艱難的任務？與盟軍投入戰場的數百萬兵員相比較，ＭＦＡＡ的總人數微乎其微。諾曼第登陸時只有不到十二名，後來陸續加入，達到二十五人。最後，來自十三個國家的三百五十人加入。戰後，ＭＦＡＡ的人員多數被派駐英美兩國。歐洲只剩下六十名，處處古蹟的義大利只留下二十二位捍衛古蹟的軍官，戰爭的後遺症使得這些經驗豐富的專業人士不能掉以輕心，他們還得日以繼夜地對付人類的貪婪與狡詐。

從一九四四年六月六日D-Day起到七月，諾曼第登陸是盟軍取得勝利、結束戰爭的關鍵性戰役。近三百萬盟軍士兵投入戰場橫渡英吉利海峽，迎著德軍的頑強抵抗在法國北部諾曼第海灘強行登陸，僅僅奧馬哈海灘一地，四千三百多盟軍士兵半數以上在一天之內葬身海灘。擠滿海面的各種船隻、戰車登陸艦，轟鳴於空中的超過一萬架次的盟軍飛機，身上背著武器、彈藥、汽油罐的盟軍士兵所掀起的長達一個月歷史上空前的戰爭風暴將這一片長長的海灘削地三尺。就在這樣酷烈的戰爭中，在距離最西邊的猶他海灘只有幾碼遠的地方，在血與火的硝煙裡靜靜地聳立著一座有四百年歷史的小教堂。八月初，一位負責這個區域的古蹟捍衛者，紐約大都會博物館修道院分館館長詹姆士·羅瑞墨發現了這個十六世紀文藝復興時代方形神殿式的美麗建築，勘查之後，欣喜地發現砲彈所帶來的損傷並不嚴重，於是拍了照片，寫下完整的勘查紀錄，確定在盟軍古蹟保護清單上的這座聖瑪德蓮教堂能夠修復，然後將完整資料寄往英國……。

距離諾曼第正中黃金海灘極近的拜約，極為著名。此地是法國織錦藝術的源頭，西元一〇七〇年代，無名刺繡藝術家製作的拜約織錦畫問世。這件中世紀早期文物，高度是一英尺半，長度是二百二十四英尺，在六百年的歲月裡曾經只是一間小教堂的藏品，直到十八世紀才被考古學家發現它無與倫比的藝術價值，並且成為巴黎羅浮宮的藏品。

拜約織錦畫的主題是政治與軍事，詳盡地描述了法國貴族諾曼第公爵「征服者威廉」在西元一〇六六年渡海征服英國成為英國國王的過程。畫面上繡出的人、事、物足有一千五百種，無論是人或是動物都栩栩如生，至於服飾、武器、工具、旗幟、軍事列陣、城市、河流、教堂、塔樓、聖骨盒、棺槨、葬禮等等更是逼真。可以說，拜約織錦畫是歷史上描寫征服建立新帝國最偉大的藝術品，納粹覬覦它已有很不短的歲月，尤其是納粹德國元帥戈林千方百計要把這幅作品占為己有。一九四〇年，為了安全起見，法國政府將拜約織錦畫秘密護送到諾曼第蘇爾城堡的羅浮宮儲藏庫。一九四四年六月二十七日，正當盟軍大舉進攻順利占領諾曼第的時候，趁著戰地犬牙交錯的混亂，德軍秘密地截獲拜約織錦畫，運往巴黎，藏匿於羅浮宮。到了八月二十一日，巴黎贏得解放前四天，羅浮宮也已經在法國抵抗組織的武力控制之下；如此情勢竟然沒有遏止納粹對這件瑰寶的貪念，他們竟然試圖武力進犯，強行奪取，結果沒有成功。一九四四年十一月，羅浮宮重新開放，一百五十年以來，拜約織錦畫在羅浮宮首次展出。古蹟捍衛者羅浮宮館長若雅爾同美國古蹟捍衛者羅瑞墨是整個驚險保護過程中的大功臣。是他們的通力合作保衛了法國的文化歷史。

今天，在相對和平的歲月裡，我們每一個人仍然可以成為英勇的古蹟捍衛者。在我們閱讀有關人類文化藝術書籍的時候，在我們走進博物館欣賞藝術品的時候，在我們成為博物館的會員以有效的行動贊助博物館的時候，在我們走進畫廊欣賞現代藝術的時候，在我們走進書店並且將紙本書帶回家閱讀的時候，我們都在延續人類的文明。

我們使用的方塊字是世界上最古老的文字之一，卻是到現在為止世界上唯一仍然活力四射的古老文字。閱讀我們自己的文字，用鉛筆、原子筆、鋼筆、毛筆絕不減少筆劃一絲不苟橫平豎直書寫方塊字的時候，我們正在延續方塊字的生命力，我們絕對是世界上最重要的古蹟捍衛者。

當代英雄

除了兩個有自治權的離島之外，丹麥王國是北歐的一個半島國家，三面環海，西臨北海，東臨波羅的海，隔著海峽與北方的挪威、瑞典相望，有著長長的海岸線。丹麥的南端與德國接壤，很短的一段國境線。這樣的地理位置就決定了丹麥這樣一個小國在軍事上的重要地位。第二次世界大戰爆發，雖然丹麥同德國簽訂了互不侵犯條約，但是納粹德國還是在一九四〇年四月入侵丹麥。軍事占領期間，為了阻止盟軍的進擊，德國法西斯在丹麥美麗的沙灘上埋下了兩百萬枚地雷，將丹麥變成了自己北方無法逾越的雷區，一個堅不可摧的北方屏障。

二〇一五年，丹麥同德國合作，拍攝了一部電影，回顧這一段歷史。英文的標題 Land of Mine 非常有意思，可以是《我的土地》，充分表達丹麥民眾對德國法西斯的痛恨以及收復國土的決心；也可以是《雷區》，用來描述一個恐怖的區域。因為，英文 mine 有幾個意思，「我的」或是「地雷」是其中的兩個。二〇一七年元月，這部電影在臺灣上映的時候，片名叫做《拆彈少年》，直奔主題。

這部電影沒有描述丹麥對納粹德國的抵抗，描述的是丹麥人，無論普通老百姓還是職業軍人對德國人的仇恨。這部電影也沒有描述納粹德國對丹麥的蹂躪，而是描述了戰敗德國留在丹麥的戰俘所遭受的命運。一九四四年盟軍登陸諾曼第之後大舉進攻，軸心國節節敗退，一年後丹麥得到解救。丹麥陸軍手上有了兩千德軍戰俘，其中絕大多數是少年，因為戰爭末期德軍已經招募不到適齡軍人。戰爭結束之後，陸續回到德國的戰俘不到一半，在短短一、兩年裡，上千的戰俘去了哪裡？這些手無寸鐵的少年遭到了什麼？這是丹麥同德國的電影工作者在戰後七十年的時候提出的疑問。《拆彈少年》為世人揭露了部分的歷史真相。

大海是美麗的，蔚藍的天空是美麗的，丹麥西海岸寬廣的沙灘本來也應當是美麗的，沙灘上的景象卻是異常殘酷的，餓著肚子的少年們在劃定的區域內匍匐前進，徒手用一根小棒搜尋地雷，聽到異聲，便小心地將周遭沙子清除，露出地雷的頂部，然後更加小心地旋下雷管，將裝滿火藥的地雷取出，運出沙灘……。地雷是自己的人埋下的，這些被納入軍隊的少年本來就是自己國家的砲灰，現在，到了一個曾經被占領的國家，在被仇視的氛圍裡，隨時會被自家地雷炸得粉身碎骨的情況下，從事著世間最危險的工作。

開始的時候，單純的少年在毫無選擇的境地裡還有夢想，盼望著在清除地雷的過程中保住性命，回到德國，將被戰爭摧毀的家園重新建設起來。他們不是納粹，他們不恨任何人，他們像世界上所有的少年一樣，熱愛家鄉、想念媽媽、想念家裡餐桌上熱氣騰騰的飯菜。但是，他們落到了不知下一秒能否活著的悲慘境地。

布滿地雷的海岸線是荒涼的，只有一家丹麥人家，只有監管戰俘的丹麥陸軍上士。一位丹麥母親同一位軍人用他們的語言行動讓我們看到了仇恨的力量，也讓我們看到了人類的惻隱之心是怎樣萌生出來的。真正的當代英雄是丹麥同德國的電影工作者，是他們讓我們每一個人面對歷史真實去深思，在仇恨與憐惜之間，人是怎樣做出選擇的。

戰後物資匱乏，「食物不會先給德國人」，少年戰俘挨餓成為必然。排除地雷需要這些少年，不能把他們餓死，也不能把他們凌虐致死；上士有了這樣的認知，於是少年們得以苟延殘喘。

事故不斷發生，少年雙臂被炸飛死在醫院，上士卻告訴孩子們傷者得以倖存，並提出加快掃雷進度的要求。事後，上士因撒謊而內疚，告訴逝者的孿生兄弟實情。沒有想到，少年的回答竟是：「我早就知道了。」少年戰俘在殘酷的環境中的早熟引發上士的惻隱之心。然而這稀薄的情愫在自己的愛犬被漏掉的地雷炸死之時蕩然無存，他凌虐少年的手段與納粹並無區別。我們便看到了一排少年手挽手肩並肩，像跳踢踏舞一樣在沙灘上用自己的身體尋找可能遺漏的地雷，如果找到了，他們必將灰飛煙滅。我們看到的是逆來順受、萬念俱灰、不再畏懼死亡、只期待結局早日來臨的年輕的臉。

住在附近的丹麥母親總是要求自己幼小的女兒「離德國人遠一點」，但是當自己的孩子誤入雷區的時候，上士正巧外出，這位母親奔到少年戰俘的監禁之處，要他們救救自己的孩子。沒有任何的遲疑，少年戰俘全體出動奔向尚未掃雷的死亡之地，開始清除地雷，試圖接近陷在雷陣中驚慌不安的小女孩。孩子嚇壞了，開始移動，她的移動很可能觸雷，此時此刻需要一個人能夠安撫她，讓她待在原地不動。一位少年適時出現在女孩身前，同她一道玩沙子。當夥伴們將女孩救出去的時候，這位少年戰俘卻沒有循著安全的路線離開，他臉上掛著微笑，雙手插在褲袋裡，瀟灑地走向遍布地雷的所在，瞬間消失在爆炸騰起的沙塵裡。上士回來，目睹了德國戰俘成功救援一個丹麥女孩，也目睹了一個絕望少年的死亡。

這次死亡事件強烈表達出少年戰俘不再心存幻想，不再期待歸鄉，也不再信任丹麥方面會信守承諾，在清理完這片沙灘之後，讓他們回國。

果然，沙灘清理完畢，十一位少年戰俘只剩四人之時，上級完全罔顧早先的承諾，要求上士將他們送到另外一處海灘，繼續掃雷。上士開車將這四個少年送到離國境線五百公尺處：「五百公尺外就是德國，快跑！」前面鬱鬱蒼蒼的樹林擋住了視線，我們只見到少年們一邊奔跑一邊回頭向上士揮手……。我們無法預期少年的命運，我們也無法預期上士的命運，但我們終於看到憐惜戰勝了仇恨，上士同倖存的少年們都走出了「雷區」。

七十年後的德國在建設的同時不忘反省，在國際事務中為維護世界和平貢獻著積極的作為。七十年後的丹麥繁榮富足早已成為人間天堂。兩個國家的電影工作者卻不斷地揭開歷史的傷疤，讓今天的人們深思，要如何拆除內心陰暗、仇恨、踐踏他人的「地雷」，代之以光明、溫暖、憐惜他人的情懷。

電影首映式在加拿大多倫多國際影展舉行。放映結束，全體觀眾含淚起立，向拍攝此片的當代英雄們致敬，掌聲經久不息……。

一部電影的意義

《模仿遊戲》（*The Imitation Game*）在美國上映的時間是二〇一四年年底，被媒體評為四顆半星的優秀影片。影片將英國數學家、邏輯學家、破解密碼專家艾倫．圖靈一生事蹟搬上了大銀幕。第二次世界大戰期間，納粹德國研發出通訊加密裝置「謎」，使得他們發出的無數機密訊息、指令都不可解。抗擊德國的英國、法國、荷蘭、比利時等等歐洲國家都處在完全被動挨打的地位。英國政府組織起一支極小的精英隊伍，他們都是破解密碼的專家，共同來完成一個極為艱鉅的任務，破解德軍的通訊加密裝置「謎」，從而掌握戰爭的主動權，改變戰爭的軌跡，贏得戰爭，拯救百萬生靈。艾倫．圖靈應邀加入了這個天才的小隊伍，成為主導者，研發出密碼破解裝置「巨人」，幫助英、美以及整個歐洲，擊垮法西斯，贏得和平。同時，「巨人」事實上成為一部電腦，世界上第一部電腦，因此，圖靈被後人稱為「電腦之父」。

這一切都具有非常正面的意義，但是，《模仿遊戲》的意義遠不止此，這部影片所顯示的意念對於整個人類有著深遠的影響，今天、明天、將來、世界各地的人們都應該從這部影片得到學習。

首先，一位異於常人的天才，其思維邏輯、行動舉止都常常是特立獨行的，常常做出許多不合乎世俗人情的事情。

比方說，圖靈進入了破解德軍密碼的小隊伍，決心研發一部昂貴的機器，得不到支持，居然直接寫信給英國首相邱吉爾，獲得支持，開始主導研發工作。如此行動雖然解決了主導權和經費的問題，使得整個工作向正確的方向前進，但是，他的頂頭上司當然覺得他的行動不可思議。在工作中，圖靈因循的完全是自己的邏輯思維，他的工作夥伴們怎樣想完全不在他的考慮之內，他更不懂得如何與他人相處。換句話說，圖靈絕對不是一個討人喜歡的隨和的人。好在，他的女友，後來成為他的妻子的珍，這位極其聰慧的女子成為圖靈與現實世界之間的橋梁，她甚至這樣地點醒圖靈：「如果他們（指工作夥伴們）不喜歡你，他們就不會幫助你。」脆弱的圖靈絕對需要工作夥伴的支持，於是聽了珍的話，認真改進與大家的關係。這種改進，看在我們現代人的眼睛裡是相當幼稚的。但是，這個團隊的成員也都是天才型的邏輯學家，他們也都是愛國者，全都希望早日贏得戰爭。而且，他們知道，圖靈正是那致勝的關鍵，所以他們支持他。

第二、「巨人」研發成功，德軍的密碼得以破解；如果希望能夠保持這樣的狀態，就必須嚴守秘密；只能由英國軍方與盟軍做出必要的選擇，善用已被破解的資訊，給予納粹德國關鍵性的打擊。因此，在某些時候，為了最後的勝利而不得不犧牲區域戰事，犧牲一些平民的生命。這是極為痛苦的抉擇，尤其是當自己的親人正處在那個地區，明知德軍即將進襲，卻不能知會親人的時候，更是巨大的煎熬。在這樣的時刻，圖靈的思路再次異於常人，他沒有任何的感情用事，近於冷酷。我們看到，他不但試圖了解「德國人怎麼想」，而且，他正在一步步地了解「機器的思路」與人類思路的不同，事實上，這就是電腦與人腦的本質差異。今天，二十一世紀的人類已經習慣與電腦「共同生活」，但是我們還是要了解真實世界與模擬世界是有著本質區別的。

第三、這部電影揭示出一個最為普遍的現象，人類，無論是什麼膚色，無論富裕或貧窮，無論教育程度的高低，他們都會做同樣的一件事，歧視、迫害和他們不一樣的人。《模仿遊戲》裡面的少年圖靈熱愛密碼和符號學，是一位數學天才，因此他幾乎沒有朋友。唯一欣賞他的一位同學卻是病人，就在圖靈發現自己愛他的時候，來不及表達，朋友已經亡故了。因此，成年以後的圖靈異於常人不但因為他是天才，也因為他是「同志」。在二十世紀五〇年代的英國，「同志」違法，會被起訴，是要坐牢的。艾倫．圖靈是戰爭英雄，他的研發使得戰爭提前兩年結束，解救了一千四百萬人的生命。但是這個研發計畫是機密，社會上無人知曉，英國政府的起訴有效。坐牢兩年或是接受「醫藥治療」兩年，圖靈選擇了後者，因為他不可能在監獄裡繼續他的創建電腦的工程。藥石摧毀了圖靈的健康，也摧毀了他對生命的堅持。一九五四年，在他四十一歲的時候，痛苦不堪的天才圖靈結束了自己的生命。他留下的那部奇形怪狀的機器，我們今天叫它「電腦」。我們手裡的遊戲機，美麗、靈巧的手機，數位相機，汽車裡的導航系統等等可愛的玩具都是從這一部機器發展出來的。新世紀，二次大戰中的機密解密了，英國女王為圖靈授勳，表彰他的功績。但是，這個表彰實在是來得太晚太晚了。而且，英國的「同志」們奮力掙扎多年，直到二〇一三年才得到合法婚姻的許可。在美國，也是一個州又一個州，慢慢解禁的。雖然合法，但是要想消除社會的歧見，恐怕還需要漫長的時間。人類還沒有學會善待與自己不同的人。

任何事情都有先行者。二十世紀四〇年代，大戰期間，圖靈的妻子珍就完全地理解丈夫的「怪異」。她知道圖靈是電腦科學的先驅，他正在創造人們不可能夢想到的東西。她也完全不在意丈夫的「同志」傾向，因為世間絕大多數的夫妻生活在同一個屋頂底下，卻全然不知對方的「思路」。她與圖靈卻能夠「閱讀」彼此的思想，她珍惜。

很可惜的是，當年真正理解、珍惜艾倫·圖靈的人只有珍。她沒有力量阻止悲劇的發生。

因此，我們從《模仿遊戲》學習到的最重要的意念還不是理解別人，因為那常常是辦不到的。不理解不要緊，要緊的是寬容，允許不一樣的人存在，允許他們選擇與我們不同的生活方式、思維邏輯，人類才能擁有真正的和平。

輯二

酒神的微笑

托斯卡尼的葡萄園景色格外迷人，每一排葡萄藤的起首之處都種植了玫瑰，玫瑰是葡萄的守護神？Sant'Antimo 的修士搖搖頭微笑說，「玫瑰只是酒神冠冕上的裝飾而已。」

聖安提摩修道院初建於西元七八一年。修道院與教堂的完善是十二世紀的事情。我到了這裡，只覺得純淨與澄明。這是一個靜謐的所在，空氣裡飄浮著花香和酒香。此地種植葡萄與釀酒的歷史也是久遠的故事。千年之前，這裡已經是酒神常常到訪的酒鄉。

山路蜿蜒，呈婉轉的之字形，葡萄園更形密集，我們進入了 Banfi，此地在行政區劃上屬於 Mantalcino，但是，在國際葡萄酒的舞臺上，班菲是獨一無二的。她是酒神臉上那一朵永遠的微笑。

班菲的中心便是一座中世紀的古堡，這座古堡頽敗已久，一九一九年，居住在美國的義大利酒商 Giovanni F. Mariani 決心在班菲與大洋彼岸之間建立起一座橋梁，古堡得以修復。現如今，這裡是班菲酒鄉的貿易中心，世界各地的葡萄酒熱愛者來到這裡，品嘗美酒、可口的乳酪，當然還有托斯卡尼美食。

沿著寬敞、平整的階梯向古堡走去，托斯卡尼豔陽下，歲數極高的橄欖樹在微風中輕搖銀灰色的枝葉，樹影之下，漫坡上，葡萄藤整齊排列，綿延到天邊地角。托斯卡尼特有的紅瓦粉牆點綴其中。

沒有廣告、沒有人潮、沒有半點喧囂、也沒有一絲塵埃。品酒大廳靜悄悄的，巨額的生意在此成交。典雅的餐廳飄蕩著輕柔的樂聲，人們迷醉在美酒佳餚之中。

讓一切都稍候，我來到這裡，最主要的目的是造訪班菲，世界上收藏古老玻璃器皿最豐的現代私人博物館。酒與酒器、酒與玻璃是這個獨一無二的博物館的主題。

無須購買門票，沒有導覽，古堡樓下一個小小的牌子指示博物館的入口，沒有工作人員，只有一株年輕的小樹負責接待賓客。我們走進去了，製作玻璃器皿的工具掛在磚牆上，告訴我們玻璃藝術的艱辛，然後，便是一片璀璨，十六世紀以降的各家精品在此地爭奇鬥豔。是誰從黑暗中甦醒，首先想到玻璃與美酒的淵源，是法蘭西，香檳與晶瑩的玻璃相得益彰。當然詹姆士一世時代的英格蘭也不遑多讓，巨大、高聳的酒器讓我們懷想與此相關的種種壯闊。十八世紀以來，玻璃藝術登峰造極，除了大量的威尼斯產品之外，西歐與北歐風格截然不同的展品給我們看到一個景色各異的歐洲。

當然，包括畢卡索、達利諸君的設計都在展品之中，更不用說顯赫的第凡尼和拉利克。但是，羅馬時期的作品在哪裡？

沒有箭頭的指引，臺階下一個古典希臘傳統型式的酒甕悄然站立，這個出生於現代義大利的陶製品靜靜指引我們拾階而上。在階梯上我們倒退著度過玻璃藝術史上整整一千年的黑暗時期，在樓上，尊貴無比地等待著我們的是西元一世紀到六世紀優雅的、充滿激情的玻璃器皿。

那時候，東風西漸，玻璃，如同充滿記憶的石頭，帶著光澤，帶著某種形狀抵達羅馬，或者，羅馬帝國的手臂長長地伸了出去，碰觸到了這可以在陽光與燭火下熠熠生輝的寶物。它們不是深藏地下或海底的寶石，它們是火焰之子，人手能夠將其特質發揮得淋漓盡致。於是，人們將其做成酒器讓瓊漿玉液有了最美的容身之所。

今天，小小的酒杯含著玉石般的溫潤，巨大的酒碗宛若正在凝固的熔岩，而那高傲的雙耳酒瓶卻帶著俏麗的釉色。它們都上了年紀，但它們比年輕的時候更美麗、更耐人尋味。

玻璃製品尊貴無比地被瑪瑞安尼基金會所設立的這個博物館細心地呵護著，

在此地養尊處優。訪客們透過玻璃觀賞它們，或者，跟它們噓寒問暖一番，於是千年的歷史風雲便在我們周遭盤旋著呼嘯而過。此地曾經是長年的戰場，輕巧易碎的玻璃在戰火中的命運讓我們的心緒重如鉛石。

面對無與倫比的典藏，我們完全忘記了時間，直到餐廳的領班走來悄悄提醒，飯菜已經上桌。好菜與好酒，容器幾乎全部來自威尼斯。莫拉諾的色彩在明亮、軒暢的餐廳裡綻放光華。桌上一瓶澄澈無比的橄欖油盛裝在一個華麗的瓶子裡，這華麗的感覺來自這美麗容器的形狀，那雅致的柔美曲線以及曲線所攬住的那一泓金黃讓我讚歎出聲。「我們可以為您送至府上，只要告訴我們您所需要的數量。」領班悄悄耳語。「這瓶子來自威尼斯嗎？」我也悄聲詢問。「噢，不必麻煩威尼斯，班菲所需要的酒瓶與油瓶都是托斯卡尼本地的製品。」領班挺直腰身，並不掩飾他的驕傲。

高窗之上，酒神微笑，高舉酒杯，陽光透過祂手中那無可名狀的輝煌直射餐桌上的那一盞金黃，宛如快樂地舞蹈著的火焰。

庫司庫司——特法伊阿

初識伊曼尼是在一九八八年的復活節。那時候我們就要離開紐約聯合國返回華盛頓國務院總部。伊曼尼和她的先生、女兒卻是剛剛抵達曼哈頓。

這一天，聯合國的女人們在中央公園舉辦園遊會。孩子們歡歡喜喜提著小籃子尋找彩蛋，我們一群女人在大餐桌邊互相獻寶，將帶來的餐點擺放得花團錦簇。

就在這熱熱鬧鬧的時分，一位高䠷身材穿著寶藍色長裙，上面鑲著黃色綠色精緻圖案的女子走近我們，她濃密的烏髮梳成高聳的雲髻，沉甸甸地壓在頭頂，人便看起來更加修長。這女子雙手捧著一只碩大的瓷盆，其色彩和她的衣裙相似，非常的搭配。身邊的小女孩幾乎就是她的縮小版，手裡提著細緻的小小竹籃，笑得一臉燦爛。兩人肩上長長的寶藍色紗巾在春風裡飄拂，裊裊婷婷。

小姑娘一點不認生，馬上加入尋蛋的遊戲。萬事通席薇爾把這女子介紹給我們，她是伊曼尼，來自卡薩布蘭卡。天哪，卡薩布蘭卡，那麼迷人的地方！

我瞧瞧已經上桌的菜，有點尷尬。人家是穆斯林，我們的菜餚可是有好幾樣大不合適。轉頭瞧瞧身邊幾位朋友，大家都有點不自然。這伊曼尼倒是落落大方：「慌著來跟各位姐妹見面，沒有事先知會，是我的不周。我們被派駐過許多地方，碰到許多不一樣的美食，我們還是很樂意用眼睛欣賞。」這麼得體的一位可人兒，一番話說得大家都高興。我便問伊曼尼，這美麗的大瓷盆裡裝的是什麼佳餚？

「庫司庫司─特法伊阿」伊曼尼笑著回答。特法伊阿？蓋子掀開，蓬鬆的北非小米之上的深色覆蓋物想必是牛肉，但是那香味相當刺激，似乎有著提神醒腦的功效。番紅花之外，還有另外某種調味料的詭異香氛，絕非肉桂、薑蓉之類能夠奏效的，一時之間倒是不容易辨識。看我有點困惑的表情，伊曼尼悄悄跟我說：「講出來，實在沒有什麼了不起，如果同時用芫荽粉和安息茴香來烹煮牛肉，就會出現這樣的味道。」哦，果真，道地的摩洛哥美食。「其實，更要緊的是葡萄乾的處理與烹製，我們叫做特法伊阿，有了這一道手續，才有摩洛哥特色，不會和中東烹調混為一談。」伊曼尼伸手入袋，拿出一張手抄食譜，遞給了我。席薇爾看到了，叫了起來，我們可不可以影印？伊曼尼微笑，不需要影印，我為每一位都準備了一份。全部是手抄的，一絲不苟的英文手寫體，用深咖啡色的墨水寫在有毛邊的米色手工紙上。大家驚歎不已。

果真，燉得恰到好處、入口即化、有著撲鼻異香的牛肉，果然是用芫荽的果實和芫荽的葉子磨成的調味料 Coriander 以及俗稱孜然、安息茴香、阿拉伯茴香的

Cumin來燉煮的。芫荽做成粉狀調味料之後，沒有我們慣常使用的香菜那種清香，聞起來味道清淡些，在湯鍋裡卻有些詭異，讓人想到印度舞和阿拉伯舞蹈中的手勢。安息茴香卻是充滿誘惑的辛香調味料，很容易讓味蕾興奮的。我一邊嘗著那牛肉，一邊看著手裡的食譜，想像著回家如法炮製的種種樂趣。

「有點鹹有點甜，層層疊疊，別致之處在這裡。對吧？」伊曼尼微笑著。美麗的大眼睛閃過一絲驕傲。我點點頭，將整道菜餚覆蓋起來的特法伊阿才是那會使牛肉口感豐富的妙品。它的內容包括橄欖油、牛油、洋蔥、肉桂、薑茸、番紅花、無籽葡萄乾、蜂蜜、地中海細鹽和現磨黑胡椒。「蜂蜜有講究嗎？」我問伊曼尼。伊曼尼的長睫毛顫動了一下：「我的祖父養蜂……。」我微笑，秘訣在此。伊曼尼靜靜地說，不一樣的蜂蜜很可能會產生不一樣的效果。我安慰她，嘗試不一樣的食材，那才是樂趣所在啊。我也告訴她，芫荽與生薑本來是中華美食不可或缺的調味品，很高興用在摩洛哥烹調裡會展現完全另類的風格。還有，與地中海細鹽有著相同品質的臺灣七股細鹽也會讓我對這道庫司庫司─特法伊阿產生特別的情感。哦，臺灣的鹽……伊曼尼睜大了眼睛：「你喜歡那塊美麗的島嶼。」「噢，我深愛那塊土地。」我回答。

現如今，在這張手抄食譜上，加上了兩行中文字，地中海細鹽的優質替代物是太平洋細鹽與臺灣七股細鹽。製作特法伊阿的蜂蜜以白色蜂蜜為最佳。當然，很可能，伊曼尼祖父的蜂蜜還是無法超越的。但是，這白蜂蜜的使用可是我在廚房做了多次實驗的成果，我很珍惜的。

電話鈴響，遠在加州的兒子回家過新年，在電話裡跟我研究除夕菜單：「我到拿帕的酒莊去選了幾瓶紅酒，請酒莊直接寄回家。紙箱裡還有一點空隙，我順便放了兩罐拿帕地方的白蜂蜜在裡面。你做特法伊阿常用加拿大產品，其實拿帕的蜂蜜非常甜美，而且很香，有鮮花的味道。」兒子如此體貼，我當然開心：「不過呢，這庫司庫司—特法伊阿很適合戶外野餐，天寒地凍的日子，可不知這道菜有沒有足夠的暖意。」似乎是看到了兒子嘴角上那一抹笑意：「朔風怒號的日子，這道菜帶來的可是地中海的陽光、番紅花的香氛，應該是很不錯的。」何止如此，我想像著拿帕的蜂蜜，可不知能不能與伊曼尼祖父的蜂蜜比美。順便取過一張美麗、精緻的賀年卡，用了深咖啡色的墨水，將熾熱的祝福寄往摩洛哥大使館。希望伊曼尼平安喜樂、甜美如昔。

次颶風時速八十英里

二〇一二年六月下旬，大華府地區已經進入夏季，暑熱難當。正午的驕陽下，氣溫接近華氏百度，於是家家戶戶冷氣機日夜不停地運轉著。

二十九日週五，一個次颶風自美國中部拔地而起，以八十英里時速撲向大西洋，一路摧枯拉朽勢如破竹。電視臺、電臺拉起警報，囑咐民眾小心風災，關緊門窗，謹慎開車，提前儲備食物、淨水、手電筒、乾電池。

晚間十點半，十年來幾乎從來沒有停過電的北維州維也納小鎮的大部分商家和私人住宅停電了。冷氣機自然是悄然停止了動作。我靜靜點上七、八根蠟燭，一柄團扇在手，繼續看我的閒書。外子 Jeff 趕忙將收音機裝上電池，播音員的口氣有點緊張，因為風速太快，許多樹木被風颳倒颳斷、壓斷電線。雖然次颶風正在迅速離境，但是電力公司來不及調兵遣將，大華府地區百萬戶停電的狀況恐怕要整整一週才能百分之百修復。

「一週、七天、一百六十八小時啊！現在，我們馬上必須做什麼？」Jeff 問我。

「趁著手機還有電趕快在兒子的手機上留言，讓他不要掛念。」不要讓遠在加州的兒子心神不定是我的第一考量。

外子笑了，手機總有地方充電的，不妨事吧。我還是堅持給兒子那邊留了話，然後約法三章，不開冰箱，少開門，盡可能保持較低的室內溫度和冰箱溫度。

第二天，天剛破曉，社區街上人聲嘈雜，原來是路旁大楓樹折斷倒在路上，車子開不過去了。電話早已不通，男男女女拿著手機都在互相詢問，你用AT&T，他用Cox，她用Verizon，怎麼可能全都不通了呢，這修樹公司的電話打不通，那樹幹橫在路上可怎麼辦呢？有人仍然在拚命試著讓那嗡嗡作響的手機與對方聯絡上，有人回家去尋找可以用來鋸樹而不需電力的工具。

Jeff將車庫的門用手拉開，我拎著一把伐木工人使用的大斧頭，外子擎著一把足有兩英尺長的手鋸出現在眾人面前，大家這才丟開手裡玩具般的小刀小鋸歡天喜地聚攏來，砍的砍、鋸的鋸、拖的拖，不一會兒，路清出來了。有人已經開著車子奔到市中心從星巴克買了熱咖啡來，大家一邊喝咖啡一邊交換各家的「災情」以及剛剛聽來的重要消息。家裡停電不可怕，總有不停電的地方，可以為手機充電，可以帶著電腦去工作，可以帶著iPhone、iPad去過一兩天輕鬆的日子，權當放假好了。今天是週六，本來就應該放假啊！大家哈哈地笑了。

不知是誰說了一句，尚有餘電的手機無法聯絡是因為網際網路不通了。頓時，眾人沒有了聲音。網路公司也得有電才能運作，這是常識。但是e時代來臨，人們的日常生活已經和網際網路密不可分。多少人已經完全不檢查門口的郵箱，連伊媚兒都不看，只靠手機簡訊與人聯絡。有多少人已經不用支票，薪水直接送進銀行帳戶，信用卡公司的帳單也直接從銀行帳戶劃撥。但是銀錢來往還是得透過電腦來進行，生意還是得在網路上做，不會憑空地飛來飛去。這個無所不在的網路忽然停擺，人們下意識地摸出口袋裡的錢包，在銀行關門的情況下，口袋裡的現金能支撐一週嗎？自己已經有多久沒有用現金買任何東西了？

一向光鮮活潑充滿生氣的街道頓時一片死寂。人們走向早已很少光顧的小鎮公立圖書館，因為圖書館有電有冷氣。面對著早已生疏了的紙本書、嘩嘩作響的報紙、精緻大方的雜誌，手伸出去，又縮了回來，到底是太過陌生了啊。我看著這些人尷尬的表情，忍不住搖頭。人們也走進自備發電設備的購物中心，最少，有餐飲可買，有電影可看，也有不是很冷的冷氣。我跟Jeff說，總不能一直看電影或是捧一本書一直坐在休息區的沙發上不動，還是回家吧，雖然熱，不會比完全沒有電的塔什拉瑪干大沙漠更熱。Jeff說，沙漠裡總有風吧？我笑了，沙漠的風若是來了，就不得了，人們避之唯恐不及，帶來涼爽的風不在沙漠裡。話還沒有說完，我已經明白，回到室溫已經接近華氏九十度的家裡已經不現實，不是每個人都可以忍受高溫和昏暗的。

於是，在三十日的傍晚，我們走進了一家旅館。燈火通明，冷氣機轟鳴著。接待員是一位印度裔的青年，他熱情地為來投宿的本鎮居民辦好入住的手續。把鑰匙交給我們的時候，他滿懷歉意地說：「我們什麼都有，冷氣機運轉正常，餐廳裡晚餐已經準備好，冷飲、冰品一應俱全……只是，不能上網，網際網路還沒有恢復……」看到客人們滿臉的沮喪，他趕快補充說：「不過，我們有上好的信封信紙，有浮水印的，就在客房的書桌上。」除卻我們兩個，別的客人早已一哄而散，有浮水印的信封信紙對他們沒有任何意義，要緊的是網路什麼時候可以修復。

電力公司畢竟努力，我家停電的時間只有六十八個小時，網路也在七十小時之內修復。修樹的公司派來了工人，將街道上已經折斷的樹木清理乾淨，未曾折斷但是看起來不大穩當的樹木也都得到很好的照顧。街道上生氣勃勃，人們手裡拿著各種圖文並茂的設備喜笑顏開再次玩起四通八達的上網遊戲，好像之前的那幾十個小時只是惡夢一場。

我打開電腦，消息傳來，谷歌光纖將推出結合網路電視和超高速網路的服務，其速度為每秒一吉位元組（gigabyte），比大部分現有網路服務的速度快大約百倍。快、快、快、再快一點、簡單、容易、棒透了！話是不錯，可是啊，再快的速度還是需要電力。大自然只不過打了一個噴嚏，時速八十英里的小小次颶風就能讓電力中斷網路癱瘓，讓萬能光纖消失於無形，讓數百萬人手足無措、方寸大亂。

輕鬆按鍵，送出二十九日上午早已寫完的專欄文章。然後把斧子、鋸子、蠟燭、團扇放在隨時可以找得到的地方，看著散處每個房間的書籍、報紙和雜誌，心裡的那份踏實卻是前所未有的。恍然間，想到旅館裡提供的信紙信封，笑了起來，遂走向門口的郵政信箱。e時代又如何，我的信箱裡總是會有手寫的書信，不是我寄出的就是友人寄來的，情誼深長。上面是否有浮水印，那倒無妨。

風景線上那一抹鮮亮的紅

如今能夠寫信、用筆墨互通款曲的友人是越來越少了，感恩節之後，每天寄出三、五張賀年卡而已。我將整箱的賀卡打開來，選出兩、三張，坐在書桌前，寫著這一天要寄出的賀年卡，心裡有著一些酸楚。寫完一張，貼上郵票、封緘，抬頭向長窗外望去，後園圍籬前，一株葉子金黃的杜鵑下，一團火紅靜靜地停留在那裡，我開心地笑了，久久地凝視著牠，那是我的紅狐狸在那乾燥溫暖的所在、在初冬的暖陽下小睡片刻。

一陣微風拂過，大楓樹上殘存的黃葉緩緩地飄落，立在花壇上的鑄鐵鬱金香滴溜溜地旋轉起來。紅狐狸萬分優雅地抬起頭，瞇著眼睛，愜意地伸個懶腰，瞧了瞧轉個不停的鬱金香，然後，站起身來，睜大眼睛向我這邊看過來，微笑著，擺出一個明星般的姿勢，這才邁開舞步悄無聲息地消失在牠專用的小門邊，沒有忘記用蓬鬆的尾巴劃個圓圈表達「再見」的意思。

我站在長窗前想著十年前同牠初次相遇的情景，那是一個早春天氣，我正在花壇邊緣種植霜草，手裡拿著一把鋒利的藍波刀，聽到鄰居蘇格蘭獵犬瘋狂的叫囂，抬頭看去，那隻大狗終於在我們兩家之間的「電子籬笆」前站定，不再瘋狂追逐，只是繼續惱怒地咆哮著。被牠追趕的三團小小的火紅幾乎是跌進了我的後園，其中特別小的一個站立不穩四腳朝天地從草坪上一直滾到了我的面前，離我手裡寒光閃爍的藍波刀只有幾吋的距離。兩隻非常年輕的紅狐狸站在坡上睜大眼睛滿臉驚恐地望著我，眼前的小狐狸好不容易爬起身來，一臉好奇地瞧著我，並不畏懼。毫無疑問，牠還是baby，還不知江湖險惡。我安靜地回望著小狐狸的父母，對著小狐狸微笑著，放下藍波刀，輕輕地為霜草培土……。終於，小狐狸的父母放下心來，在我家大松樹下堆積木柴的掩蔽處安營紮寨。於是，我常看到小狐狸在草坪上打滾，自得其樂，玩得很開心。牠可不是沒有照顧的，父母出門的時候，對門鄰居家的老貓大黃會來到我的後院，抓兩隻花栗鼠，一隻留給自己，另外一隻放在草坪上。很快，小狐狸睡眼惺忪地出現了，見了花栗鼠，開心地追著自己的尾巴跑，然後大黃便同小狐狸一道享用牠們新鮮美味的早餐。

這樣的好日子沒有維持多久，東邊近鄰賣房子，新的屋主有一隻很小、很肥、很懶的小狗，牠連叫的興趣都沒有，但是牠的血管裡卻流淌著兇猛鬣狗的血液。尚未等我明白過來，紅狐狸一家迅速地搬離了，蹤影全無。

我是這樣地想念著風景線上那一抹鮮亮的紅色，小狐狸天真可愛的笑臉，專注的眼神，胸前同尾巴尖端的雪白……。牠們是否安全呢？我懸著心。沒辦法，牠們搬走了，就是搬走了。牠們也許會再來吧？我動著腦筋，首先必須把後園變成一個真正安全的所在，於是豎起了六英尺高的圍籬。用木頭圍籬同高聳的鹿網將後園圍了起來，鹿們進不來了，松鼠、野兔、花栗鼠猖獗，常常把鮮豔的花朵咬斷，牠們並不吃，只是糟蹋而已。狐狸應該有辦法進來吧，牠們是非常聰明的。

毫無動靜，我看不到任何飄動的紅色。在一個國際藝術節上，我甚至買了一幅加拿大攝影藝術家的作品，一頭紅狐狸正在奔跑中，瀟灑、矯健、風姿綽約，但牠不是火紅色的，皮色有著些微橙黃。聊勝於無，我把照片懸掛在餐廳牆上正對後園，也許能夠召喚我的紅狐狸「回家來」？外子 Jeff 是理性主義的信徒，對我的種種奇思妙想採取不支持也不反對的態度，臉上浮著寬容的微笑，隨我折騰。

兩年一晃而過。深秋時節，園丁馬修帶著他的人馬來到我家將落葉徹底清除。臨走時跟我說：「你家後園圍籬同鹿網之間有 Fox gate，是狐狸進出的門戶，我們沒有動那兩個地方。」

我驚喜得叫了起來：「我有狐狸？」

馬修微笑：「毫無疑問。你若是看到牠們，不要忘記給牠們我的地址，我很歡迎牠們來我家花園走動。」

懷著希望，日子好過起來。一天，Jeff 匆匆進門跟我說：「一隻大狐狸正在街上追逐一隻野兔，疾如狂風。」我急急詢問狐狸的顏色，知道是一隻灰色的大狐狸，便跟他說：「那是別人家的狐狸，不是我們的。」

入冬了，雪花飛揚，後園露臺上積了吋把厚的白雪，花壇上的藜蘆奼紫嫣紅從白雪下面鑽出頭來，非常的美麗。我坐在書房長窗前看書，時不時地張望著，欣賞著這「聖誕玫瑰」帶來的喜氣。

忽然，眼睛的餘光看到一抹鮮亮的紅色。我放下書本，輕手輕腳走向通往後園的玻璃門。隔著一層玻璃，一隻健壯的紅狐狸穩穩地站立在露臺上，白雪繼續飄飛著，在那幾乎是閃爍著光亮的紅色上瞬間消失。依然是專注的眼神，依然是微笑著的臉，失去了天真，卻有了幾分威嚴。我的小狐狸，你已經長得這麼大，這麼漂亮，這麼威風了麼？淚水滾滾而下。我舉起手，向牠打著招呼，牠凝神望著我，一動不動……。樓梯上傳來響動，我生怕驚動了狐狸，打斷我們這麼美好的重逢。好在手裡端著一杯茶的 Jeff 見機得快，沒有出聲，只是放輕腳步走到我身邊。

狐狸高高昂起頭，邁出無比優雅的步子極為莊重地走下露臺，好像時裝模特走下伸展臺，在後園裡緩緩地兜了一圈，這才搖著尾巴，消失在工具小屋的背後……。「這才是我們的紅狐狸，牠來巡視牠的領地。」我跟 Jeff 說。他好半天才回過神來：「沒想到，牠這麼漂亮……」

自此以後，我們常常見面。每一次，牠都帶給我許多的快樂，許多的驚喜。

一個夏日清早，天濛濛亮，我走出家門到車道上拿報紙，紅狐狸正站在我家門前甬道上，看到我，轉身就走，在街道中央停住腳。原來是一隻肥碩的松鼠被車撞了，而且被車子輾過，一片血肉模糊。我飛快地打開車庫門取出手套、紙袋，把松鼠的屍體放進紙袋，丟入環保箱。狐狸並沒有離開，繼續看著我，大概是我的茫然提醒了牠，牠低頭嗅了嗅地上的血跡，臉色凝重。我懂了，殘血會引來蒼蠅、蟲子，很不衛生。我再次衝進車庫，拿出三角形橘色「停車」標識，豎在街道中央，擋住來往車輛。然後飛奔到門前花圃，拉過水龍頭，大力沖洗，直到地面上完全沒有血跡為止。這時，紅狐狸才滿意地離去，曙光熹微，那一抹紅色漸漸消失在橫街後面的小樹林中。一位正要上班去的鄰人停下車來，幫我收起停車標識，疑疑惑惑地問我，「剛才是一頭狐狸嗎？牠站在那裡做什麼？」我輕描淡寫：「松鼠被車子輾斃，地上一片狼藉，牠表示關心而已。」鄰人二話不說，開車離去。

夏天終於過去，又到了美東最美麗的秋季。客廳窗外的一株迷迭香長得不是很好，陽光被一株高大的蝴蝶灌木擋住了，於是我把這株迷迭香移到一個陽光充足的位置。剛剛完工，轉身回來準備填平迷迭香留下的那一個空洞。不知何時，紅狐狸來了，正在興致勃勃地玩落葉。仔細看去，牠似乎正在把落葉掃進那一個空洞中。不明所以，但我相信，我的紅狐狸做這件事絕對不只是好玩而已，最好不要橫加干涉。所以，我沒有去填那一個空洞，任由它被落葉虛虛地蓋住。

那一年的冬天酷寒、多雪。一場破紀錄的暴風雪之後，我家車道上的積雪厚達二十七英寸。學校停課，政府關門，人人忙著自力救濟。郡政府派出的鏟雪車在大街小巷忙個不停，居民們全家上陣揮動雪鏟努力將車道上的積雪鏟向兩側，開出一條路來。人行道上的積雪也必須清除，方便人們遛狗……。一時之間，平日寂靜無聲的街道上人聲鼎沸，加上狗兒們興奮的叫聲，再加上機器的轟鳴，真是熱鬧滾滾。

我同 Jeff 正在車道上鏟雪，忽然之間周圍安靜了許多，聽不到狗兒們的叫聲了。我知道，必是狐狸出動了，於是倚著雪鏟站定。果然，一道火紅的閃電從南邊的街巷中穿出，飛快來到大街上，閃過兩輛鏟雪車直奔我家而來，滑過積雪的草坪，在我家客廳窗前筆直撲進雪堆，積雪上只看到一小段白色的尾巴晃動。瞬間，紅狐狸飛身而起，嘴上叼著一隻凍得硬邦邦的肥大的野兔。牠的動作連貫流暢，身體飛起來的時候，大尾巴還把那洞口掃平。百忙之中，甚至沒有忘記給我一個怡然的微笑。之後，這道閃電急速向北邊橫街撲去，消失在白茫茫的小樹林中。紅狐狸離開了好一會兒，狗兒們才開始嗚咭起來。

啊，那個迷迭香留下的空洞正是我家紅狐狸的冰箱之一，是牠為家小儲存冬糧的所在。

「牠怎麼知道那厚厚的積雪下面有兔子？」Jeff 滿心疑惑。

「當然是牠存放在那裡的啊。一隻有著迷迭香味道的兔子，多麼可口啊。」我哈哈大笑了。

「天哪，這隻紅狐狸早有儲備……。」Jeff 驚疑不定。

「那是當然，牠可沒有超級市場提供方便……。」我相信我的笑容大概同紅狐狸的笑容相差無幾，我看到了 Jeff 尷尬的表情。

事實上，這樣驚人的橋段很少發生，多半的時候，我們處在一種閒適的狀態中。

二〇一九年夏天，管理草坪的公司例行撒過殺蟲藥、除莠劑，要求我們在第二天澆水，而且要澆得徹底。前庭後園都澆過之後，在圍籬大門後一塊狹長的地帶，我用了一個直立的花灑，水珠如同簾幕飛向空中再灑向草坪，正午的陽光穿射進來，出現了一道絢麗的彩虹。我站在廚房窗前，喝著熱茶，看著這道彩虹，心情寧靜。我注意到我並非唯一的觀眾，山茱萸上一隻大松鼠也在著迷地看著彩虹。忽然，那松鼠好像被雷擊到，完全地僵硬了，變成了樹上的一個雕塑。毫無疑問，紅狐狸到了。果然，牠邁著悠閒的步伐，由東向西，輕巧地走在草坪上，在水淋不到的地方站住腳，抬頭看著美麗的彩虹，露出非常滿意的神情。好一會兒，牠才抬頭看了看那隻嚇得已經幾乎不敢呼吸的松鼠，笑了笑，跟我點個頭，優哉游哉地走了出去。松鼠累得倒在樹幹上喘息不已……。

此時此刻，我回到書桌前，再一次提起筆來，繼續寫賀年卡。

偶爾抬頭，後園靜謐，沒有演出任何戲碼。心裡卻依然是溫暖的，風景線上那一抹鮮亮的紅色總是在那裡的，優雅、閒適，讓我放心。我同紅狐狸都漸漸地老了，我們都在調整著自己的速度，但是我們仍然屬於高速度、快節奏的族群。更重要的是，我們惦記著彼此，每次見面傳遞著關心。我的家園於牠而言是安全的，是牠可以放鬆心情的所在。那就很好。

親密的接觸

美國東北部的早春天氣，相當的濕潤，最早綻放的花朵是番紅花，然後是菟葵與黃水仙，接下來是千嬌百媚的茶花，牡丹花苞還小，起碼還得等個十幾天。放眼望出去，菟葵尤其鮮豔，由白到紅到紫層層疊疊，在寒風裡完全不見瑟縮反而舞得婀娜多姿。這幾種花都不是鹿們所喜歡的，所以在早春時節，能夠自在如此。而菟葵更有一項好處，它可以生活在沒有多少陽光的背陰處，如此這般，我就在後園種植了許多，讓它們從早春怒放到深秋。

正在對著菟葵發出許多感慨的時候，忽然收到來自馬里蘭州陶森大學亞洲藝術文化中心的展覽訊息，該中心的主任曾夙慧小姐告訴我們，這個展覽的推動者還包括紐約莎克樂藝術基金會，展覽的主要內容是來自亞洲草原的古銅器，它們的年齡都已經超過了三千歲。亞洲草原？好陌生的一個詞彙，趕快細看這份訊息。原來，這是一個巨大的地區，北至西伯利亞與貝加爾湖，西至伏爾加河流域的沃野，南麓則包括了喀扎克斯坦，止於新疆阿爾泰山和內蒙戈壁沙漠，東部的地形比較複雜，包括了蒙古草原、黑龍江與遼寧的黑土地。黃河流域的中段與河北的部分平原則成為這片大草原的東南部邊界。說它是亞洲草原名副其實，說它是大草原亦名副其實。但是，它卻是現代人相當陌生的一個極其遼闊的地區。那裡的先民們是怎樣生活著的，在長長的數千年的光陰裡？曾夙慧主任為了讓古代與現代相輝映，還透過蒙古駐美國的外交機構獲得蒙古當代藝術家的繪畫、雕塑與鮮豔奪目的面具參展。訊息沒有多說什麼，只用了「機會難得」這樣一個樸素的用語。此言非虛，機會果真難得，來自大草原的藝術品固然極其罕見，將現代與古代兩相參照更是獨具匠心。我便與外子商定，選擇三月初的一個週末，跑一趟陶森。陶森緊鄰巴爾的摩，陶森大學更離外子母校約翰．霍普金斯大學不遠。

老實說，我們想到草原的時候，常會想到大碗喝酒、放聲高歌的淳樸牧民，很少會想到精緻的藝術品，換句話說，我們想到的多半是粗線條的生活用具，而完全沒有想到三千年前在大草原上流傳的青銅器卻是精緻、優美、甚至是溫柔而典雅的。

就拿帶鉤或帶釦來說，那種溫婉、柔美的設計就大出我們意料之外。生活在苦寒之地的北方人常說，「千層萬層不如腰裡一橫」，這一橫便是腰帶一根，或是紡織品或是皮革。皮革在大草原上恐怕比棉布、絲帛來得更加合宜，於是青銅帶釦或者皮帶上的青銅裝飾品應運而生。飛奔的鹿自然是美麗而憨態可掬的，騎著駱駝馳騁則是日常真實生活的寫照了。據專家們表示，四千年前，大草原上的牧民、農人、獵人和漁夫們都聚集在一些小小的可以自給自足的村落裡。這樣的日子過了六百年之後，靜極思動，先民們開始在草原內部走動，甚至走出草原，將他們擁有的肉品、羊毛、皮革送到了大草原以外的城市裡。在這長途販運的過程中，駱駝與馬匹成為商隊裡最重要的運輸者。牠們不但是生活中不可或缺的「生產工具」更是人類的朋友、事業的夥伴。草原上大約永遠地流傳著許多關於駱駝與駿馬的傳說。牠們也當然地成為藝術品的重大主題，表現著草原生活的豪放、活躍、歡快、有聲有色。逐漸地，大草原的商業活動接上了絲路，草原上成長起來的能夠吃苦耐勞能夠長途跋涉的駿馬，供應了東方與西方的霸主們開疆拓土的需要。據資料顯示，大草原上的馬匹曾經直抵羅馬。

但是，我們今天看到的這些已經存在了三千年的古銅器，卻在向我們描述那些悠長歲月的和平、溫馨、安詳。帶釦飾品上的鹿們歡叫著、走在絲路上的駱駝們互相打著招呼、佩劍的馭者正在套車準備踏上漫漫長途、帶釦上的草葉迎風起舞幻化成美麗的圓環。沒有一件飾品的線條不是圓融而溫柔的。

草原上的牛、羊、馬和駱駝是與先民們生活在一起的，如同家庭或家族的成員，當然是親近的，人與動物的親密接觸也是自然而然的。許多曾經掛在胸前的青銅墜飾卻告訴我們，那怕兇惡如野豬，獵人們狩獵的對象，其線條竟然也可以是非常柔和的。當然，還有金錢豹、西伯利亞虎、熊和飛鳥，先民們將牠們奉為大草原的神祇，或威武雄壯、或靈動矯捷，卻都是可親可愛的。遠古的文化裡面也有著崇拜與信仰，巫師們無論男女，當他們唱著跳著敲著手鼓晃著手鈴，為先民們祈求風調雨順、幸福吉祥、多子多孫的當兒，香草的氤氳從青銅香爐裡冉冉升起的時分，我們看到那用來度量香草的聖潔的小勺兒頂端竟然是兩隻歡唱著的小雀。看來神祇們給先民們帶來的也都是親切的暖意與朗朗的歡笑。還有神話與傳說，在風雪之夜，人們躲在蒙古包裡圍著溫暖的篝火講故事，帶著角的狼出現了，像龍一般的巨大神獸出現了，牠們帶來無數的傳奇，這些故事乘著先民們想像的翅膀任意翱翔，當牠們歇腳的時候，就被鑄成美麗的青銅飾品，流傳至今。

三千年的悠長歲月啊，今天，卻是這樣栩栩如生地在我們面前再現那生動的過往。我們對這個展覽真是心存感激。紐約莎克樂藝術基金會自二十世紀六〇年代建立，在四十餘年的歲月裡為華盛頓的莎克樂博物館、波士頓美術館、紐沃克博物館、洛杉磯博物館提供了大量藝術珍品，其中與中國有關係的藝術珍品就在千件以上。這次我們在陶森亞洲藝術文化中心看到的八十件古銅器的來源非常有趣，二十世紀二〇與三〇年代，許多美國傳教士與英語老師來到了這塊古老的大地上。傳教與教學之餘，他們也對散落於民間的古代藝術品充滿了興趣。他們將自己購得的收藏帶回美國。莎克樂藝術基金會又從中選購到一些珍品，這便是這批極具水準、來自亞洲草原的古老青銅器的跋涉過程了，裡面還伴隨著大量學者專家的分析研究。人類文明的遺產是屬於全人類的。這一直是莎克樂藝術基金會的原則與主張，收藏、研究的目的是回饋社會與人群。因此，我們才得以在數千年之後的今天以及將來能夠一探再探古老草原的生活與情感。

現代藝術的部分非常純淨，繪畫的部分最重大的主題是駿馬，在蒙古藝術家筆下，牠們雄健、飄逸、充滿智慧與靈性。我們很容易理解蒙古民族對駿馬的熱愛、依戀與無止境的讚美。色彩繽紛的面具之特色是將生與死合而為一。高遠的蒼穹之下，生命的美麗與靈魂的高潔合而為一。紅色與金色的燦爛則是對生命的禮讚了。

最吸引我的是一組非常精彩的極具民族特色的雕塑，生動展示草原民族的樂天知命、寧靜安詳以及他們與自然的和諧關係。身穿毛皮坎肩的牧者雙手提起一個篩籮，裡面想必是馬兒最喜愛的料豆，牧者臉上的愛意是那樣的一覽無遺。頭戴皮帽、身穿皮衣、腳登氈靴、臉龐和雙手都被風吹得通紅的商人一手提著皮袋，一手緊握擦拭得錚亮的掛鉤，似乎正在誇示自家貨色的出眾。頭上包著布巾，腰上插著湯匙的女子滿心歡喜地背負著一塊大石，她正在收集石塊，來加固自己的氈房或是畜圈？她是那樣喜悅地在做一件建設家園的工作，完全不以為苦，臉上的喜容只有寧靜與滿足。

是的，那是一種生活在都市裡面的現代人不再熟悉的安寧、富足與喜樂。這樣與自然和諧相處，這樣始終保持著與自然親密接觸的生活，其哲學意義透過數千年凝聚的藝術形式給我們一種全新的啟迪，清新、雋永、無比樸實。

花事

二十世紀五〇年代，北京東城一個四合院裡，方方正正的天井裡種著四棵德國品種的海棠樹，春天的時候，滿樹白花飄著淡淡的香氛。我在樹下的石板地上踢毽子，我的外婆坐在廊下看報紙，多半的時候，她的報紙滑落在小几上，她的眼睛看的是樹上的海棠花。

六〇年代，我被迫下鄉，政治風暴熾烈，鄉親們日日提心吊膽，美麗的花只能被女子們繡在鞋墊上，連用紅紙剪成的窗花都少見了。

七〇年代的新疆南部，有一種灌木，叫做沙棗，黃色的花極小、香氣濃郁，沒有任何人採摘。沙棗花結實成沙棗，甘甜，極富營養，是在沙漠裡求生的救命糧。

一九七八年返回美國，在迎面撞來的無數新鮮事物中，鮮花是一大項。華府早春那盛開的櫻花、林蔭道上的鬱金香、黃水仙在我匆匆走過的時候，一次次地吸引著我的視線。辦公室裡、朋友的家裡，瓶花是不可或缺的。

八〇年代初，在臺北陽明山上住了一年，賣花的年輕女子每週騎著摩托車上山來，無論颳風下雨，她都帶來挺拔的劍蘭、香氣四溢的野薑花。我的手邊就有了許多精緻的花器，來盛放這許多的燦爛。

八〇年代中期，曼哈頓街頭巷尾的便利商店外面永遠有著無數的鮮花供顧客挑選。九〇年代的高雄與雅典都是陽光城市，一年四季鮮花的供應十分的充沛。雅典的住宅被巨大的露臺包圍，露臺邊緣的池座裡種植著玫瑰與九重葛，有園丁管理，有自動澆水系統。玫瑰驕傲地挺立著，九重葛有如瀑布直垂，溫柔地遮擋住牆面。

一九九九年，返回華府，住進了自己的家，有了四分之一英畝的土地，我這才得到機會，在花事上大展身手。門前屋後都有地方可以興建花壇，於是這一年晚秋便在草坪的周邊種了四百棵鬱金香。新世紀第一年的早春，我幾乎是醉倒在鬱金香帶來的豔麗、優雅與層層疊疊的色彩裡。春花浪漫卻不能持久，我得另外尋找花期更長的植物，比方說牡丹、杜鵑、扶桑、白杜衛矛之類適合生長於美國東北部地區的灌木。

灌木不同於球根，需要種得深一些，這才發現在蓋房子的時候建築工人剪除了一些樹木，卻沒有將根系完全去除。我的鐵銑一進入地表就碰到堅實的樹根，於是自己跑到工具行去買了一把很有分量的長柄板斧回來，先將樹根周圍的土清乾淨，然後掄起板斧一一斬斷。於我而言，這是練了將近十年的技藝，駕輕就熟。於我的鄰居而言，卻是從來沒有見過的美國開國之時的歷史陳跡。今天，若是要清除樹根都有機械代勞的呀。所以，當我的板斧掄出一道道銀光之時，聚集了許多鄰居圍觀。他們無法想像一位年過半百的女子，如何能夠收放自如地依靠兩件簡單的工具清除盤根錯節的老樹根系。

讓他們驚訝的事情還在後頭，我種下的牡丹第二年就綻開了碗大的花朵；九種顏色不同的杜鵑因為花期略有不同，在房前屋後輪番上陣，形成了起起伏伏的彩虹，整個春天我家的房子陷入花海之中。鄰居們便常常在門前駐足。鬱金香、黃水仙之外，我喜歡巨大的鳶尾花，它們非常的貴氣，花瓣與花心顏色的反差讓人覺得不可思議。開花之後的葉子卻並不是非常的美觀，為了給旁邊的芍藥騰地方，我就將花期已過的鳶尾剪短到地面以上一英寸的高度，沒有想到，這一年的十一月，鳶尾花第二次綻放了。這一回，花期更長，樹上黃葉飄飄的時分，我家的鳶尾花藍是藍白是白，更有紫色與橙黃相間的花朵傲然挺立著，在秋風蕭瑟的街道上閃爍著迷人的風采。

我家房子的前面有三棵樹，一棵枝繁葉茂的木蘭在早春時節一樹白花，形同巨大的花球，飄浮的香氛揭開了春的序幕；一棵柔美的山茱萸緊跟著掀出一片粉紅色的雲霞，靜靜停留在碧空中；一棵高大的楓樹則是到了晚秋才會給我們機會欣賞它夕照般的金紅。圍繞著它們的花壇則依序給我們提供九個月的美麗。最能夠招蜂引蝶的一株灌木就叫做蝴蝶灌木，粉紅色的細小花朵聚集成細長的圓錐形，橙色帶著黑色斑點的蝴蝶、藍灰色帶著銀白斑點的蝴蝶整天圍繞著花叢翩翩起舞，忙碌的蜜蜂更是勤勞，不到暮色降臨不肯收工。兩株不同品種的扶桑也很有意思，一株在街邊，守護著郵箱，整個夏天每天開出餐盤大小粉紅色的花朵，秋天將其剪到地面蓋上腐植土，第二年四月便再次綠意盎然。另外一株形同小樹，亭亭玉立圍籬前，花期涵蓋八個月，每天開出飯碗般大小的白色花朵，絳紅色的花蕊上總有辛勤的蜜蜂在工作。這株扶桑不須修剪，冬天的嚴寒會讓它來年更加精神。

房子坐北朝南，前庭陽光充足，牡丹、芍藥、霜草、薔薇爭奇鬥豔。後園有一棵高大的楓樹還有一棵山茱萸，兩棵樹之間明顯光照不足，草坪不能呈現健康的綠色。於是，我在那裡開闢出上千平方英尺的一個花壇，與圍籬邊的花壇遙相對應。在北美洲，蕨類以及玉簪都是多年生的草本植物，喜歡陰涼，只不過到了冬天便是一片荒蕪。尋尋覓覓，我找到了俗稱「聖誕玫瑰」的藜蘆。這植物在人類歷史上赫赫有名，其根莖葉花都可入藥用於止痛。藜蘆有毒性，當年亞歷山大大帝自東方返回馬其頓途中，行經巴比倫劍傷疼痛難忍，醫生給了他太多的藜蘆，竟導致這位年輕的帝王中毒身亡。這樣的植物，常常出沒的梅花鹿、松鼠、野兔都不會去碰，可以在任何陰涼的地方蓬勃生長。短短三年，幾十株藜蘆在我的後園成了氣候，聖誕節前後，看著它們五顏六色的花朵從白雪底下鑽出來迎向寒風，真是奇妙的事情。藜蘆花期超過半年，到了七月份，百合花綻放之時，藜蘆成了濃綠的背景。天氣轉涼，其綠葉越發挺拔，猶如金屬雕塑。來年早春，我會為它們剪去幾片枯葉，讓整株藜蘆更加精神，鮮嫩的新葉托著美麗的花朵，每一株都是不同的風景。

只有一盆花，在深秋只好移入室內，那是一盆曇花，它在我家後園的露臺上只能停留半年，每年開花，而且早已不是「曇花一現」，能夠從晚間十時盛開到早上十時，看起來，它也逐漸地適應了美東的風和日麗。

偶遇

五月下旬的普羅旺斯還沒有被如潮湧來的遊客淹沒，十四萬居民的小城裡四萬大學生也還沒有離開，青春的氣息伴隨著花香、果香、咖啡香、麵包香瀰漫在曙光熹微的艾克斯。早餐後，走出位於雨果大道的塞尚旅館，站在涼棚下，向北邊望去，通往聖彼得墓苑的大路綠蔭夾道，聖維克多山正靜靜屹立在路的另一端，披著晨嵐，溫柔嫻雅。

外子Jeff正在旅館的電腦中心查詢這一天要造訪的幾家博物館資訊，我在外面等他，順便寫筆記。兩位來自東半球的婦人戴著一模一樣的巴拿馬草帽，穿著一模一樣的白色寬鬆衫褲，腳上是一模一樣的愛迪達白色球鞋、白色線襪，手牽手邁著輕鬆的步伐走出塞尚旅館，來到我面前。Good morning！兩位微笑著，齊聲同我打招呼。我當然也熱情地回禮。其中一位看到我手裡的筆記本，便用清楚的英文歡呼道：「您會寫中國字，實在是太好了。我們也會寫中國字，雖然我們是日本人。」另外一位滿臉笑容趕緊插話：「我們是退休的老師，她是歷史老師，我是數學老師。我們都會一點點英文，不用參加旅行團，可以自己出門，走得遠一點也沒有問題的。」兩人相視而笑，然後很快樂地看著我，似乎期待我的回應。我當然盛讚她們的英文流利，順便請問她們對這家旅館的觀感，因為我也住在這裡。

歷史老師很客氣地回答說，櫃檯工作人員服務周到，客房寬敞舒適，冰箱裡的飲品很豐富，每天補充也不另外計費：「很不容易，法國各地都滿昂貴的呀！」數學老師依然笑容滿面，依然用詞客氣，但是她認為，旅館的茶不是很可口，她們又不習慣喝咖啡，因此：「早上這一杯很重要的好茶，就需要另外想辦法。」我當然替她們著急，在艾克斯－普羅旺斯找一杯滾燙的東方好茶大概不是容易的事。

歷史老師笑得更加開心，指點著朝北的方向告訴我就在右手邊第二條小街上有一家茶店，店招是 A Cup of Tea：「他們有上好的白茶！」數學老師笑得比較矜持，甚至有點不好意思：「茶葉是好的，沖泡的方法可以改進，昨天我們已經給他們示範過了，希望今天他們有比較好的表現。」我開心起來，兩位日本老師不遠萬里來到普羅旺斯開班授徒教茶道實在是好極了。於是我準備結束談話，放她們前往那「一杯茶」茶店驗收學生成績了。

沒有想到，兩位沒有要動身的意思，互相對視了一眼，繼續用英文跟我閒話家常。她們對於我為什麼來到此地，我從哪裡來都毫無興趣，她們要傾訴的是她們自己的故事，跟一個萍水相逢的人，跟一個再也不會見到的人，用並非母語的語言來述說她們彼此都早已了然於心而她們大約從未跟自己的同胞吐露過的心事。

歷史老師的眼睛在草帽下面閃亮著，眼角的魚尾紋細密微微地上翹著，笑起來的時候，有一點調皮。她的臉上露出了一絲絲的羞愧，讓我大為詫異。她沒有細說從頭，而是這樣開始：「日本社會對女子還是尊重的，我大學畢業就教書，結了婚、生了孩子還是教書。六十五歲退休之後，就很想出門走走，這個希望旅行、希望看看世界的願望在自己做學生的時候就有了，但是沒有什麼機會。」數學老師的語氣裡有著一絲絲的憤憤不平：「我也一樣。偶爾，我們兩人在圖書館看著世界地圖，用手指點著那些有名的地方，兩個人你看我、我看你，都沒有一點辦法。」

歷史老師微笑著，眼神慧黠，她告訴我，她曾經試圖激發兩個孩子遠遊的興趣，沒有想到，孩子們唸書的時候參加學校的旅行計畫，長大了以後同自己的朋友、然後是他們自己的小家庭一道出遊。他們會從遠方寄張明信片回來，返回家的時候也會給父母帶一兩件珍奇的禮物：「那當然已經是非常之好了。」她選擇著適當的字眼，臉上恢復了平靜的笑容。數學老師的笑容裡有著深深的失落，她年輕的時候是美麗的，現在仍然是美麗的，一雙會說話的大眼睛清楚坦露她的心情。她的文化教養不鼓勵抱怨，但是英文讓她輕鬆下來，她比較喜歡更直接、更徹底的說法。看了老朋友一眼，她轉頭跟我說，她的孩子們也是一樣，大約認為做母親的還有家務要照顧，有丈夫要照顧，已經很忙很忙了，沒有餘暇旅行，連討論都沒有必要。兩人異口同聲：「我們大約是已經忙到不會做夢了。」

馬上想到這兩天看到的幾個日本旅行團，看起來，其中有不少都是夫婦同行啊。我剛想說出自己的所見所聞，歷史老師馬上告訴我一件無法更改的事實：「我們兩家情形相同，我們的丈夫都是好丈夫好父親，辛勤工作、贍養家庭，退休之後只想在家休息。」數學老師笑了：「所以我們只能等待。」

兩人微笑，等到孩子們成家立業搬了出去，等到他們的父親安息主懷。兩人再一次異口同聲：「我們實在是等得太久了。」歷史老師溫婉地說：「一直等到我們兩個人都已經七十五歲了，這才結伴來到這裡。」兩個人牽著手，笑得眼淚都淌下來了。

雖然等得夠久，但還是等到了機會，畢竟是好。這種話是不能出口的，我便換個題目請問她們為什麼第一站便選擇艾克斯。歷史老師說，她的女兒喜歡畫畫，尤其喜歡塞尚。數學老師說，她的一個學生是現代派畫家卻對塞尚尊敬得不得了，讓她很好奇，所以來到塞尚的家鄉：「希望知道得更多一點。」

我便帶她們向右轉，指點著北向的大路，請她們抬頭看，此時此刻，聖維克多山已經沐浴在金色的晨光裡，一片輝煌。兩位老師非常的驚喜，連呼：「神奇、不可思議。」數學老師說，這條路已經走了好幾次，未曾抬頭看，「想不到的，這樣的近！」歷史老師思緒變化很快，她很認真地說：「我女兒歡喜畫樹。」神情緊張地望著我，期待我的回答。我氣定神閒：「塞尚先生也喜歡畫樹。」我的回答讓兩位老師喜出望外，她們雙手合十千恩萬謝，然後用了許多客氣的語彙來道別，轉身走上了那條大路。路是有一點坡度的，兩人互相攙扶著，一步一步向上走去。高大的行道樹在晨風裡搖曳著，輕柔地將花影灑在她們身上。

琵琶玽的黃家老宅

九月到麻州的「琵琶玽」（Peabody）去，自然不是為了賞楓，而是對那個坐落在「東印度廣場」的博物館有興趣。Peabody Essex Museum 是美國最「古老」的博物館之一，所展示的正是美國商船海上自由貿易的歷史。博物館大堂的房頂如同風帆，讓我們想到那許多驚心動魄的海上歷險故事。現在，這裡沒有驚濤駭浪，只是在晴朗的藍天下，歷史靜靜地展示著她的方方面面，由著觀者去見仁見智。

再也想不到的，居然碰到兩個新的展覽，特展〈貓頭鷹〉和一個永久展覽〈中國房子〉。這兩個展覽正好在博物館一樓的兩端。於是，排定時間，先看可愛的貓頭鷹，然後才由館方工作人員開啟大門，走進這所中國房子的展示空間。如此安排，自然是館方嚴格限制每個時段參觀人數，免得擁擠，免得損壞來之不易的展品。

這所房子來自安徽省南部山區徽州黃村，有個名字，叫作「蔭餘堂」，是十九世紀初建造的。黃家八代人曾經住在這所房子裡，叫它「黃家老宅」似乎更親近些。「改革開放」以來，中國的建築師們紛紛奔向境外，外國的建築師們急於衝進這片古老的大地。黃家老宅即是中外建築師合力，將一所深具地方特色的中國傳統磚木結構的民居由半個地球之外完整無缺地移建到美國東北角的典範。將這件事辦成功的主力是琵琶玓博物館與徽州地方政府。兩地的建築師、博物館專家、建築工人共同完成了這項工程，於二〇〇二年開放給民眾參觀。除了兩層樓的整所民居之外，博物館另外建立了影院與展室，詳細介紹徽州地理環境、風土人情、黃家老宅的移建過程、徽州民居的特色、木框架結構房舍建築工藝、裝飾工藝，以及兩百多年來徽州人的生活方式。這些純然只為促進了解而設立的展示與民居完全分開，使得民居本身保存了原汁原味。

踏進大門，走在崎嶇不平的石板地面上，繞過巨大的影壁，黃家祖先慈眉善目的畫像赫然在正房廳堂面對著我們。不但如此，族譜與從十三世紀到十七世紀的黃家先人的忌日也都一五一十張貼出來，作為全家大小祭祖的依據。散置於地於桌，日常生活所需的篩籮、嬰兒的搖籃、幼兒的座椅、針線笸籮等等竹器都在描繪出這個家庭女子們日日操勞的圖景。同時，一九五二年充滿政治意味的招貼畫、一九六八年聲色俱厲的《人民日報》、一九七七年印制的毛澤東畫像，都清楚地告訴觀者，黃家的人們毫無例外地經歷過政治的血雨腥風，被「偉大、光榮、正確」地認真而殘酷地修理過，沒有倖免。在左鄰的儲藏室與右首的帳房牆壁上，大批判的標語一針見血，指出黃家「地主」與「買辦」的身分。這所宅子本身曾經是一個進行「階級教育」的展覽場所，批鬥會當然也並沒有少開。那些用粉筆、石筆寫下來的東西猙獰地揭示著那一場連一場的劫難。十六間臥室，門框上的字跡證實它們曾經是「牢房」，連被關押者的姓名與性別也歷歷在目，而「天井西一號」之類的「門牌」則告訴我們，這房子裡曾經搬進來許多的外姓旁人。主人哪裡去了？沒有答案。

然而，猙獰蓋不住的卻是智慧與美感。俗諺曰：「前世不修，生在徽州。」足證該地自然氣候之惡劣，但是，徽州民居堅固、外觀素樸，內部設計華美。長方形天井使得雨水得以收蓄並盡其用，堅實的懸吊窗板不但可以遮風避雨更可以透氣通風，整體的磚木結構更達到了冬暖夏涼的效果。隔扇、門楣、窗櫺的接榫與雕花無一不顯示出工藝的精湛。

二十世紀初的新娘繡鞋告訴我們這鞋子的主人雖然沒有完全的天足，卻是只纏了很短時間就放開的「半大腳」，可見當地民智之進步。孩子們的啟蒙讀物是〈千字文〉，牆上的書法力道十足，挑燈夜讀點的是用來遠銷海外的高質量鷹牌蠟燭。蠟燭是黃家成箱買進的，上面的英文字「Made in China」清晰無比。張貼在臥房牆壁上的來自上海的新年木刻印刷品，展示著將近一個世紀以前的豐美與歡欣。俏麗的月份牌、冷凍肉品的包裝紙也都沒有被丟棄，因其新穎、美麗，而被手巧的女子細心撫平、黏貼於壁上。甚至，有一間臥室的牆壁與天花板鋪滿了來自西歐的華麗壁紙。它們與高高的門檻、大門內的拒馬、二樓樓梯口厚重的擋板，相映成趣。

是了，琵琶玓博物館妥為保存的，正是徽州黃家兩百年間的生活方式。

密林深處一小屋

走在北維州泰森斯（Tysons）地區的馬克林、維也納，常常看到一棟連一棟嶄新的豪宅。門開處，走出一個人同一條狗，他們就是這所居住面積超過兩百坪的房屋中的全部居民。我常想，冬天的暖氣要燒暖這巨大的空間，夏天的冷氣要吹涼這巨大的空間，資源的浪費不是小數。更何況，為了營造大屋，減少了綠地，人與自然的間隔便更加疏遠。闊地、大屋曾經是許多人「美國夢」的一部分，現在，在經濟迅速發展的地區，由於地價的飆漲，闊地不再易得，只剩了大屋。

「室雅何須大」不只是東方的智慧也是西方的智慧。著名的美國設計師法蘭克．洛伊．萊特（Frank Lloyd Wright, 1867-1959）所設計的一所面積三十三點四坪的林中小屋就在我居住的費爾菲克斯郡的南部，車程四十分鐘而已，我很喜歡到那裡去走走。在通往州府瑞奇蒙的大道西側有一條沒有出口的路，車子沿著彎彎曲曲的小路開進停車場，馬上看到一所壯觀的豪宅。喬治．華盛頓總統的外甥結婚，舅舅的禮物是兩千英畝土地，外甥便在這塊土地上造了這所豪宅。兩百年過去，此地依然是華盛頓故居的一部分。順著林間小道向密林深處走去，三十公尺開外，萊特設計的小屋靜靜地站立在溫煦的秋陽裡，美麗、端莊、優雅、嫻靜，完全地融入綠蔭之中。這就是Pope-Leighey House，前後兩位主人的姓氏組成了這所小屋的名字。

一九三九年，萊特設計的流水別墅（Fallingwater）已然聲名大噪，被譽為萊特最美麗的建築。那是一所度假宅院，依山跨水，壯觀之至，主人是百貨業大亨。北維州一位週薪五十美元的新聞工作者波佩在報章雜誌上看到萊特的設計非常的喜歡，但是，只有五千元儲蓄的波佩怎樣能夠請到萊特這樣的大設計師呢？他給萊特寫了一封十分懇切的長信，他收到了萊特簡短的回音：「當然，我會給你一所房子。」一方面，波佩的信寫得非常得體，更重要的是萊特不認為擁有美麗居所是富人的專利，勤懇工作的中產階級當然可以擁有一所美麗的住屋。錢多造大屋，錢少造小屋。一九四一年這間小屋在福斯教堂郡落成，造價七千美元。波佩夫婦連同兩個孩子在小屋住了六年後，有了第三個孩子，小屋有點太擁擠了，這才萬分不捨地以八萬元的價格賣給了同樣熱愛這間小屋的黎希夫婦。一九六一年，政府修建六十六號公路，小屋遭到拆遷的命運。黎希夫人鍥而不捨四處奔走，最後得到國家古蹟維護信託部門（National Trust for Historic Preservation）的首肯，在華盛頓故居的密林中覓得新址。黎希夫人付出三萬美金的搬遷費用，磚木結構的小屋一片片拆了下來，移到費爾菲克斯的新址，再一片片還原，按照萊特的設計理念，回歸自然、融入自然，成為今天的模樣，時間是一九九六年。那時，萊特辭世已經三十七年。人們讚揚黎希夫人保存了波佩－黎希小屋，她卻回答說：「小屋得以保存，因為是萊特的設計。」

毫無疑問，萊特的設計理念在這裡得到全面的體現，「造型與功能一致」，整棟建築呈L形，短翼是客廳與餐室，長翼是兩間臥室同一間浴室，壁櫥、廚房同書房則在連接埠。除了房基、壁爐同供暖系統用了紅磚之外，這棟房子用本地產的絲柏建造，內牆與外牆之間只有一層壓縮木以及薄薄的防潮材料。絲柏本身的堅韌保護了房子，其木質適於雕刻又使得萊特的幾何式雕刻懸窗能夠在小屋大放異彩。

萊特建築精工細作舉世聞名，小屋同樣一絲不苟，螺絲釘頭上的一字形凹槽同木紋走向一致，點點連線，橫平豎直。

我喜歡先繞著小屋走一遭，看她的外型，見稜見角的四平八穩給人帶來安居的感覺。來自四面八方的濃蔭又給人與大自然親密相處的愜意。從屋頂延伸出來的寬簷都鑲上玻璃，在大門前為自家車子遮擋風雪；在屋側則讓溫煦的陽光灑下來，灑進屋內。於是，整棟屋子內外的光影便形成了美麗的圖案。萊特不造車庫，因為不喜人們在美麗的建築內堆滿雜物。萊特認為小屋也不需在牆上懸掛藝術品，因為大自然變幻無窮的美景已經目不暇接，無須人造的藝術品「擾亂視覺」。全部的家具又都是萊特的設計，其他的藝術家在這裡似乎也完全的沒有用武之地了。

那麼，什麼是必須的呢？什麼樣的設計是不可或缺的呢？堅固無比的書架。

餐室挑高八英尺，與挑高十二英尺的客廳便有了分隔。餐室不但兩面是落地玻璃窗，而且突出於整棟房子，於是用餐時更加接近窗外美景。就在這樣的餐室裡，那一面木牆上裝釘著三層書架。客廳的盡頭不但有六層堅實的書架，不但有磚牆以保暖，而且兩面有橫向雕刻懸窗，一面有垂直雕刻懸窗。這裡便成為最舒適的閱讀天地，溫暖、光線好，書籍就在伸手可達之處，真是讀書人的天堂。我到的這天，小屋唯一的工作人員還在這裡放了一張舒適的椅子，一張腳凳，萊特設計的讀書燈端立在小桌上，甚至書架一側還安放了一架立燈，層層疊疊，將光線灑在書架上。我看著這盞瘦瘦高高的燈，馬上想到它是迷你版的普萊斯大樓（Price Tower）。那座建築在奧克拉荷馬建成時，萊特已經八十八歲高齡，依然興致勃勃，繼續設計，忙碌不已。不僅如此，兩個臥室裡也有書架裝置，父母的房間裡，書架在床頭，方便取閱。孩子們的房間裡，裝置在牆上的書架卻在迎門處，孩子們一進門，迎接他們的不是電動玩具、不是電視機，甚至不是收音機，而是整排的美麗書籍。那是怎樣有心的設計，現代的父母們可曾想到過？

沒有安裝固定書架的反而是書房，一排高高的窗戶將外面的美景直接地引了進來。在這裡，主人與繆思之間零距離，如何安排書桌、如何放置書籍，主人自己拿主意。萊特清楚，在這裡工作的人不缺靈思，由他們自行安排便好……。

在老地方的時候，小屋的供暖系統在水泥地板下面，現在卻是在漂亮的木質地板下面。工作人員告訴我，這個系統仍然是水暖，仍然保留了萊特的設計。至於夏天的冷氣，則完全沒有必要，濃蔭之下的小屋，涼快得很。他走到餐室一角，拉開門栓，兩扇成直角的玻璃門開啟，一步跨出，便走進了層層疊疊的綠色之中。

依依告別，再次走到來時路上，回頭看去，綠樹的帷幕已經垂下，萊特的小屋已經隱去，只剩下樹葉的歡唱。

問候塞尚先生

臺北的小友聽說我要到艾克斯—普羅旺斯去，便發電郵給我，要我代她問候塞尚先生。我自然謹記在心。

抵達艾克斯，住進「塞尚旅館」便順著雨果大道來到大噴泉，來到塞尚銅像前。遊人如織，大家搶著同「塞尚」合影。我卻沒有看到塞尚先生的身影，便登上五號公車向北進發，很快，車子步上山路婁甫大道，也就是現在的「保羅．塞尚」大道，停靠在「塞尚」站牌下。沿著平坦的山路向南步行三分鐘，有牌子標示此地便是塞尚畫室。在艾克斯，唯一的一間保留著百年風貌的塞尚畫室。看到一位女子抱著剛剛洗淨燙乾的衣物推門進去，恍然間似乎看到管家布蕾蒙夫人的身影，便跟著她走進院門。

一百多年前，一九〇二至一九〇六年間，塞尚先生曾經在這個自建的畫室工作。如今，畫室外面早已不是開闊地，而是綠樹成蔭。有鐵欄石階引向高處，有石子小路通往其他方向，在那些步道上，能夠隱約聽到塞尚先生留下的腳步聲。

畫室的大門虛掩著，踏進門去，沿著樓梯抵達二樓，走進了寬闊的畫室，作畫的高梯還在那裡，巨幅《大浴者》靠它完成。外套、大衣、染上顏料的灰色工作服都掛在老地方。調色板、顏料箱、被塗抹成五顏六色的木頭方桌、瓶瓶罐罐、帶著笑容的骷髏頭也都原封未動。但是，塞尚先生不在這裡。畫室寬闊卻不暢亮，窗外密密匝匝的高大樹木隔絕了豐沛的光線，塞尚先生當然不在這裡。

下樓去，出得畫室，沿著鐵欄石階來到高處，沒有艾克斯的風景也沒有聖維克多山的英姿，密林深處只見雪白的休閒桌椅。塞尚先生不在這裡。

沿著石子小道走去，忽然之間豁然開朗，層層巨大石塊鋪成了寬闊的步道，沿著步道向上走去，終於來到一塊開闊地。感覺身後有著什麼動靜，轉身一看，被霧嵐罩住的聖維克多山就在眼前，稍遠處艾克斯的紅瓦屋頂在普羅旺斯的豔陽下如同紅寶石閃閃發亮。身後一聲輕嗽：「你還是來了……」我怎麼能夠不來？雖然此地不是柏林、紐約、費城、華盛頓、巴黎、東京，沒有那許多塞尚先生的作品；雖然葛蘭言美術館的藏品實在有限得令人難以置信；雖然到了二十世紀六〇年代，此地才有一家電影院率先以「塞尚」命名……。雖然，塞尚早已屬於全世界，但是：「這裡，畢竟是您的家鄉，是您曾經最為熱愛的一塊土地，我不來一趟，便放不下那濃得化不開的思念。」

塞尚先生一如既往，深色西裝口袋上露出一條雪白的抽紗手絹、黑色小圓帽、臉上掛著和善的微笑。我問候了他，也代我的臺北小友問候了他。他的微笑更溫暖：「也請代我問候那美麗的女孩……」之後，我們便並肩坐在巨大的山石上，看著碧空之下眼前的風景，從他的畫裡走出來的風景。一陣風吹過，不遠處的樹葉舞動起來，讓我想到早已換了主人，現在已經面目全非的熱德布芳，眼睛濕了。

塞尚先生還是那麼善解人意，他微微一笑，轉移話題，指著紅瓦屋頂上裝置著的一個個灰白色的碟狀物問我：「那一張張的白餅到底是什麼東西？美麗的紅瓦被它們弄得好難看，一點味道也沒有了。」我深吸了一口氣，緩緩說道：「那東西的學名叫做 Satellite dish，可以簡單地說是『碟形天線』，它們能夠接收來自通訊衛星所傳遞的訊息……」塞尚先生的悟性也是非常驚人的，他竟然這樣說：「我那個時候，艾克斯只有電報，已經非常的先進了。雖然電話已經被發明，我卻沒有用到過。但是現在，連信件都可以在空中飛來飛去了……」。他伸出手，讓微風拂過他的手指，吹響身邊紅色罌粟花的綠葉，他微笑著，似乎接受了碟形天線帶來的視覺障礙。

我已經注意到懶散的艾克斯郵局的告示牌上說他們有電報服務，在美國，早已沒有這種服務了，代之而起的是各式各樣的電話、電郵、臉書、「智慧」手機、網際網路之類。但是，這一切都不是塞尚先生需要的，我只好沉默著。

「你去了葛蘭言美術館……」塞尚先生開啟新的話題。「用您的名字鑄成的道釘引路帶我走到了那裡。葛蘭言美術館有您的作品被外借，因為明年您有一個特展在華盛頓舉行，您一定會來的，對嗎？」我沒有提，因為到了這家美術館才徹底地了解老師吉伯爾先生同塞尚的根本分歧，他希望學生成為葛蘭言第二，不要標新立異。但是頑強堅持走自己的路的塞尚是不會有興趣的，於是只好分道揚鑣。

「你家的紅瓦屋頂上也有這碟形天線嗎？」塞尚先生的思緒非常之快。我欣然回答：「我家的屋頂是深淺不一的灰色，窗櫺是深紅色，焦紅七號正合適。」塞尚先生笑了：「也許需要道釘的指引……」他已經看到我的書包裡有一只剛剛買到手的、嶄新的「道釘」。我正色道：「在我的家裡，這不是道釘，而是文鎮……。我住的費爾菲克斯郡是全美國綠樹最多的一個郡，您很容易找到……」塞尚先生微笑：「灰色同綠色……」此時此刻，晨嵐完全散去，聳立在我們眼前的聖維克多山正閃耀著灰色同綠色的光芒。

隔天的清早，我走在艾克斯老城平滑的鵝卵石路上，花香、果香、咖啡香、薰衣草香引導著我來到市政府周圍的農貿市集。眼前的美景讓人眩暈，花卉、蔬菜、水果萬紫千紅美不勝收。我無法形容當時當地滿心的豐足、喜悅、感動。正惶惑間，年輕的塞尚先生披著被顏料染成一團糟的工作服，頭上戴了一頂草編遮陽帽，出現在堆成金字塔的水蜜桃旁邊，拿起一個桃子，眼睛裡的笑滿溢著幸福……。

「您在這裡做什麼？」我驚呼出聲。

「聞香！」塞尚先生的臉上出現了紅暈，燦然的笑容照亮了整個普羅旺斯。

何須道別

二〇一八年早春，維也納小鎮幽杜拉社區鄰居們最開心的一件事便是老街坊懷特夫婦買下了對街那所年久失修的房子，拆掉重蓋，設計師就是懷特先生本人，他滿心歡喜地告訴大家，這，將是他最後的一項設計。除了車庫之外，房子的實際居住面積將有五千平方英尺，比我們這個社區的老房子足足多出一千五百平方英尺。大家都很開心，等著看這美麗的新房子在街道上升起。沒想到懷特太太還有話說，他們的兒子在泰森角工作，不但已經結婚而且有兩個孩子，四口之家現在住在一套聯棟屋裡。很快，就能住進父親為他們設計的新房子，那會是多美好的事情。

啊，實在是太幸福了！孩子們幸福，老人家也幸福，年輕的人們就住在對門，那是多麼令人安心的事情啊！鄰居們喜形於色，奔走相告。大家都為懷特一家高興。

這樣的幸福是我們不能想像的，泰森角距離這個社區只有十五分鐘車程，懷特夫婦的兒子搬進了新房子，於工作毫無妨礙。兒媳婦在維也納的中學教書，更是方便極了。兩個小孩子搬進新居之後還可以進入北維州最好的學區，再美滿也沒有了。我們沒有那樣的福氣，我們的兒子熱愛他的工作，熱愛他工作的公司，他的小家庭一定需要住在加州，兩千五百英里以外的美國西岸，我們同孩子們每年能夠相聚三、五天已經是最理想的情況了。多半的鄰居們都是同樣的情形，我們都想念孩子，但我們都不能奢望同孩子們住得比較近，更不能期待孩子住在對門，但我們都為懷特夫婦高興，一天天地看著這棟美麗的三層新屋在街道上站立起來。我們也常常看到懷特夫婦拄杖站在自家門前，看著街對面正在施工中的房子，開心地笑著，熱情地與散步走過的鄰居們打著招呼，閒話家常。

終於，新房子落成了，園藝公司派人來鋪了草皮，前庭窗下種了幾株壯碩的杜鵑，車庫一側的石板小路導向後園，五株秀雅的紫薇亭亭玉立。紫薇長得快，小孩子在樹下嬉戲的美景已經遙遙在望了……一切就緒，大家開心地盼望著年輕的四口之家入住。

靜悄悄的一週過去了，新房子空著，對街門前也見不到懷特夫婦的身影。我們在想，搬家是大事，需要時間準備。但是，那新房子一天天接近完成，懷特夫婦的兒子、媳婦應當是早有準備了吧？當然，年輕人都忙，也是可以了解的。

八月十八日，喜遷新居的好日子，早上六點鐘，我走到車道上拿報紙，聽到轟轟隆隆的車聲，啊，原來是搬家公司的巨型集裝箱卡車開進來了。我三步併作兩步奔回家跟 Jeff 說：「搬家公司的車子來了……」他接過報紙，眉開眼笑：「懷特家有一番熱鬧了……」

中午時分，搬家公司的車子轟轟隆隆地開走了，幽杜拉社區一片靜謐。我們在門口樹蔭下收拾花壇，鄰居遛狗從我們面前經過，站住腳說了些「今年雨水足，花兒格外精神」之類的話就匆匆地走了，他們都是懷特夫婦的近鄰，這樣大喜的日子，竟沒有一句話說嗎？感覺蹊蹺，畢竟沒有問出口。

下午，我們兩人不約而同出門散步，向懷特家居住的小街踱去。新房子掛出了「待售」的牌子。對街，懷特夫婦住了三十年的房子人去樓空也掛出了「待售」的牌子。我這才明白，原來那搬家公司的車子轟轟隆隆地來去只是搬走了懷特夫婦的家私。

空屋裡走出一位西裝革履的男士，他轉身在大門上掛鎖，那種房地產商使用的大型掛鎖。他步下階梯，正好面對了我們，馬上掛起職業的微笑：「一棟新居，一棟老房都是我在經手，有興趣的話，請盡快告訴我，此地的房子炙手可熱，轉眼之間就有了買主……」我趕緊說：「我們是懷特夫婦的老鄰居，我們在這個社區已經住了十九年了……」這位男士笑得更開心了，拿出名片遞給我：「這個社區的房子非常搶手，賢伉儷若是計畫賣房子，請知會我。」

Jeff皺起眉頭，單刀直入：「我們是懷特夫婦的老朋友，請問你知道他們搬到哪裡去了嗎？」那經紀人的臉上仍然是職業性的笑容，拿出另外一張名片：「非常貼心的老人公寓，環境優雅，極為適合老人家在那裡安度晚年。」Jeff接過名片掉頭就走。身後傳來經紀人的喋喋不休：「請上網查詢，那家合作公寓名聲極好，值得考慮……」

開著保時捷的經紀人從我們身邊經過的時候還搖下車窗滿臉笑容揮手致意，真是熱情而周到的生意人。

路邊，一位老鄰居正在推著剪草機修剪草坪，看到我們走過來就停下手跟我們打招呼。大家住在同一個社區十多年了，多少有些默契。這位鄰居一向話少，這一天還是要言不繁，他朝那新房子的方向看了一眼：「小的不肯搬來，老的勸說不動，傷了心，賣房子住老人公寓。」話畢，跟我們點點頭，推著剪草機往前走了。

我拉住Jeff的手，放慢了腳步，眼前晃動著懷特先生的笑容：「這，是我設計的最後一棟房子……」眼前晃動著懷特太太閃著淚光的笑容：「他們很快就可以搬進新房子了……」感覺胸悶。Jeff問我：「你還好吧？」我點點頭，沒有說話。

我們經過了自己的家，經過雍容的木蘭樹、經過剛剛整理好的美麗花壇，沒有進門，繼續往前走。不遠處另一位老鄰居的房門大開，跳出來的不是白髮蒼蒼的安德森夫婦而是活力四射的一家四口。走在前面的女子熱情招呼我們：「我是瑪莉，我們買了安德森夫婦的房子，準備裝修一番，大約十月份會搬進來……」瑪莉的先生麥可也熱情地招呼我們，說我們是他們認識的第一家鄰居。我們當然驚喜地表示歡迎。兩個活潑的孩子則很興奮地告訴我們，房子裝修完畢之後他們不但各人有大大的臥室，而且還會有一間大大的書房供他們兩人使用。於是，瑪莉告訴我們，他們將要把整個房子的後牆推出，可以擴建出一千平方英尺的居住面積：「孩子們將在這所房子裡長大成人。」話說到這裡，兩人互相看一眼，麥可幽幽地接了下去：「未來很難說。安德森夫婦留著孩子們的房間，等著他們一兩年回來一次住上兩三天，終於失去了耐心，賣了房子搬到盧森堡去了。」我吃了一驚：「房子沒有掛牌，我們一點都不知道，已經換了新的主人……」瑪莉笑說：「學區好，房子上市幾個小時我們就下訂了。房地產商來不及掛牌……」然後，麥可告訴我們：「擴建工程兩天後開始，抱歉，可能會有一點嘈雜……」我們請他們放心，一點點聲音會讓整個社區更有生氣，我們還跟他們說，有任何需要幫忙的，請一定告訴我們，我們是近鄰，只隔著三棟房子而已……。

說完這番話，我們不約而同轉身回家，再也鼓不起餘勇散步了。

回到家裡，捧著熱咖啡，我們都沉默著，各自想著心事。Jeff打破沉默：「他們都沒有道別，一起鏟雪、一道打網球、守望相助的好鄰居，就這麼靜靜地搬走了。」

若是已然無話可說，自然無須道別。

我換了個話題：「我們兩個，若是一人生病，另一個得健康活著；若是兩人都生病，病得輕一點的得照顧病得重一點的。這樣，我們就不必靜靜地搬走。我喜歡我們的園子，我離不開二十五架書，離不開滿牆壁的字畫，我要留在幽杜拉。」Jeff 瞪視著我，來不及有反應，兒子的電話來了，隔著三小時時差，他的聲音清晰得好像坐在我們面前。

「你們都好嗎？」兒子的聲音裡滿是關切。

我們異口同聲，「我們都很好。」

「幽杜拉怎麼樣？你們那裡雨水多，大概要變成熱帶雨林了。」兒子的聲音裡滿是笑意。

我們異口同聲，「幽杜拉很好，老年人搬走了，年輕人搬進來，社區更年輕了。」

尋找良醫

俗諺說，「久病必成良醫」。其實，說到底，這是一句無可奈何的話。為什麼「久病」？自然是幾個原因，體質不夠強健，稍有不適就病倒乃其一。多半的情形則是病人在生病的初期就沒有找到病症的關鍵，更沒有能夠得到正確的治療，小病拖成了大病纏綿良久乃其二。病人生的病，世間尚無真正有效的藥物可以治療，於是只好將就著尋些法子減輕痛苦，任由病魔肆虐乃其三。這三種情形的病人，如果有心，都會從自身的狀況與經驗當中總結出許多醫理，然而病人畢竟不是醫生，這自學成才的「良醫」還是改變不了「久病」的現狀。重點還是要尋找真正的良醫來徹底地解決問題。上述三種情況，第二種的情形比較容易討論，我們就來針對這種情形，看看如何尋找避免之道。

生了病，現代醫學馬上展開一系列檢查，不但有辦法看清楚病人的五臟六腑，人體各個系統的運作情況也逃不過醫學的檢驗。然而，對於檢驗的結果做出判斷的，卻是醫生，醫生的醫德和醫術的高低就直接地決定了這判斷的正確與否。

現代病人遇到重大問題通常都會去聽取第二位、第三位醫生的意見。但是，如果「眾口一辭」都判定是某種病症，開出的藥方大同小異，結果卻是病情日益嚴重，這個時候，病人就要想法子擺脫困境，這個法子有時候就隱藏在那方向錯誤的治療當中。病人痛極，多數醫生不但全都贊成某一個治療方向而輕易否定某一位醫生的不同看法的時候，如果從那不同看法出發，尋找那一個方面的專家，很可能就尋到了轉機。華人的優勢在於可以同時聽取中西醫的意見。我個人的經驗是，尊重西醫、善用西藥的中醫尤其值得信任。尊重中華醫學的西醫也多半屬於良醫的範疇。開闊的心胸絕對有助於對疾病做出正確的診斷。一個完全不同於其他醫生的診斷正巧來自一位中醫，由此開始尋找其他領域的專家，導致正確的治療方向正是我個人擺脫痛症的親身體驗。

一位手術醫生完全不著急要給病人一刀而是告訴病人：「再忍一段時間，很可能可以避免開刀。」「要忍多久？」「不知道。」醫生坦然相告：「也許幾天、幾個月、幾年。完全取決於病人的體質、配合的程度以及忍痛的能力。」這樣的回答，讓我非常滿意。醫生不開空頭支票、不輕易許願。但是，他也絕不做病人並不需要的事情，比方說，開刀。雖然，我面對的是著名的外科醫生！更何況，他採用的治療方法還沒有得到醫療保險公司的認可。昂貴的藥物，很可能收不到錢，而一刀下去，保險公司將乖乖付費。這種情形之下，醫生毫不猶豫地建議我接受藥物治療。這樣的建議讓我看到了醫生的品德，也了解到我與醫生將一起展開一場曠日持久的鏖戰。主攻方向正確，武器大約也是不錯的，但是能不能最終贏得這場戰役卻是一個未知數。面對未知強烈到何種程度的痛苦而毅然決然與醫生配合的勇氣來自信任。我相信，這位與素不相識的中醫不謀而合卻全盤推翻了自己同行們的診斷的專科醫生眼光遠大、經驗豐富，更重要的，他為病患的將來著想，而絕不考慮他自己的方便。

度日如年的五個月！在這痛苦的五個月中，我的華裔牙醫也承受了巨大的壓力。在這之前的四年中，醫生們紛紛期待他的手術可以助我脫困，他不為所動，堅持我不需要手術。現在，我進入治療的最痛苦階段，這位牙醫繼續堅持他的意見，使得我的外科醫生對這位牙醫刮目相看。手術，於這位牙醫和我的外科醫生而言是多麼簡單、多麼沒有風險、多麼來錢的辦法啊！但是，他們寸步不讓，他們以病患的需要為第一考慮！他們都是值得信賴的良醫。

在我的身上，這些良醫終究沒能夠助我脫困，世間所有的止痛藥都不能抑制疼痛之時，一位腦部手術醫生跟我說：「只有打開來看，才能找到問題所在。」這已經是沒有辦法的辦法了。我毅然躺上了手術檯。纏鬥十年的痛症終於在開顱手術之後敗走了，戰爭的硝煙已經消失。

我在感謝這位腦部手術醫生的同時，仍然懷念著我曾經倚賴的可敬的外科醫生，他終究沒有從保險公司取得他應得的報酬，但是，他卻是快樂的。他甚至把戰役中的同盟軍——一位中醫，一位牙醫，都是華裔——列入他自己的良醫名單，準備日後攜手合作，並肩作戰。

正當瘟疫蔓延時

伊波拉（Ebola）究竟是怎樣的妖魔鬼怪，怎麼會在短短時間內蔓延西非數國，到了二〇一四年十月底，已經有上萬人感染，已經奪去四千五百條人命。甚至，在美國也已經確定有七名患者，且有一人已經死亡，最近確診的一名患者是來自疫區的醫生史本賽（Dr. Craig Spencer），他回到美國紐約市的第九天發現症狀，隔離治療。紐約是超級大都會，八百萬居民稍有驚慌，這個城市就會動盪不安。

正當瘟疫蔓延時，我們靜下心來看看，這個病毒究竟是怎樣一個情狀。伊波拉在非洲起伏不定已經有四十年歷史。三十年來，經過縝密的追蹤調查研究，科學家們發現，伊波拉病毒最先來自野生果蝠。西非人食無禁忌，喜歡蝙蝠肉、猴肉之類的野味，從而感染。再加上這些國家和地區的政府無所作為，公共衛生條件差，醫療知識未曾普及，病人不但未曾隔離，更在病毒充滿周身血液時，體液、嘔吐物到處拋灑，造成瘟疫蔓延，死亡人數激增。

多數歐美西方國家以及位於世界東方的臺灣、日本、韓國並沒有病原體的野生自然宿主，接觸病患的機會也很小，因此，伊波拉在這些國家蔓延的機會也就很小。但是，並不等於說，伊波拉就跟我們沒有關係。因為我們畢竟生活在一個高科技的時代，飛行已經是生活的一部分。與我們同在一個機艙內的乘客如果來自疫區、或是接觸過病人，我們患病的機率就會升高。

就拿美國來講，最先患病的是三位到西非疫區救治病患的醫生。他們發現症狀，馬上隔離，送回美國，隔離治療，已經痊癒。其中有一位布蘭特利醫生（Dr. Kent Brantly）是多年來抗疫鬥爭中的英雄人物。之後，一位到西非探親的人名叫鄧肯（Duncan）在九月中旬返回美國，二十五日感覺不適就醫，卻因症狀不明顯，以及醫療輔助系統電子病歷的不夠周延，使得主治醫生沒有能夠獲得病患不久前曾經到過賴比瑞亞疫區的重要線索，鄧肯被允許回家。三天後，症狀爆發，被急救車送回醫院。雖然一支五十人的醫療團隊全力以赴，雖然醫院將一個有二十四張病床的特護病房改裝，為這一位病患提供密封治療區，而且全面消毒，但為時已晚，鄧肯於十月八日死亡。護理鄧肯的兩名護士相繼感染，其中亞裔護士范妮娜（Nina Pham）從九月二十九日開始照顧鄧肯，即使穿著嚴密的防護衣依然感染，在鄧肯死後的十月十二日發現症狀，十三日接受已經痊癒的布蘭特利醫生的血清，二十四日，妮娜完全康復。從這一連串的事情，我們可以得出結論，病患狀況、旅行紀錄絕對重要；醫療知識絕對重要，有了正確的概念，懂得就醫與隔離的絕對重要性，就可以大幅度減少瘟疫蔓延的幅度，即便是感染了，也有極大的機會痊癒。

幾乎同時，十月十九日西班牙政府也發布了振奮人心的消息。兩位曾經在西非傳教的傳教士，染病返回馬德里，死在醫院裡。照顧他們的護士拉莫斯（Teresa Romero Ramos）被感染，住進了馬德里市中心特別改裝的醫院裡面的隔離病房接受治療，其中包括含有抗體的血清點滴注射以及藥物治療，終於完全康復。

抵抗伊波拉的藥物也正在進入實驗階段，許多先進國家積極從事這些藥物的研究與開發。日內瓦大學醫院十月十九日表示，加拿大衛生系統在二十日將運送一千多劑的伊波拉實驗疫苗到瑞士，針對這種疫苗的人體試驗將在十月底到十一月初在瑞士展開。

現在大家都已經知道「神秘的血清」有效，但是在幾起治療成功的過程中，醫療團隊認為，及早提供支持性看護，給病體自癒創造優良的輔助條件更重要。換句話說，發燒的退燒，缺氧的補氧，脫水的補水，電解質流失的補充電解質。但是在貧困的西非，政府不管不顧，讓民眾自生自滅，生活環境極差，乾淨的飲用水、肥皂、清潔劑都不可得，更不用說正規的醫療團隊、隔離病房。在這種情勢下，到二〇一五年，被伊波拉感染的人數可能破百萬。因此，圍堵伊波拉成為世界性的議題，任何一個國家都不能置身事外。

不僅僅是美國政府積極撥出大筆款項、派出經過特別抗疫訓練的工作團隊前往疫區。許多有能力提供大筆捐助的個人也積極投入。微軟創辦人保羅・艾倫（Paul Allen）十月二十三日捐出一億美元協助對抗伊波拉、支援西非的醫療團隊。他的捐款途徑包括美國紅十字會、聯邦疾病防治中心（CDC），用以提供必要的裝備、志工，以及適合疫區的教育材料。這筆捐款的主要部分將直接用於在疫情最嚴重的幾內亞、賴比瑞亞、獅子山等地建立緊急作業中心。艾倫也與麻州大學醫學院合作，為賴比瑞亞提供醫療人員同實驗室設備，特別是要確保當地醫院能夠擁有防止傳染的設備。他還將出資發展和製造兩個醫療隔離裝置，用以把受到感染的醫療人員及時迅速地撤出西非。不只是微軟創辦人，臉書創辦人與蓋茲基金會等等都慷慨解囊，捐出巨額金錢，參與這一場解救人類的戰鬥。

紐約市政府在出現伊波拉病患的第一時間迅速行動起來。一方面讓民眾了解，暴露在空氣中的病毒會脫水而死，所以不要擔心空氣傳染。同時集中力量救治病患、快速追蹤所有疑似病患，予以徹底隔離觀察。CDC更是快速派遣專家小組，趕赴紐約，協助一切。

報章雜誌、電臺電視、網際網路提供一切必要資訊，協助毫無醫療常識的民眾迅速變成抗病毒「專家」。朋友驚呼，疑似病患的隔離期長達二十一天，整整三個禮拜。天吶，這長長的無聊日子要怎麼打發？

那有什麼難，帶一套普魯斯特的《追憶似水年華》進隔離病房就是了。我微笑回答。

二〇二〇年九月二十一日，我再也笑不出來，來自武漢的人傳人的病毒在全世界肆虐已經半年以上，全世界二千一百三十萬人染疫，九十六萬一千人死亡。在美國，六百八十三萬人染疫，十九萬九千人死亡。這是，這一天上午美東時間八點三十五分得到的數字。這個數字仍然在增加中。

從包括伊波拉在內的各種抗疫經驗中所學到的全部辦法，都在實施中，抵抗瘟疫的疫苗在爭分奪秒的試製中。人類依靠口罩、勤洗手、保持社交距離來預防瘟疫，讓人感覺錯愕，不知那無遠弗屆的高科技究竟在做些什麼？

二〇一五年三月下旬的世界

人類自相殘殺由來已久，古埃及、古希臘的無數遺跡都在告訴我們，因為宗教、因為其他的事端而曾經在該地引發激烈衝突。歐洲的歷史基本上是一部血腥的殺戮史，歐洲許多國家在長時間裡不像是國家而更像是戰場。宗教之爭甚至使得許多歐洲人不得不背井離鄉橫渡大西洋奔赴美洲大陸，尋求信仰的自由以及活下去的可能性。

二十世紀更是變本加厲，不但有兩次世界大戰，再加上共產主義的荼毒，人類遭遇到空前的浩劫。美國處於兩大洋之間，天然資源雄厚，又遠離兩次世界大戰的主要戰場，雖然珍珠港事件使得美國毅然參戰，戰火畢竟未曾觸及美國本土。加之美國的民主制度使得人們相信，這是一個自由的天地，可以用選票表達心聲。美國又是移民國家，沒有貴族只有平民，是一個機會均等的地方，新移民只要夠勤奮夠努力，是一定能夠活下去的。因此，美國在二十世紀仍然是人們嚮往的安居樂業之地。很多人都沒有預計到伊斯蘭原教旨極端主義以及衍生出來的恐怖主義在二十世紀後半葉的崛起，會使得這個國家以及世界其他地區陷入空前的危機。

由於遜尼派穆斯林與什葉派穆斯林展開血腥廝殺而致使阿拉伯國家陷入混亂的時候，很少有人會預計二十一世紀初美國本土紐約市會遭到凱達恐怖分子的攻擊。經過十年征戰，抵制恐怖主義已經成為美國核心價值之一的時候，波士頓馬拉松長跑終點發生的爆炸事件讓人們意識到恐怖主義不但仍然在蔓延中，而且很可能與任何遠在他方的恐怖組織沒有切實的關聯，而是個人的極端行動；甚至，恐怖分子竟然是長期領取政府福利救濟的鄰家孩子！在美國試圖帶領自由世界國家全面抵制恐怖主義蔓延的時候，許多富裕的歐洲國家多半抱持著觀望的態度，他們絕計沒有想到，在如此浪漫、祥和的巴黎會發生《查理週刊》編輯部被恐怖襲擊的不幸事件。當許多歐洲人走進突尼西亞的博物館的時候，也絕計沒有想到，槍聲就在毫無預警的情形下響起……。

為什麼總是「絕計沒有想到」，為什麼無辜的民眾總是在意外中喪生？為什麼沒有人認真地想過，在當今世界，任何事情都不再只是別人的事情，任何災難的發生都和自己息息相關？到了二十一世紀，恐怖主義的陰影已經籠罩了相當大的地區，任何一個地方都可能發現他們肆虐的痕跡。在敘利亞崛起的所謂的「伊斯蘭國」ＩＳＩＳ極端恐怖分子，被他們砍頭、施以火刑的已經不只是美國人、以色列人、歐洲人、日本人，也包括和他們意見不同的阿拉伯人。他們搶劫伊拉克的銀行、搶劫伊拉克與敘利亞的石油，甚至擄人勒贖都已經變成了「成熟產業」。因此在他們控制的地區，稍有家產、希望平安度日的善良百姓只好逃亡。在這樣險惡的形勢下，人們不應當再一廂情願地相信只要有美國撐住，反恐的義舉總是會成功的；人們更不能天真地以為自己所居住的地方尚稱和平，恐怖主義的蔓延與自己沒有什麼關聯。

葉門，這樣一個地處阿拉伯半島南端的國家，三千年前，這裡曾經是一個叫做示巴的王國，傳說中還有著示巴女王與以色列所羅門王的友情故事。但是，現在有著兩千四百七十七萬人口的這個國家卻因為貧窮、內戰不斷、恐怖主義蒸蒸日上而被世人矚目。自從二〇一一年的紛爭使得執政多年的總統沙勒下臺以後，整個國家陷入不斷升高的政治和暴力的大混亂，什葉派民兵和遜尼派極端分子利用權力真空的機會，迅速坐大。阿拉伯半島凱達（AQAP）於二〇〇九年成立，被國際社會視為最為致命的凱達組織，巴黎《查理週刊》被襲擊事件便是該組織主使的恐怖行動。二〇一五年三月二十日，四名自殺炸彈客在葉門首都沙那兩座什葉派清真寺發動攻擊，當時大批信眾正在禱告，炸彈客就在人們中間引爆強烈炸彈，導致一百四十二人當場死亡，三百五十七人重傷。死者中有十三名兒童。「伊斯蘭國」ISIS馬上宣布這是他們所為，試圖表示該組織「無所不在」。各國反恐專家們相信，這是葉門內部紛爭的激烈表現，大約是AQAP的惡行。全世界的媒體正專注於此一暴行的同時，三月二十四日，德國之翼航空 A320 客機在從西班牙飛返德國的途中竟然因為副機師蓄意自殺而墜落法國南部阿爾卑斯山，飛機上一百四十四名乘客與六名機組成員無人生還。乘客中有兩名嬰兒，還有十四名德國學童。至此，個人行為已經成為恐怖行動。世界媒體在震驚中已然無暇關注葉門的血腥。

有心人注意到，與此同時，世界上發生了另外兩起事件。

二〇一四年四月，伊斯蘭基本教義派組織博科聖地（Boko Haram）在奈及利亞擄走三百名女學生，雖然引發國際震怒，仍然成功地強迫這些女孩改信伊斯蘭教，並且成功地轉賣了她們。二〇一五年三月二十四日，博科聖地再次出手，在奈及利亞北部城鎮達瑪薩克綁架了五百零六名婦女和兒童，其中五十名婦女奮力反抗，被當場殺害。

同一天，敘利亞人權瞭望臺發布消息，在過去三個月裡，「伊斯蘭國」一ISIS 在敘利亞至少招募了四百名兒童進行軍事訓練、給這些孩子灌輸強硬派教條。其中的一個孩子在三月初持刀殺害人質的鏡頭還出現在恐怖組織製作的宣傳片中。被殺害的人質是一名阿拉伯人，ISIS 宣稱這名阿拉伯人為以色列服務。

上述這兩個重要的訊息淹沒在空難、火災、名人抗癌、李光耀葬禮、股市下滑、龍捲風肆虐的聲浪中，失去了蹤影。三月下旬則結束在沙特阿拉伯對葉門的轟炸中，不知世界是否聽到了無辜平民的哭喊聲？

誰是紅石頭先生？

大人們在談話，不斷地聽到他們說起一個人，這個人的名字是 Redstone，小湯姆仰起臉，驚訝地問媽媽：「這紅石頭先生是誰？他是壞人嗎？他為什麼要做壞事呢？他的媽媽難道沒有告訴他，不可以做壞事嗎？」

媽媽正在為小湯姆削一個蘋果，她小心地放下刀子，放在孩子碰不到的地方，然後面對著這個五歲的孩子，仔細斟酌著合適的詞語，很確實地回答說：「紅石頭先生是一個大公司的老闆，這個公司非常大、非常有錢。你知道，有一個電影公司叫做派拉蒙，拍了好多電影。這個有名的派拉蒙啊，只是紅石頭先生那個大公司下面的一個小公司。」「噢！」小湯姆眉開眼笑：「紅石頭先生那麼有錢，他一定送了好多錢到新奧爾良，給那邊的學校！」媽媽笑笑：「紅石頭先生有沒有幫助遭到風災的新奧爾良我不知道，我只知道他不要湯姆大哥哥為派拉蒙拍電影了。」

小湯姆馬上就聽懂了，因為從他記事以來，媽媽就常常告訴他世界上有一個湯姆大哥哥，從小就沒有爸爸媽媽的照顧，日子過得非常辛苦，可是，他是一個勇敢的人、一個不怕困難的人，一個有夢想，而且努力去實現夢想的人。小湯姆很驕傲，他和這樣一位大哥哥有同樣的名字。現在他聽說這個人有了麻煩，而且是這個紅石頭先生給了他心目中的英雄麻煩，他當然同仇敵愾，站在他的朋友一邊！他皺起眉頭，睜大眼睛，大聲問媽媽：「那紅石頭為什麼要這樣做？」媽媽簡短回答：「從前，湯姆為這個公司賺的錢比現在多。」小湯姆疑疑惑惑：「那紅石頭不是已經有很多很多錢了嗎？」「對於紅石頭先生來說，錢是越多越好的。」小湯姆恍然大悟：「原來，紅石頭先生覺得錢比湯姆大哥哥要緊！他不是好人！」他趕快溜下椅子，奔去找爸爸，好告訴他自己的重要發現。

我坐在一邊，欣賞著我的朋友與她兒子的對話。雨後的風帶來了些許秋的涼意。我閒閒地再次拾起這個話頭：「Sumner Redstone 代表維康集團（Viacom）發表意見，派拉蒙方面有沒有說什麼呢？」朋友搖頭：「完全沒有聽說，派拉蒙只是旗下公司，最好的態度大約也就是一言不發。」

我們都聽說了，紅石頭先生公開指責與派拉蒙合作的湯姆．克魯斯「行徑怪異」。克魯斯卻並沒有出言不遜，也沒有半句抱怨的話，只是積極尋找新的合作者，而且馬上就得到了來自各方的支援。反而是這位紅石頭先生，現在真正是家喻戶曉，成為一個為了更多的利潤而無所不用其極的代表。克魯斯是敬業的演員，他曾經是電影公司的票房保證，為公司賺進過大把的銀子。賣座「不夠好」的片子也不過一兩部而已，就要鬧得這般不歡而散，實在是見證了「好萊塢文化的組成部分只是金錢與權力」這句老話，絕對不是什麼好事。美國的觀眾、世界的觀眾對好萊塢還是有著比較詩意的期待的。

善讀心語的朋友微笑：「小成本製作、有意義、具普世價值、有美感的好電影應當得到票房的肯定。從這一層意義來講，每一位觀眾都應該有能力來左右好萊塢的文化。如果，觀眾只對暴力與色情有興趣，那我們也就只能看到那些垃圾。」

一提「垃圾」兩字，我們兩人馬上就有了共同的攻擊對象，那些恐怖的電動玩具、那些毫無意義的電腦遊戲、那些無聊的八卦雜誌、那些唯恐天下不亂的報紙，啊，還有那許多荒謬絕倫的電視節目、電視連續劇，層出不窮的愚蠢的電視廣告，再加上網路陷阱，再加上如影隨形的手機影像。它們都賣錢，「錢」景一片大好，然而，它們對人類真的有益嗎？它們占據了人們多少時間？它們擠掉了多少的閱讀時數？它們影響了多少青少年的健康成長？它們麻醉了多少人積極進取的人生態度？無從計算。紅石頭先生也絕對不會去批評它們的「怪異」，原因只有一個，它們賣錢。

小湯姆蹦跳著回來了，問媽媽：「『東山再起』是好話吧？大哥哥會東山再起，百分之九十四的人都這麼說！」他從爸爸那邊帶回來了最新的「民意調查」。

誠信無價

二〇一五年二月份，震動美國朝野的一件大事便是美國晚間新聞聯播收視率之王、三大電視網之一的國家廣播公司（ＮＢＣ）晚間新聞王牌主播威廉斯（Brian Williams）被停職無薪半年，半年之後，他是否還能回到這個黃金時段晚間新聞的主播位置，完全沒有保障，國家廣播公司沒有做出承諾。換句話說，如日中天的金牌新聞大主播的職業生涯差不多要畫上句號了。

何至於此？家喻戶曉的威廉斯是真正的公眾人物，每天晚上七點鐘，人們下班放學以後打開電視機，就是威廉斯在告訴我們世界上發生了什麼事情。每天，在整個美國，最少有好幾百萬人與威廉斯「見面」，聽他溫和地侃侃而談。人們都相信他給大家的訊息是完全真實的，觀眾們都信任他。

我們也都知道，世界上幾乎沒有人講一百句話每一句都是真的，因為許多事情需要人們「說謊」，多半是在不忍批評、不忍傷別人的心、不得不「報喜不報憂」的時候。我們稱之為「白謊」，基本上是「無傷大雅」的。比方說，小朋友在雨地裡飛跑，不慎滑倒，膝蓋擦破了皮，回到家裡，媽媽心痛地問：「疼嗎？」小朋友很勇敢地回答：「不疼。」當然不是真話，我們卻不會怪孩子說謊，因為孩子這樣回答是要媽媽放心，這是小朋友體貼媽媽的好意，沒有錯。

但是，電視臺新聞主播說的話卻必須是真實的，不能摻任何的水分，不能編故事，不能有一個字的假話。因為新聞主播的每一句話都會影響到聽眾和觀眾的判斷，他或她的誠信是無價之寶，也是大家對他們的期待。甚至可以這樣說，新聞臺、新聞主播對自己播出的每一句話都要負百分之百的責任，這是理所當然的一件事。

那麼，威廉斯到底做了什麼樣的壞事，讓電視臺做出暫時停職無薪的決定呢？答案是吹牛。只是吹牛？只是吹牛。

二〇〇三年，威廉斯來到了伊拉克前線，就戰地實況做出報導。最近十年來，他常常相當得意地提到他的這一段輝煌的經驗。每次提到，便加一點油添一點醋，標榜自己戰地經驗之豐富遠勝他的同行。最近這十年來，基本上也沒有人去戳穿他，因為他的言談畢竟並沒有離開事實太遠，口氣中的驕矜畢竟不能算犯規，更何況有些吹噓是在晚間綜藝節目中，並非新聞報導，所以，知情的軍人們也就沒有表示異議。但是，二〇一五年一月二十五日，威廉斯居然在新聞報導中誇說他自己當年就在被擊中的軍方直升機上，甚至言之鑿鑿地指出，軍中兄弟怎樣地救了自己這位媒體工作者：「我們當時搭乘的直升飛機被火箭（RPG）擊中起火而被迫降落……」這實在太誇張了。事實上，威廉斯不但沒有搭乘這架被擊中的直升機，而且他當時根本不在現場，他根本沒有看到這架飛機迫降的實在情形。事情已經過去了十二年，當年同威廉斯一道搭乘戰地直升機的官兵們卻都還活在人間，這些已經退伍的軍人終於忍無可忍，異口同聲戳破了威廉斯的謊言。他們一一列舉出當年的事實，時間、地點、人證、物證俱全。這一下不得了，《紐約時報》與CNN電視臺馬上跟進，連續重點報導這一造假事件。威廉斯在媒體的頻頻攻擊下不得不做出回應，不得不道歉。但是這一番自我批評過於表面，他居然說，回憶十二年前的事情，有時候會發生「混淆」，然後又胡說：「我搭乘的那一架直升機應當是被擊落的直升機後面的一架飛機……」不但越描越黑，而且明顯的是不負責任的東拉西扯，為自己的不實言論尋找藉口。這一下，問題更嚴重了，美國媒體紛紛加入調查行列，不但追蹤威廉斯這一次的嚴重失職，而且要清查威廉斯以前的戰地報導有多少是失真的！

我們需要分析一下，為什麼這樣的一個吹牛事件會引起軒然大波。伊拉克戰場曾經是空前慘烈的戰場，許多為國效忠的軍人因此陣亡；許多軍人活著離開戰場，卻將要帶著傷痛度過漫長的歲月。於美國而言，伊拉克之戰是一個還沒有癒合的巨大傷口，一個媒體人竟然將這一切的傷痛變成自己的某種不存在的資歷，期待以此賺取個人事業的更上一層樓；這是無法原諒的。

在如此嚴重的局勢下，美國國家廣播公司迅速展開民意調查，結果顯示，有一半觀眾覺得威廉斯在二十二年的新聞工作中還是有成績的，應當再給他一次機會。另外一半觀眾則表示這個人已經不值得民眾信任。二月九日，《紐約時報》發表他們所做的調查，威廉斯曾經是全美第二十三位值得民眾信賴的公眾人物，現在，他的名次已經落到第八百三十五名！這樣的結果促使國家廣播公司痛下決心，徹底解決這個問題。

NBC新聞總裁黛博拉．圖內斯（Deborah Turness）與母公司「通訊廣播」（Comcast）以及其他部門的負責人協商後做出了上述決定，她表示，威廉斯對二〇〇三年伊拉克戰爭的報導有不實在的成分，他在其他地區的報導也有類似的問題。身為晚間新聞的總編輯和主持人，有責任堅持誠信，有責任堅持對於新聞的高標準要求。她也說到，收集資料，展開調查的過程是一個相當痛苦的經驗。事實告訴我們，威廉斯的行為已經嚴重損害了數百萬美國觀眾對NBC新聞報導的信任，所以，停職無薪的處罰雖然嚴重卻也是必要而且合乎情理的。

接替威廉斯主持晚間新聞的是觀眾們的老朋友，週末主播侯特（Lester Holt）。幾天下來，NBC新聞收視率並沒有跌下去，可見，世界上沒有人是不可取代的。更何況，NBC的果斷處置讓我們大家對誠信的價值有了更深的體認。

選票的聲音

在美東，十一月十五日是酷寒降臨之前一個溫暖的日子，秋陽高照。

這一天，我去參加了我居住的北維州共和黨總統候選人的初選活動，原來的候選人在十一月四日，兩年一次的期中選舉中，當選了國會議員。所以，我們必須再選出一位總統候選人，來開始走向二〇一六年白宮主人位置的跋涉。

二〇一四年的期中選舉，遠遠超過我們的預計，共和黨的勝利從四面八方到華盛頓，席捲了整個美國。這次期中選舉參議院改選三十六席，眾議院四百三十五席全部改選，還要選出三十六個州的州長。結果，共和黨在一百席的參議院贏得五十二席，奪得控制權；在眾議院至少贏得二百四十六席，已經遠遠勝過民主黨的一百八十席；全美國五十個州，三十二個州的州長是共和黨人，僅有十八個州的州長是民主黨人。這是一九四九年以來，共和黨取得的最大的勝利。今天的白宮主人今後兩年的日子將非常難過，他必須小心謹慎、中規中矩、勤勤懇懇勉力工作，任何的投機取巧、任何的軟弱徬徨都會受到國會的強力干預。

二〇一四年，美國的老百姓用他們手裡的選票發出了最強烈的聲音：我們要美國走一條健康的，比較正確的路。

什麼是健康的、比較正確的路？

我們當然希望繁榮、昌盛，但這不只是用華爾街的股票指數來衡量的，最重要的指數是我們的青少年對未來的信心指數，是我們的下一代對他們所接受的教育、他們所生活的環境是否滿意，對他們將要面對的未來是否充滿信心。美國能不能為我們的下一代提供這樣的前景，這才是每一位選舉人在決定手中選票走向的那個時刻必須要考慮的最重要的問題。

十一月十五日這一天，我來到一所剛剛建成不久的公立小學，初選的選舉活動就在這裡進行。這一天是週六，學校沒有課，巨大的校車都整整齊齊停在專用停車場裡。我抵達的時候，普通停車場已經停滿了好幾百輛車，年輕的工作人員指揮我停在一輛校車的後面。走出車子，發現廣場上的氣氛不太像一個在野黨的初選活動，有一點像是親戚朋友假日的聚會，大家笑容滿面地寒暄著。綠草地上插著不到二十面牌子，寫著兩位候選人的姓名。我們要從兩位候選人當中選出一位。這些牌子是這一天上午插起來的，下午兩點投票結束，就要被回收。我們要還給這所小學一個整潔的學習環境。

這一天，兩位候選人衣著輕鬆地來到投票現場，與大家談著他們對於地區、州，以至於整個美國所面臨的無數問題的看法。

我中意的候選人是一位復員軍人，曾經兩次四年親身參加國外戰場的戰鬥，深知戰爭的殘酷、和平的可貴。離開軍隊之後，他投身非營利組織，積極協助小企業度過金融風暴所帶來的衝擊，成績顯著，獲選進入州政府。他的妻子是一位深受孩子們愛戴的小學教員。他們的兩個孩子都上公立學校，都熱心公益。這是一位來自民間，一心為大家服務的公眾人物，我對他有一定的信任。這時候，我靜靜站在一邊，聽著他回答選民的問題。

有人提議撥款擴充維也納小鎮的市中心公園，尤其是表演設施。候選人含笑傾聽，然後他這樣表示，維也納小鎮已經得天獨厚，全美國唯一的有表演場地的國家公園「狼夾子」就在維也納。我們暫時不能撥款擴建公園。今年，北極漩渦再一次滑到北美洲，酷寒與大雪已經籠罩中部地區許多州，造成災害。我們必須要儲備足夠的燃料、食物，要讓每一位居民順利度過嚴寒的日子。他又說，嚴冬之後，我們還要防澇，大量積雪融化必然造成洪水氾濫。要做到及時排水，避免災害，我們現在就要做好萬全的準備。

有人提出公共交通進入住宅區的問題，一些維也納的居民不喜公共汽車從門前經過帶來嘈雜。候選人語重心長做出解釋，公共汽車與捷運接軌，許多上班族不再開車上班，不但是節省能源的好舉措，更重要的是能夠減少高速公路的流量，讓大華府地區著名的高速公路堵車現象減緩。通勤的人們減少了開車上下班的時間，能夠早點回家，不但他們個人的生活品質得到改善，他們的家人受惠，尤其是他們的孩子們，能夠有多一點時間與父母在一起，對整個社會的安定有益。

這樣的考量深得我心。美國是地域廣闊的汽車王國，孩子們一到十六歲，學會了開車，從此一生與私家汽車結緣，是美國文化的重要組成部分。但是，大華府地區的發展神速，高速公路上不僅上下班的尖峰時間堵車，有些公路簡直是永遠堵車。換句話說，就是車子實在太多了。在一些時候使用公共交通就會使這種情況得到改善，正如這位候選人所說，如果父母能夠省下時間，能夠多給孩子們一點時間，整個社會必然更加祥和，許多社會問題就有希望消弭於無形。

說到社會問題，大家議論紛紛，談到校園槍擊、談到車禍、談到失業與不景氣帶來的一系列問題。候選人很堅定地告訴我們，父母長期失業帶給孩子們的恐懼可能一生都無法消除。因此，我們一定要千方百計振興經濟。他談到了許多的施政措施，引發了熱烈的討論。

美國曾經是一個製造業的大國，但是，多年的工廠外移使得美國製造業受到極大的負面影響。目前，製造業回到美國終於形成了新的潮流，消費者信任國貨、愛用國貨，讓製造業深受鼓舞，看到希望。製造業的奮起直接影響經濟，許多地方的經濟好轉，最先受惠的便是教育體系。而教育受重視的程度正是一個國家一個社會進步的重要標識。

帶著滿意的心情，我走進設立在小學室內籃球場的投票所，在電腦上投下我的一票，這一張選票在說話，我們不需要任何的花言巧語，我們不需要空頭支票；我們需要一位有著遠大眼光、認真務實的總統。

歷史上的這一天

二〇一七年三月二十二日中午，美國北維州喬治・梅森大學城電影院的一間放映廳裡散坐著不到二十位觀眾。一位工作人員走了進來，請大家都坐到中間走道左側的位子上，他要檢索右側座位下的地面，因為頭一天晚上一位學生把錢包丟失在這裡了……。觀眾們聽到了這個請求都很配合，都換到左側坐下，也都關切著那錢包的下落。兩分鐘不到，工作人員歡喜地向大家報告，錢包找到了，謝謝大家的合作。

真是好日子！一位觀眾好奇地打開手機上網查詢歷史上的這一天是一個怎樣的日子。他是大學一年級的新生，這一天下午沒有課，來電影院輕鬆一下，準備晚上到圖書館讀書。

西元二三八年三月二十二日，有一個年老體衰的羅馬貴族在群龍無首的亂世自立為羅馬皇帝戈爾迪安一世，同時任命他的兒子為「共治皇帝」戈爾迪安二世，期望著兒子能代替自己出征禦敵。年輕人記得這段歷史，戈爾迪安一世、二世在位都只有二十一天，就先後去世了。連戈爾迪安三世在位都只有不到六年，不滿二十歲，正是自己的年紀便戰死沙場。年輕人迅速把這一頁揭了過去。

一九一六年的這一天，中國的袁世凱宣布取消帝制，重新擔任中華民國大總統。年輕人想，這大總統不是應當民選嗎？那時候的中國想必也是混亂不堪的，同一年六月，這位大總統就去世了，據說，還可能是中毒而死。

一九三三年的這一天是一個可怕的日子，納粹德國在距離慕尼黑十六公里的達豪鎮設立的第一所集中營正式啟用，專事關押、迫害反對納粹的異議人士以及大量屠殺猶太人。在這個恐怖所在曾經關押的人數超過十八萬人……。年輕人在家鄉費城讀高中的時候就在暑假來過華府，第一次來到華府市中心博物館區的時候，他參觀的第一家博物館就是「大屠殺紀念館」。對達豪集中營的「活體實驗」設施和「火化室」印象非常深刻，他記得自己在參觀過程中一直流淚，一直流淚。當天夜裡還惡夢連連。

一九四五年的這一天，第二次世界大戰已經進入最後的階段，埃及、敘利亞、約旦、伊拉克、黎巴嫩、葉門、沙烏地阿拉伯七國成立了「阿拉伯國家聯盟」，簡稱阿盟。那時候這七個國家都是相當貧困的，他們希望組織起來共同捍衛國家主權、共同發展經濟、在同西方世界的溝通中共同發聲，本意是好的。到了七〇年代，由於石油的開發，一些阿盟國家也確實富裕起來。但是，今天已經有二十二個國家和地區參加的阿盟卻並沒有在世界上形成一個安定的因素，葉門的恐怖分子猖獗、埃及的旅遊業受到恐怖襲擊的干擾、伊拉克成為戰場、巴勒斯坦問題幾乎成為死結無從解決、敘利亞內戰引發將近兩千萬難民潮，導致歐洲動盪、利比亞完全一團糟、本來很不錯的黎巴嫩在一九七五年之後反而成了內戰的戰場……。更糟的是，七十二年來，在阿盟的版圖上幾乎沒有出現任何的民主萌芽，經濟、文化的正常發展更是無法期待。

電影廳轉暗，思緒萬千的年輕人關閉了手機，電影開始放映了。

吃過晚飯，年輕人將手機消音，來到大學圖書館靜讀區，在閱讀桌上打開課本讀起書來。周圍的書桌上，學生們都在閱讀燈下專心讀書，室內溫暖、靜謐。

年輕人完成了今晚的讀書計畫，將書本收拾起來，準備回宿舍。伸手去拿手機的時候，發現手機屏幕上出現了一個亮點。仍然處在消音位置，谷歌「歷史上的這一天」靜靜傳送一個訊息給他：「福斯新聞報導，倫敦國會大廈外出現恐怖襲擊事件。」

年輕人飛奔出圖書館，飛奔回宿舍樓，搭乘電梯到自己住的五樓。寬敞的休息廳燈火通明，自己的室友同住宿五樓的同學們已經圍坐在電視機前，福斯新聞網駐倫敦特派記者班．豪爾正在案發現場詳實報導在倫敦發生的事情。倫敦警方證實，一個狂漢駕車衝上西敏大橋，以汽車攻擊行人，抵達西敏區後持刀攻擊國會警衛人員，被擊斃於國會大廈牆外。這一起恐怖攻擊事件已經造成四人死亡，四十人受傷。事件被控制住以後，國會議員們移駕西敏寺，警方展開搜索……。據了解，歹徒是在英國出生的五十七歲男子，有暴力傾向，曾入獄，皈依伊斯蘭，多次更名改姓。「伊斯蘭國」ＩＳＩＳ表示為這起事件之主使……。

那可不是什麼地廣人稀的鄉下地方，那裡是繁忙的倫敦市中心，是英國的心臟地帶！年輕人瞪視著電視屏幕上滿地狼藉的西敏大橋，心裡的憤怒、痛惜緩緩升起。緊跟著，英國首相德蕾莎·梅伊發表公開講話，她莊重、沉穩地表達了對恐襲事件受害者及其家屬的悼念、慰問與關切，她說：「我們無所畏懼，我們將展開調查，我們感謝警方以及相關部門在危急時刻堅守崗位……」

時近午夜，年輕人同自己的室友默默地走回自己的宿舍。兩個人不約而同地在兩人共用的客廳坐了下來，室友斟酌再三，開口說道：「賓拉丹式的恐怖攻擊逐漸地會走入歷史，被草菅人命的意識形態所蠱惑的個人能夠利用任何工具發動恐怖攻擊，那將會是防不勝防的……。」年輕人沒有回答，他感覺到肩頭的沉重。這時候，三月二十二日這一天已經過去，新的一天開始了。

馬爾商與拿破崙

俗諺說，「僕人眼中無偉人」或者「僕人眼中無英雄」。俗話也說「家家有本難念的經」也可以說「人人有本難念的經」。經之難念，原因五花八門，但都不願示人。但是，如果家裡或身邊有個僕人，這本難念的經就難逃僕人的眼睛。主人的「經」難念之極，而僕人卻打從心底裡尊敬、愛戴主人，不惜為主人赴湯蹈火，主僕雙方必然都非同小可，一方差點事，那結果都是俗不可耐的。

男僕馬爾商與他的主人拿破崙就是無與倫比的一對，他們由主僕而成為生死與共的朋友。馬爾商來到拿破崙身邊的時候，這位民選的法國皇帝如日中天！一八〇五年三皇會戰奧斯特里茨，大勝俄軍與奧軍。第二年大勝普魯士，在柏林對英國的工商業宣戰。第三年拿破崙法典問世。接下來，擊敗宿敵奧地利，進入維也納。一連串輝煌的戰績不斷帶給法國光榮的和平，那時候的拿破崙是多麼的意氣風發啊，那灰色的身影如同旗幟在歐洲大地上獵獵地飛舞。難念的「經」自然是那位最不應該成為皇后的約瑟芬。讓馬爾商高興的是，這件事也圓滿結束，拿破崙與其解除婚約，迎娶奧地利公主，有了自己的兒子小羅馬王。

一切的不幸從一八一二年進軍俄國開始。馬爾商這位貼身侍從捨生忘死保護著拿破崙在冰天雪地中退回巴黎，再經過連續兩年的血戰，拿破崙第一次退位被放逐到厄爾巴島。最後的迴光返照是痛苦的百日王朝。雖然，法國百姓飽嘗了保王黨的暴虐無道，衷心擁護拿破崙，但是歐洲的君主政體還有著相當一段時日的壽命，拿破崙面臨他輝煌歲月的最後一戰。寫了百餘本書的法國歷史學家蓋洛（Max Gallo, 1932-2017）為我們描述了這個時候的拿破崙。其時，約瑟芬已經變成俄國沙皇亞歷山大的朋友且已不光彩地死去，皇后與小羅馬王在奧地利已經失去自由。在眾人面前威武不屈的拿破崙，在馬爾商面前卻露出了極度的疲憊不堪，馬爾商不動聲色地幫助拿破崙穿衣戴帽恢復了體面，讓他再次精神抖擻地出門去處理危機。

失去了參謀長貝西耶，以三十萬裝備不足的新軍對付一百萬好整以暇的聯軍，只有馬爾商知道，除了軍事上無法銜接的不幸以外，拿破崙在滑鐵盧數日未眠，三日未進食，而且腹痛如絞。多少人正企圖利用他的性命與自由來買下一紙安全保證書，得以順利進入新的權力中心。馬爾商毫不動搖，準備與他一起走向任何地方。在前途未卜之際，拿破崙將毒藥交給馬爾商，隨時準備迎接死亡。那時候，他們之間已經以性命相託。最終，拿破崙選擇英雄的末路，「像凱撒般開始，以烈士與先知結束一生」。友人們或已陣亡或已背叛，馬爾商毫不猶豫，參加了前往聖赫勒拿島的人數稀少的行列。在船上，是馬爾商為拿破崙誦讀普魯塔克的《希臘羅馬英豪列傳》，甚至為他備了一個活動圖書館，一如在戰場上。相信，那時候，主僕二人已經有了默契，在沒有了老衛隊的情勢下，並肩迎戰不可知的命運。

在與英國總督、劊子手哈德森洛的頑強抗爭中，親近拿破崙的醫生、承包商、官員、僕人一個個被調走甚至死去，套在拿破崙頸上的絞索不斷抽緊的時候，馬爾商成為書記、伴讀、醫生、護士、唯一的貼身侍者，他不但把皇后與小羅馬王的畫像擺在拿破崙居住的陋室裡，甚至透過遠在歐洲的母親弄到小羅馬王的一綹頭髮，成了父子完全被隔絕的六年流放生活中，拿破崙唯一的來自親情的慰藉。

拿破崙最後的四個月，選定馬爾商作為自己的遺囑執行人。馬爾商不但為拿破崙辦了後事，忠實執行其遺囑，十九年後返回那流放地迎回其遺體，移葬巴黎。更重要的是，他盡一切可能保護了拿破崙最後的安寧，寫下來一本真確的回憶錄。一九五五年這本回憶錄的出版，以及馬爾商後人所保留的拿破崙的頭髮，提供證據，使得醫學界在一百五十年後揭開英雄隕落的原因：長達六年的慢性砷（砒霜）中毒。

猶記拿破崙臨終，意識模糊之時，深情問道：「我的兒子叫什麼名字？」馬爾商握住他的手，誠懇回答：「拿破崙。」

輯三

遙望遠天之上那溫煦的星辰

多年來，秦孝儀院長一直善待我這個小朋友，我們之間有著一種完全的信任，這信任成為多年溫暖友情的基礎。在一九九四年七月，也就是我們相識一年多的時候，院長交給我一份功課，要我在一年之後完成，作為慶祝國立故宮博物院建院七十週年的一個獻禮。這份功課的題目是院長親自擬定的，題目是〈兩岸文物保護的歷史、影響及心態〉。看到這個題目，大吃一驚，這是學問家的功課，而我並沒有文物方面的專業訓練。當時，院長語重心長地跟我說：「這個題目，臺灣的專家來寫，大陸方面很難接受；大陸的人來寫，我們未必認可。你是一個外國人，對兩岸都熟悉，立場公允。一年的時間，應當不是太緊迫。」我接受了這份功課，將它視為挑戰，更將其視為院長的信任。

其實，院長這位長輩非常了解我當時忐忑不安的心情。再有不到一年的時間，我將離開居住了三年的寶島臺灣，返回華盛頓之後的首要任務是學習希臘語文與文化，準備調往雅典工作。關於臺海兩岸文物保護的功課，其準備時間的後半段必然與希臘方面的課業穿插進行，而關鍵的最後階段很可能受到其他語種與文化的干擾而無法靜下心來。我在心裡掐算著日子，決心要在一九九五年夏天，在大搬遷的過程中將這份功課基本完成。在此之前，資料的收集是不可或缺的。院長似乎讀出我內心的焦慮，「臺灣方面不是問題。」這個我是知道的。大陸方面，我必須親自去一趟，而且必須請居住在那裡的朋友們幫我收集公開出版發行的有關資料。我深深了解，那將是一趟不容易對付的旅程。但是，無論多麼難，我都必須好好去完成，不能辜負了院長的重託。

沒有想到的是，離情別緒其實是最嚴酷的挑戰。離開我熱愛的臺灣竟然是這麼痛苦的一件事，簡直可以用肝腸寸斷來形容。臺灣的無數好朋友們在極短的時間裡為我提供了臺灣方面在文物保護方面的大量資料，從政府的法令與實施的案例到民間的許多積極的作為，正面的、負面的，全面而深入，需要的只是一個分析、研究與整理歸納的工作。這個過程本身卻使我更加珍惜寶島臺灣，更加依依不捨。大陸方面的情形則大不相同，朋友們細心收集的資料數量龐大，所公開披露的災情已經觸目驚心，哪怕只是選項羅列已經非常有說服力了。更何況，我自己親歷文革劫難，深知在那十年間，文物被毀的情形有多麼嚴重。更何況，一九九五年四月，那最後一趟的大陸行困難重重，短短四天，已是心灰意冷。兩岸的態勢是如此的南轅北轍，兩相比較之下，使得即將到來的離別更加艱難。

這種艱難，為這份功課的完成蒙上了一層悲壯的色彩。我總是記著大陸朋友驚歎的表情：「想想看吧，這麼遙遠的路程，又是戰爭期間，六十四萬件無價之寶竟然毫髮無傷地抵達臺北，進而得到最科學的管理與保護，最積極的展示。那不只是臺灣的驕傲，每個炎黃子孫都該慶幸才是。」在「向錢看」的狂潮逐漸席捲整個神州大陸的九〇年代，朋友的一席話確是肺腑之言了。

北上收集資料之前，院長有信來，鼓勵之外，隱隱表達的是深切的關心，祝禱著順遂。院長非常了解，那順遂是需要勇氣與智慧去爭取的，半點輕忽不得。是的，當我和朋友們衝破阻礙終於見到面的時候，當我把「有關部門」已經翻檢過的資料裝箱的時候，當飛機升空飛往香港的時候，我腦子裡徘徊著的都是院長的殷殷囑託，他要我平安返回臺灣。他懇切地期待著我的平安回程。當飛機終於抵達高雄小港機場的時候，第一件事，便是用限時快信向院長報平安。院長滿溢喜慰的回信很快就來了，他叮囑著在離開臺灣之前，一定要北上，一定要在故宮再看一兩個特展，一定要告訴他，這一趟行程的點點滴滴。

一九九五年夏天，我向院長詳細報告了四月的行程，三個月過去了，驚悸猶存。院長仔細傾聽著幾個文革過來人怎樣地關切著大陸正在進行著的所謂對文物的「建設性破壞」以及三峽工程所帶來的千餘文化遺址將葬身水下的巨大危機。院長表情凝重，非常清晰地說道：「世界四大文明，只有我中華文化綿延數千年未曾中斷。」這話院長說過許多次，但是，當我們在這個特定的時間與空間談到這個命題的時候，我終於醒悟，院長是把每一次展覽、每一次將遺落在外的華夏重要文物典藏、每一項專題研究、甚至每一篇小小的與文物稍有關聯的報導、某一位民眾為此所做出的每一點努力都與這個命題相聯繫。院長將我的大陸朋友們不顧個人安危的行動視作對文化延續的堅持，而絕非單純的俠義之舉。我的下面一站將是希臘，希臘文明正是在異文化交疊堆砌之下逐漸斷裂的。最近的長達四百餘年的異族占領反而使得希臘民族奮起維護自己的文化傳統。人類從這起伏跌宕之中可以體悟出多少道理！我終於了解，院長是這樣地關心著我，遠遠不止當年秋天在臺北的盛典，更是對世界文明前景的探索與體認。我覺得，這是比去學習那新的語言更加重要的心理準備。帶著這樣的準備奔赴希臘，其收穫也將是大為不同的。

無論怎樣艱辛，功課終於在堆集如山的資料中一頁又一頁地寫了出來，舉凡可有可無或稍有疑問的資料一概沒有選用。正日子到了，我從華盛頓飛回臺北，院長的話是：「你回轉來了。」站在講臺上，面對著院長與文化界的專家們，席捲而到的並非完全是準備了一年的功課，而是萬般難捨的離情。真正如院長寫給我的：「一片傷心，畫不成亦歌哭不成也。」站在那裡，我看到了距離，看到了即將到來的離別將是難以忍受的。然則，功課是必須完成的。事後，院長告訴我，會場上，坐在他身邊的是北京故宮的負責人。講演之後，院長很客氣地詢問客人：「韓秀所述，有沒有不符合實情的部分啊？」客人也很誠懇地回答：「我們的情況比她所講述的更為嚴重。」院長笑了，笑得非常舒心。

告別之際，我卻哭得像個不想上學的孩子。我知道，這一去真不知道什麼時候再回來。院長拍著我的手：「隨時回來，隨時回來啊！」

在臺灣三年，最先結識的長輩就是院長。院長在書店看書，看到我的小書《折射》，找到出版人李鍾桂主委，請救國團安排演講活動，之後便邀我們夫婦在故宮演講，甚至打破了故宮未請過作家、未請過女性的慣例。在那之後，我成了院長門下的小學生，不斷上門請教，院長不但自己有問必答，更介紹院內專家解答疑難。那時的我，如同海綿吸水一樣汲取著人們不知要花多少時間力氣才能獲得的真知灼見。那實在是我最快樂的求學階段。

院長似乎讀得懂我的心語：「希臘是重要的文化活泉，你會學到很多的。」不忘寬我的心：「隨時回來，隨時回來啊！」

這誠摯的召喚是這樣的溫暖、這樣的貼心，更是常常出現在院長的來信裡。我不但回來而且年年歲歲如同候鳥一般，從西半球飛回臺北，飛回院長身邊。院長給予我的溫暖每每如同營養素，讓我堅持到再次返回臺北的時候。

二〇〇五年年初，在臺北震旦博物館，故宮前副院長張臨生館長的辦公室裡，我跟臨生說，我心神不定。臨生冰雪聰明，忙說，廣達文教基金會與林先生都極好，院長很開心。我知道，頭天晚上，院長請我們吃飯，他自己也是這麼說的，他還說：「下次回來，到我辦公室看看。」他看上去是那樣的神采奕奕，真是好。但是，我就是心神不定。我又一次看到了距離，但是，這一次，我看不到再次見面的機會。

之後，我依然收到院長溫暖的來信，熱情奔放的詞章。

又一年以後，我收到臨生的信。知道院長寧靜地走去了遠方。那是一個出奇溫暖的冬夜，仰望蒼穹之上那格外溫煦的星辰，似乎再次聽到院長深情的召喚：「隨時回來，隨時回來啊！」我知道，我今生今世都會如同候鳥般飛回臺北。飛回我們共同深心熱愛的島土。當我遠在天涯海角的時候，則與那格外溫煦的星辰促膝談心，直至天明。

老師，您瀟灑如昔

竟然已經有二十年之久了嗎？想起來感覺還是不久之前的一件事情，一九九八年二月，我從雅典返回臺北，參訪第六屆臺北國際書展，順道參加一個有關中書西譯的座談會。行前便同老師李牧教授在信中約好，在福華飯店一家中餐廳吃午飯。那時候，李教授已經病得不輕，我十二分的惦記，又擔心李教授從家中到臺北市區路程太遠過於辛苦，在信裡囉哩囉嗦講個不停，老師回信簡短，只說屆時見面詳談，要我旅途當心。

待見到面，李教授瀟灑如昔完全不像是一位病人，西裝領帶一絲不苟，談笑風生思緒極為敏捷。他完全不談病，我小心詢問，他笑笑：「洗腎而已。」然後，從臺北書展中書西譯聊到出版大環境、聊到傳播途徑、聊到希臘民俗又回到早先的巴黎。老師沒有任何的疲態，讓我大放寬心。

回到雅典，繼續收到老師的來信，我都仔細收藏在一個標明「李牧教授」的信匣裡，每一次把新的來信放進去就又把舊信拿出來細細揣摩，老師的關心、鼓勵總是讓我非常的感動。我每有新書出版，老師一定熱情地詳加評說，不但有讀後感更指出一些新的方向。

最早的一封信寫於一九八三年秋天，從臺北寄往美國外交郵袋的一個郵箱地址，美國駐北京大使館的郵址。關心的字句下面透露出憂急，特別囑咐我要注意安全，行車、居家都要注意安全……。

一封又一封，那許多印有「李牧」字樣的三百字稿紙，邊緣有些發黃了，藍色墨水留下的字跡卻清晰得很。老師的字永遠直行，優雅地坐落在四方格子裡。一直到二〇〇〇年秋天，老師病中最後一封信，依然不肯馬虎，字字清晰。剛剛從醫院返家，卻還是不談病情，老與病的無奈最終還是被忽略不計了。十二行稿紙上密密麻麻寫下了憂慮國家前途的種種思考。在這最後的一封信裡，老師不忘提醒我中秋快要到了，一如既往，字裡行間溢滿濃得化不開的來自東方的人情。當年看著這封信，我甚至確信，老師必然能夠戰勝病魔，必然能夠再次康復，我們必然還有機會坐在一起談天說地。

二〇〇一年三月，老師靜靜地走了。那時，我才知道頭年秋天的那一封信是一個完美的休止符，整整持續了十七年的手書，到了這個時候結束了，一絲不苟地結束了。

想寫一篇紀念文章，心裡卻波瀾起伏難以平靜，老師的信匣擺在書桌上，一頁頁的信箋提醒著我，一位老師對一個教了一學年的學生長達十七、八年的關心源自何處。

初次見到李牧教授是在臺北陽明山華崗文化大學的課堂上。一九八二年夏天，外子在陽明山美國國務院語言學院接受第二年的中文訓練。我們住在和文化大學一牆之隔的凱旋路底。青年學子常常通過牆上的一個「月亮門」，來到我們這個社區散步或者坐在樹下午餐。

我是初次住在寶島，明白知道這樣美好的日子只有短短一年，格外珍惜，便在文化大學選了課，正是李牧教授的「三〇年代文藝思潮」。個人豐富的大陸經驗使得我對李教授的觀點充滿了好奇之心。

很快，我便發現，李牧教授真正是西塞羅與蒙田的追隨者，他與青年學生的互動充滿了機趣的對話，他的博學、親和、瀟灑強烈地吸引著青年學子們。他絕對不要求學生死記硬背，他的全部工作旨在提升學生的理解力、判斷力。整個學年幾乎無考試，只在學年結束的時候請學生們寫一篇文章：「談談你熟悉的一位作家，你認識作家本人，或只是認識他的作品，都可以。古今中外都可以……」

有關三〇年代文藝思潮，李牧教授做過大量的研究而且有專書出版。下課之後，學生們圍著他談的卻是法國文學，大仲馬、莫泊桑、拉·封丹、巴爾札克、福樓拜是學生們津津樂道的。李牧教授微笑著把話題引導到莫里哀、羅曼·羅蘭、普魯斯特。我能夠感覺得到，這些快樂的課後「閒談」對學生們的影響有多麼的驚人。終於有一天，這閒談變成了一堂大課，當李牧教授在黑板上用漂亮的板書寫下 Victor Marie Hugo 的時候，他是嚴肅的，他的手臂離開黑板的時候，停留在空中，畫了一個大大的圓。這樣的鄭重讓年輕的學生們都坐了下來，打開了筆記本。之後，李牧教授在黑板上又寫了一個名字 Michel de Montaigne，這一回，他凝神望著自己的板書，好一會兒，才轉過身來面對學生。這一天，不受時間的影響，校園上下課的鈴聲完全沒有中斷李牧教授深情款款的敘說，學生們也完全沒有放學回家的意思，全神貫注地傾聽一位學者對小說家雨果對散文家蒙田的理解。那是一扇為學生們開啟的大門，引領他們進入更深邃的精神世界。

二〇〇一年早春，在我無法靜心為李牧教授寫一篇紀念文章的時候，我讀雨果，作為紀念。二〇一三年，我用了幾乎一年的時間為小說集《長日將盡：我的北京故事》寫了一篇三萬多字的長序〈懷想二十世紀八十年代——那些人與那些事〉，裡面記敘了李牧教授如何引領我成為臺灣副刊旗下作者之一，以及他對我的書寫的長期關注。

又是一個十七年，二〇一八年的夏天，整理書房，在堆積如山的書寫紙中間發現精緻的標明 Elias 的黑色盒子，心中忖道，從雅典帶回美國的有著美麗浮水印的信紙難道還有剩嗎？打開一看，信紙已經用罄，盒子裡裝著一些剪報。最上面的一份是一九九二年九月《光華雜誌》以中英文雙語刊載的〈每月一書〉專欄，足足六頁，談的是我的第一本書《折射》。書評作者是李牧教授，緊接著是雜誌編者滕淑芬對我的採訪。淑芬當然早已寄雜誌給我。這一份剪報是李牧教授給我的，標題旁邊一行小字：「這是一個很好的起點，李牧」，雜誌橫排，老師的簡短留言也就橫寫。老師留下來的手跡，這是唯一的橫寫，瀟灑如昔，同老師的板書一樣的漂亮。

這一天，我坐在整潔明亮的書房裡，重溫蒙田，心緒寧靜。

痛悼太乙姐

二〇〇三年七月五日，太乙姐因罹患胰臟癌，靜靜地走了。

我打開信匣，太乙姐最後的一封信是在此次發病前寫的，日期是二〇〇三年四月二十八日。她寄信來的原因是要送兩本書給我，不是她自己的著作，是焦桐先生在二魚文化出版社主編出版的《臺灣飲食文選》，有一、二兩卷。她在信中說：「收到這兩本書，也許你會有興趣。」

太乙姐不但自己筆耕數十年，由於主編香港《讀者文摘》中文版二十餘年，對於編輯、出版極有心得，更與夫婿黎明先生合作編纂語堂先生作品，對文字十分敬惜。信中有字需要改寫，也一定用修正液輕輕塗去，再寫上正確的字，沒有半絲的馬虎。太乙姐的這最後一封信依然一絲不苟，英文橫寫，中文直寫。連標點也中規中矩，一如既往。

看了太乙姐的信，我馬上回信致謝、報告：「書已經收到了。」並且也寄了一本自己當年出版的新書給她和黎先生，請兩位前輩批評指正。之後，沒有信來，我就知道應該是健康因素了。

二○○一年夏天，太乙姐生病，我和從臺北來華府訪問的廖玉蕙拜託花店送了花去，她的謝卡馬上就來了，不但告訴我們她的近況，更不忘感謝玉蕙萬里迢迢熱情邀訪。她在信中這樣寫：「這次錯過機會和廖玉蕙見面，真可惜！」感嘆號之後卻沒有下文，沒有說到「下次」如何，讓我心裡一沉。然則，一九九九年，千難萬難，太乙姐曾經以書面回覆的方式，使得玉蕙的採訪成功。

二○○三年，我在春夏之交的靜寂中，在得不到黎家訊息的靜寂中，耐心等待。等待信箱裡出現那熟悉的小信封，美麗卡片上精準、樂觀、條理分明的字句，談文友近況、談旅行、談新書、談寫作，甚至開心相約：「去『小菜王』吃它一頓。」

二魚出版的這兩本書卻是細細地看過了。「食經」是極其有味的書，看到好的，無論古今中外，都要買來細讀。我總覺得，食經實在是社會學，裡面的學問深不可測，有趣得緊。焦桐先生編的這套書中，太乙姐的〈母愛拌在肉鬆裡〉排在第二卷，「近鄰」是琦君姐的〈團圓餅〉和林文月教授的〈蘿蔔糕〉。我在自己的一篇小文中，談及廈門廖家的肉鬆傳奇：「林太乙女士在《林家次女》和她的新書《好度又度》之中都談過家鄉人做肉鬆的情形。那又香又脆的肉鬆不但是自家過日子的必需品，更是好禮。那禮不但帶給不在家鄉的親朋濃濃的家鄉味，甚至漂洋過海，成為海外人思念故土時無上的慰藉。」

肉鬆做起來非常麻煩，「考驗女人的細心、耐心和技巧。」太乙姐不是只用筆去描摹外公家做的肉鬆，她是身體力行者，她家的肉鬆是「自己焙的」。在美國，在北維州的「水晶城」裡，林家次女卻是「在異域建立廈門基地」，一如她的母親。內中所含的執著何止「堅守固有文化」而已。由此，我們常談食經，遠遠不止廈門和地中海，而是天南海北。

其實，在「肉鬆」傳奇中，太乙姐有一段話談到大陸三年大饑荒和十年文革時期，廖家的女子們怎麼樣輾轉千里克服萬千困難焙製了少量肉鬆幫助家人活命。那時候，肉鬆不只是美食，不只是撫慰鄉愁的靈藥，而是救命之物了。

太乙姐的文字裡沒有火氣，只有淡淡的哀傷。那哀傷讓我這「過來人」感覺到了溫暖、感覺到了深切的同情和了解。對大陸那一段過往，我們從來沒有談過，我們只是從相互的文字中去感受。我們不肯訴諸語言，卻是在靜默中互相深深懂得對方的。

一日，走進太乙姐和黎先生的家，前廳牆上一張大大的照片，是一九八九年那一場民主運動中最著名的照片，大陸青年王維林隻身面對坦克的鏡頭。黎先生、太乙姐和我，我們三個人站在這張大照片前面。我們什麼也沒有說，但是我們深切感受各人心頭的沉重。在我的書房裡，也有著完全相同的一張照片。

太乙姐走了，媒體的朋友要介紹她的生平，來徵求我的建議。我強調了兩個重點，太乙姐不僅是文學大師的女兒和傳人，她自己正是卓有成就的作家、編者、翻譯家和美食家。她也是一位會把王維林的照片掛在前廳的知識分子。

在將太乙姐的信件封存的時候，我看到「近來時局動盪，心裡好亂。」感覺著她的悲憤。看到她寫：「我們剛從希臘旅行回來，要趕快用功一下。」感覺著她的意氣風發。看到她寫：「我大致已經痊癒，不過飲食還得小心。」感覺著她的溫厚、體貼。她的每封信裡都有感謝，感謝馬英九市長和龔鵬程校長對設立林語堂紀念館的關注、感謝文友的關心、感謝一本好書的出版、感謝一篇美文的刊出。對於老編的辛勞，她謝了又謝。對於讀者的支持，她感激不盡。

無盡的謝意啊，在她的信箋裡。

在她送給我們的書裡，有一本英文版的語堂先生的《生活的藝術》（*The Importance of Living*），是二〇〇一年在新加坡出版的。我們無法估計在一九三七年的初版與二〇〇一年的新版之間，太乙姐和黎明先生花費了多少心力與時間來校訂和完善，使這本長久影響世人的巨著得到最好的呈現。

在這本新版的書裡，我們卻看不到一個有關這一對夫婦的詞語。無論版權頁、扉頁和封裡，都沒有留下一絲絲的痕跡。語堂先生的序言裡也有感謝的話，是一九三七年在紐約向友人表達謝意……。

把書本插回書架，把信件細心封存。我知道，書是可以讀之再三的。信箋已然刻上心版，背誦得出，而且，不會再有信來。

從此，在屈指可數的，用筆寫信的前輩和友人中，少了太乙姐。在萬般寂寞的寫作路上，少了談笑風生的太乙姐。在快意指點「盤中」江山的同好中，少了快人快語的太乙姐。

最痛的，則是在英文世界裡興建「華文基地」的長期鏖戰中，我們少了太乙姐這支達觀而婉約的健筆。

二〇〇三年七月十四日寫於美國北維州維也納小鎮
七月十七日刊登於《華盛頓新聞》
七月二十二日刊登於臺北《青年日報》
七月二十三日刊登於美國《世界日報》
二〇二〇年九月再次修訂

＊關於廈門廖家的肉鬆傳奇，我曾在小文〈送禮送到心坎裡〉談到，此文納入《韓秀 show 上桌：一位外交官夫人的宴客秘笈》，二〇一一年七月由臺灣商務出版。

魏子雲教授與海內外金學研究

二〇〇五年十二月二十七日，臺北學人魏子雲教授辭世，享壽八十八歲。二〇〇六年二月號《文訊》雜誌推出了紀念專輯，郭嗣汾先生以「他的成就無憾於天地」送別老友。

往事如潮湧到。二〇〇三年的年底，我收到魏先生最後的一封信。七個月之後，還收到了他親筆簽名的最後一本書《文學、歷史、戲劇》，題字中有一句：「這是二十年前的作品，去年下半年作印。」書的標題如同魏教授一生治學的總結。那題字，卻是先生寫給學生的寂寞之語。

單槍匹馬且又豪情萬丈的魏教授，習經出身，讀書而求甚解。一九七二年夏，他在臺北故宮博物院觀賞八大山人書畫作品，從題詩中感覺其身世與崇禎太子慈烺重合，遂將其疑問請教海內外著名八大作品收藏家與研究者，人家斷然地否定了他的想法。直至一九九二年，魏教授遠赴南昌探親，在青雲譜八大紀念館看到了「八大山人小像」上面的題款，這才快馬加鞭，靠著對於晚明歷史、文學、文化與社會二十七年的研究，於一九九八年出版《八大山人之謎》，解開了這一歷史謎團。然而，這只是「順便」之舉，多年的研究，成就的是三百餘萬言的金瓶梅考。

《金瓶梅》在中國大陸多年被禁，在臺灣學界多半也都長期處在「無動於衷」的狀態裡。一九九〇年一月二十二日，美國《世界日報》的「書香世界」專欄刊出金學研究成為「文壇新貴」的報導文章，海外讀者大眾這才知曉這部奇書的命運正在改變中。臺灣金學研究權威魏子雲教授在文章中大略地、簡要地介紹了大陸金學研究與普及的現狀。當時捧讀再三，心境頗為複雜。

話說一九八一年，大陸當局採取「開放」政策之後，金學研究得以逐漸公開露面，而於一九八五年形成高潮。與此同時，我正巧一九八二年到一九八三年住在臺北，一九八三年到一九八六年則住在北京。當年的臺海兩岸，民間尚無太多往來。我也就有了機會，充當了魏子雲教授與大陸金學界之間的聯絡人，親眼目睹了魏氏理論在大陸金學界產生的各種反響。

世紀交替，對待中國古典文學的態度，兩岸都產生了微妙的變化。魏教授始終是寂寞的。在他辭世之後，再次將這一段實在情形記錄下來，也還是必要的。

當我翻箱倒櫃，將魏教授的大量著作、信件、大陸金學界的文字資料以及我自己當初為兩地傳書所作紀錄，一一置放在案頭的時候，我看到了一座山。這般豐富的資料，若想細說從頭，須得寫一本專書。眼下也只好提綱挈領地做一個大事記。

一九八二年秋，在臺北。一次，在文化大學的課室裡，與李超宗教授談及中國古典文學。我向李教授報告了八〇年代初，我在約翰．霍普金斯國際關係研究所帶研究生的一段往事。當時，一位美國青年漢學家對天下第一奇書《金瓶梅》讚不絕口，認為是中國第一部極有成就的寫實主義小說。他的一群同好對西門慶的「統御」藝術大感興趣。他本人則側重於吳月娘這一人物的內心世界、《金瓶梅》所表達的世俗人情、倫理觀念，並以此作為博士論文的主題。

為了學生，我急急地去讀這部從來沒有打開來過的大書，日夜兼程。為教而學，談深入是說不上了，但是通讀金書卻深深折服於笑笑生的藝術成就，沉醉於作者鮮明、生動的小說語境之中，頗為意外地很樂了一陣子。快樂的理由多少也與長年所聽到的對於這部書的貶抑有關，大有「全然不同」的感慨。李教授聽罷，便熱心地指點我：「你一定得認識魏子雲先生，他單槍匹馬研究金學十二年了，著述甚豐。」

就因為這樣的因緣，我不但有幸見到了這位名揚海內外的學者，而且得到了他親筆題字的一套大書，《金瓶梅詞話註釋》。抱著這套書，我感慨萬千，想當初，我為學生開書單，只找到鄭振鐸、吳晗、徐朔方、吳曉鈴諸君的著述。如果那時候就知道天下有這套註釋，可以解決多少疑難！當下寫信給遠在巴爾的摩的學生們，欣喜地告知，我們終於找到了金鑰匙。

一九八三年夏天，離開臺北之前，魏先生寫給我一句話：「如遇有關金瓶梅之研究文稿，謹盼剪下惠賜。至為感荷！」

沒什麼說的，這件事理當盡力。一到北京，我馬上開始與徐州教育學院的張遠芬，上海復旦大學的黃霖等幾位金學研究新秀展開聯絡，希望他們能夠提供一些新的訊息。我自己也直奔北京圖書館，希望找到一些有價值的資料。

同時，也開始了與魏先生長達二十年未曾間斷的書信往來。

一九八三年十月底，我向臺北發出了第一批學術資料，開始了我為魏先生的研究工作準備一點剪報，這樣一個又有意義又有趣的工作。

當年，我攜往北京的魏氏著作，除《註釋》外，還有《金瓶梅編年紀事》、《金瓶梅的問世與演變》。一九八三年底，我收到了魏先生的新書，就是那部在大陸金學界引起強烈地震的《金瓶梅箚記》。

震源就是魏先生在《箚記》中再三論證的天啟說，即「傳於今世之刻本《金瓶梅詞話》乃第二次改寫本，成書於天啟」。對於大陸金學界完全是一個新的課題。一年之後，《金瓶梅原貌探索》跟踵問世，對於蘭陵笑笑生何許人也，提出了支持上海黃霖「屠隆說」的論證，使得「王世貞說」、「李開先說」、「湯顯祖說」以及徐州張遠芬力持的「賈三近說」都產生了致命的疑問。金學界的震盪可以想見。

在這場大動蕩中，徐州張遠芬的事跡值得一提。他寫了一部《金瓶梅新證》，提出笑笑生應該是山東人之說，理由主要是小說所使用的乃山東嶧縣方言。一九八三年，他陸續收到了魏先生所撰寫的《註釋》與《箚記》之後，於翌年寫了一篇六十餘條的「辯正」，試圖指出魏教授論證笑笑生為江南人氏為謬說。其後，魏教授為此又撰寫另一論文，逐條予以討論及答覆。

這本是尋常的學術討論，然則，細讀張氏新證一書，直覺他的斷章取義頗有背景，他似乎是翻開《詞話》的某一篇章，有所發現，卻無法找到另外一個或多個例證來加以肯定，而只能把這個發現擱置起來。如此，其論證極其單薄，往往以偏概全，令人生疑。與張遠芬通信才了解到，他的研究條件極差。雖然已經是小有名氣的金學研究者，但是他自己和他的教研組並沒有一部《詞話》可供他與同人做研究。他必須長途跋涉，到一家比較大型的圖書館讀書、寫卡片，用在路上的時間遠遠超過他在圖書館做研究的時間，其中的磨難艱辛自不待言。

大陸學人的苦楚，我自然是明白的。一九八四年夏，我們夫婦自北京回美國度假。在假期中，我寫了一封長信給魏先生，詳述張遠芬的困境。回信中，魏先生坦率直言他對大陸學人的關切與同情。

同年十月的一天，美國駐北京大使館郵政部門的官員送來一份通知，有一個奇大無比的包裹來自臺北，他將親自用小車送來。當這個碩大無朋的物件被隆重推進客廳的時候，我也吃驚不小。包裹遠渡重洋，破裂了無數次，有心人在每一個歇腳處又將它一次次重新封好，它已經無稜無角、奇形怪狀，唯寄件人的地址還勉強可以辨識，其他一切都已經只是謎團了。好在，魏先生常有信來，對於這位郵政官員來說，這來自臺北大安區的地址早已是老朋友，所以信心滿滿送來給我。

我仔細地撕去了兩層包裝紙，這包裹果真是魏先生寄來的！拆開一看，竟然是送給張遠芬的大字足本《詞話》。六本精裝大書堆在桌上尺半高。印刷精美，字體又特別清晰。金學研究者得了這部書，可說是如虎添翼。

聽我細說從頭以後，郵政官員目瞪口呆，他決然無法想像，這一套大書飛到美國再飛到北京，繞地球一周，無數次險遭失落，竟然是一位臺灣學者為他的論敵提供的治學工具。

馬上致函張遠芬，請他北上。那是我第一次，也是唯一的一次，與這位大陸學人見面。他很客氣，也表示非常感激魏先生給他的支援。之後，我們看到的，就是大大地豐富了的專書問世，魏先生所提供的讀書、作學問的原始資料，給予受惠者極大的便利，用來完成批駁魏氏理論的宏文巨制。

心有不甘，寫了封信給魏先生，字裡行間多少有些不平。魏先生的回答竟然是朗聲大笑。他在回信中寫道：「寄《詞話》給張遠芬，不過是給他提供一點便利而已，他能潛心作學問就好了。」筆鋒一轉，十分高興地告訴我，他與黃霖已經有了相當一致的觀點：一是金瓶梅作為政治諷喻小說的可能性，一是笑笑生應該從山東這個圈子裡跳脫出去的論證方向。言語之間滿是大歡樂、大興奮，是終於有了同行者的喜悅。捧讀這一張小小的航空郵簡，我感動不已，也隨著興奮起來。

大家都知道，多年以來，魏先生的金瓶梅研究，「一直在成書年代與作者問題上探索」。至於較魏先生年輕的美國芝加哥大學學人馬泰來先生，發現了謝肇淛（在杭）的〈金瓶梅跋〉，證實了謝氏手中的金瓶梅抄本是二十卷本，則帶給魏先生極大的安慰。他不但馬上接受了馬氏的論點，而且認為其重大發現乃「功德無量」，在自己的論文中一再述及。

一九八五至八六年期間，魏先生的論文接二連三，新書出版了一本又一本。有文字寄來，必是張遠芬、黃霖一人一份。兩岸民間關係有所鬆動之後，魏先生又闢新徑，經由香港和日本與大陸學人交換意見。除了北大朱德熙先生處我曾將魏先生論文轉寄外，徐朔方等先生處都是煩請黃霖代勞了。

一九九三年十月，我們駐節高雄之後，收到臺灣商務出版的魏教授新書《金瓶梅研究二十年》。魏教授在書中寫了一段「附言」，讀了這一段，才明白了魏教授的「又闢新徑」的內容。魏教授的這段話寫於一九九三年五月三十日：「起先，韓秀蒐集到的有關論『金』書文字資料，一次次總是大疊大包，交由美國在臺協會轉來。一年後被發現是大陸簡體字文章。於是，我老長一段日子收不到了。雖經託人關說，也無濟於事。好在中央圖書館漢學中心及中華經濟研究院，有大陸各大學學報，以及書刊等。得朋友協助，我可以進入閱讀。然而，韓秀寄來的資料，慶幸仍有漏網者。對於徐州的張遠芬（今已升為教育學院院長）我們仍是好友。遺憾的是，他已無時間全心投入『金』書研究上了。古云，『當仁不讓於師』，師友本是在學術上切磋的朋儕。」

無論時間與心力投放的多寡，論戰仍然在無聲而激烈地進行著。我一再地覺察到來自大陸學界相當濃重的政治氣味，也常常地為魏先生感覺著不值。他的來信卻一如既往，不談政治，只論及學術。對大陸學界咄咄逼人的論文攻勢也只談觀點，不涉及個人恩怨。

此外，八〇年代中期，「清除精神汙染」濁浪當空。許多大陸文壇朋友從我的客廳裡把魏先生的著作帶了回去，讀後，也曾向我發表了一些感想。

阿城把《箚記》放回書架時，很難掩飾心情的沉重。他說：「我除了尊敬，實在找不出話說。我們離這門學問太遠了。」

鄭萬隆把我所有的魏先生作品，包括結集與未結集的，全部讀畢之後，難掩興奮之情：「這是一個新的境界，完全新的境界。」

我把這些訊息轉告魏先生。在來信中他很慎重地寫了這樣一句話：「你信中所提，令我讀書更細心，以免誤導。」

之後不久，我見到了魏先生在中國古典文學第一次國際會議上發表的論文〈研究《金瓶梅》應走的正確方向〉（一九八五年四月十日）。在這篇文章裡，魏先生把近五十年來針對金瓶梅的「版本」、「成書年代」、「作者」諸問題的各家陳說述論了一個梗概，語重心長地提出了「讀通原著」的主張。

沈從文先生生前曾經囑我將魏先生重要論文帶給他看。他看了之後，指著一些文章的前邊，魏先生匆匆寫上的「此乃工具書，僅供參考」等等短語，很感慨地對我說：「你這位老師很難得啊。他真是用功，也耐得住寂寞，為自己選了這樣一個大題目。」

我想沈先生從魏先生的文章中讀出了他為後人開路的良苦用心。

一九八六年夏，我們離開了北京，回到紐約，外子開始了在美國駐聯合國使團的工作。魏先生仍然繼續與大陸金學界展開學術研討，魏氏理論在大陸產生了更深入的影響。遠在紐約，我們注意到，因為政治的因素某些大陸學人所產生的反彈。魏先生曾希望各地學界能夠擯棄政治的干擾而潛心做研究的願望，在一些大陸學人身上也落了空。一九八八年十月，魏先生在他的來信中非常沉重地談到黃霖所受到的排斥。他再三地表示，政治因素的一再干擾決非學界之所願。一九九〇年初，他又頂風冒雪趕往南京參加明清小說研討會，帶去了「以文會友，以友輔仁」的主題，盡力促進海內外學人之間的交流。然後，帶回了一身的病痛。

從一九八三年起到魏先生病倒的二〇〇三年止，在這二十年中，魏教授的研究成果有目共睹。大家談起來，他卻總要提到：「大陸金學界人多，資料豐富，已蔚成熱潮。」等語。一九九〇年四月，北京出版社出了一本秦亢宇主編的《中國小說辭典》，在〈蘭陵笑笑生〉一節中，雖然仍提出山東嶧縣說，但畢竟不再硬性假定，而採取「無確據」說。同一家出版社還出版了《中國古典文學辭典》（一九八九年十月第一版，一九九〇年五月第二次印刷），雖然還是沿用了馬列主義文學批評的老套，畢竟還是極為可貴地承認了《金瓶梅》的藝術成就以及對後世寫實主義小說的深遠影響。至於「作者」一項，採取「不詳」的解釋，起碼沒有牽強附會。在意識型態方面仍然遭到嚴格控制的中國大陸，這應該算是不小的突破。

走筆至此，似乎應當打住了，但是，魏教授畢竟是七十本書的作者，當我們談到《金瓶梅》研究的時候，也會想到暢銷臺海兩岸的小說《潘金蓮》與《吳月娘》。在追尋華夏音樂藝術的途中，也會仔細翻閱一下《五音六律變宮說》這本五萬字的小書，這可是由九十萬字的研究刪節而成的。在欣賞崑曲之類幾乎瀕臨滅絕的戲曲精華的時候，更應當去讀一下魏先生多達十餘種關於戲劇的論說。在紀念抗日戰爭勝利若干年的活動中，翻開魏先生的大河小說《在這個時代裡》，看看這三部曲怎樣為「一生站在平地上」的平民百姓樹碑立傳。在出版界的戰國時代，我們更期待勇者會關注到魏教授尚未印成鉛字的上百萬言研究成果。

在二十多年的歲月裡，魏先生與師母厚待我。面對先生留下來的豐沛遺產，我追念著先生海天樣的心胸與傳統文人的風範，不斷回頭溫習他的著述，循著先生的足跡走向前去。

二〇二〇年九月再次修訂

＊本文部分內容收錄於拙作《重疊的足跡》，版權屬於臺北三民書局。二〇〇六年五月，為紀念魏教授，獲得三民書局發行人劉振強先生首肯，得以改寫，並曾部分刊出於《自由時報》副刊。在此，特別致謝。

山水靜好

只是因為龔鵬程校長短短一封小箋，說是位於宜蘭的佛光大學好山好水好人文，希望我去住上兩個禮拜。於是安排起行程來，生平第一次做了兩週的「駐校作家」。在臺灣前後住過四年，臺北和高雄，高雄時間長些，也就把臺中以南的地方走了個遍。相反，北部卻漏了些名山秀水，宜蘭即是其中之一。

二〇〇三年十月初，龔校長和文學所趙孝萱所長在福華會館接了我，一路開車去宜蘭。孝萱是學問家，她的書我是拜讀過的，見到人只能用「驚喜」來形容。身為創意十足的學者竟然是這樣罕見的美麗、文靜。坐在她的車裡迅速發現她又是那樣的果斷。山路崎嶇，她開得既穩且狠，十分老到。一路上還忙著告訴我，佛光的景致是怎樣的迷人，空氣是怎樣的沁人心脾，連夜景都璀璨無比！我一邊聽一邊看著周遭密布的沉沉烏雲，似乎山雨欲來的凝滯與沉重完全抵擋不住孝萱對佛光的熾熱情感，感覺上非常奇妙。龔校長則瀟灑如昔，談笑間將他十年來荊棘叢生的辦學路簡單做了個介紹，談到學生，則十分開懷，欣慰、愛惜之情溢於言表。讓我這個對佛光前景憂心忡忡的來客反而自覺無須掛慮太多了。

到得林美山上，孝萱指著茫茫雲海告訴我：「天氣晴朗的日子，可以看見龜山島，真正氣象萬千！」我點頭稱是卻不知何時能見著那「氣象萬千」，眼下，只是雨簾密布而已。

這真是機緣湊巧的一天，下車伊始，就見識到老師學生維護大學學術自由的雄辯滔滔，理性、感性兼備的言辭熱力四射，窗外的冷雨似乎也安靜下來了。

慷慨激昂的討論告一段落，我回到了宿舍。這房間面山，小陽臺外面生氣盎然，草葉兒們被雨水洗得碧綠，見慣了臺北的灰濛濛，心想這一場雨可真好，把灰塵都洗乾淨了。完全沒有想到此地三分之二的歲月在雨水中，山川樹木、房舍建築都乾淨得不得了，根本沒有灰塵！那個晚上，我懵懵懂懂地發現，這間宿舍實在方便，門外就是一架巨大的售賣機，各種飲料包括 Brown Coffee 應有盡有，左邊有一間「飲水間」，設備上張貼表格，負責水質監督的人員在表格上簽名而且標明日期與時間。巨大的熱水器，龍頭一開流出來的竟然是滾燙的開水！我趕緊取出自帶的維也納咖啡，沖上一杯，頓時感覺在臺北積累的疲倦已然遠去了。捧著咖啡再往左邊晃，發現竟是「洗衣間」，寬寬敞敞內外兩間，內間有長長的水池，外間則高懸繩索，上面用衣架掛著正在晾乾的衣物。哈！這下可好，我趕緊回轉房中，將換下的衣服拿來洗，洗過之後聞一聞，竟像朝露一般清爽無比，遂歡歡喜喜用立在壁角的竹竿將它們「叉」到半空中，掛了起來。這才心滿意足回房讀書。

難怪世間許多藝術家喜歡雨，感覺雨水的滴落如同繆思的輕拂，帶來靈感的奔湧。這一晚，我捧著咖啡杯在燈下聽雨，腦子裡翻騰著黃春明先生筆下的礁溪，我現在就在礁溪啊，就在那日本人趾高氣揚準備來此溫泉勝地找樂子結果著實受了教訓的礁溪啊！對了，還有那「從頭城上車」的年輕人，純潔、善良、肯學習的年輕人。思緒旋轉著，眼睛讀著孝萱的美文：「霧起了，雲來了，雨下了，花開了，林美山總在虛無縹緲間，晴雨各有姿態。」無論「太平洋面霞光閃爍」或是「山坳間雲氣蒸騰」都是自然對性靈的召喚與激蕩。而這林美山更有她英雄的一面：「據歷史學者考證，林美山是當年蘭陽抗日游擊隊的根據地。」現如今更是吸納了來自各地因理想而聚合的博雅學人。孝萱的豪情在雨聲中無端蒙上些許悲壯，早些時候，老師和同學們為堅持龔校長振興人文精神的辦學方向所發出的肺腑之言聲聲入心。在科技蓬勃發展、人文日見凋零的當代，林美山上的文化人為理想而戰，其豪情與勇氣怎不令人讚佩！

第二天清早，這才發現我大大低估了此地豐沛的雨量。頭一天洗的衣服還在滴水，等到乾不得等個把星期才怪！請教同學們，大家哈哈笑，告訴我此地濕度高達百分之八十以上，順便教我使用「甩乾機」之法。

檢點衣物，有些實在吃不消機器甩乾，於是裝進提袋，站到校門外等候校車載我下山尋找乾洗店。看我一副一點辦法也無的模樣，自加拿大返國，在佛光歷史所擔任專任教授的陳捷先先生遂熱心建議搭他朋友的車下山，哪想到「朋友」竟是佛光校長辦公室的賴清柱先生，這兩天忙著招呼蜂擁上山的媒體記者之餘，這會兒正親自駕車陪陳教授趕赴頭城漁會，因為這一天是《頭城區漁會志》出版的大日子。陳教授是極為著名的清史專家，這一天，他是以地方志專家的身分趕去致詞的。坐在賴先生身邊，拜託他把我「丟」在礁溪商圈就好，我可以自己去尋一家洗衣店。哪想到，賴先生竟然邀我與會，並且細緻周到地先幫我找到一家洗衣店，店老闆的鄰居竟然又是供應佛光大學飯堂伙食的飯店老闆：「衣服洗好了，我會幫妳帶上山去。」飯店老闆親切告訴。「那洗衣錢呢？我總要先付了才對呀！」洗衣店老闆眼睛笑成兩彎新月：「洗好再算。你們趕快去忙！」

噢！在臺灣，我永遠遇到太多太多的好人！無事一身輕，去頭城自然是好，看到西裝筆挺的陳教授，再看看自己一身休閒打扮又覺不妥：「人家鄭而重之召開新書發表會，我穿著這般輕鬆，對主人不夠恭敬，怎麼好意思？」賴先生含笑勸慰：「放心，放心，此地濕熱，我們本地人都把西裝領帶收起來了，你穿得輕輕鬆鬆，剛好。」恭敬不如從命，我放心跟上走，心裡很有點沾沾自喜，昨晚想到黃春明小說中的頭城青年，今天就去頭城拜訪，豈不是天大的緣分？

待我真的到了頭城漁會的辦公樓，看到那些黧黑的笑臉，握著那些被海風、海水深深淬煉過的強有力的雙手，看著這些海洋之子襯衫西褲的灑脫衣著，我慶幸著自己是這樣容易地和他們坐在了一起。待我看到他們的領導人陳秀暖的時候，我的心裡充滿了對陳教授和賴先生的感激，如果不是他們這樣熱情邀約，我又怎能見到這樣一位奇女子？

秀暖的風采是這樣吸引人，那些張牙舞爪的女權運動健將們在她面前只可能是蒼白而無力的。她在一個男人的世界裡生活著、工作著。這個世界是與大海搏鬥、妥協、合作來討生活的世界。無論東方或是西方，在這個人類英勇奮戰的舞臺上都沒有女人的角色，甚至，女人是「不祥」的。然而，在這裡，我親眼看到一個女人是這樣地受到尊敬，她的每一句輕言細語都會成為他們的行動，她的每一個思慮也都在細緻地顧全著他們的工作、他們的家庭、他們的福利以及他們的未來。

大概，我把喜悅寫在了臉上，秀暖注意到了。我們非常默契地聊了起來。男人們，漁會的理監事們圍坐在他們的理事長身後，微笑著傾聽，隨時準備出聲奧援。秀暖的雍容大度來自她對鄉土的熱愛、對鄉親父老的熱愛與尊重以及強烈的自信。她有條有理地向我介紹著宜蘭和頭城的歷史。

如同鐘聲轟鳴，我這才猛醒，那一串引發無數壯懷激烈的故事的無人荒島釣魚臺列嶼主權有屬，根本是歸宜蘭縣管，具體來講，就是歸頭城鎮公所管轄！我面前的人們竟然是那列嶼的常客。因為那俗稱「尖頭群島」的釣魚臺列嶼的八個小島與臺灣北部海域處在同一季風走廊與黑潮走廊，他們常常在那裡捕魚、避風。二十噸級的臺灣漁船在那裡集結三千艘之多是很平常的事啊！反倒是琉球或日本的漁民需要逆水行舟，很少來那漁場呢。

那些島上什麼樣子呢？鳥多！飛起來遮天蔽日，所以島上滿是鳥蛋和鳥類的排泄物。「好肥料啊！」他們笑說，如同談到自家後園的尋常景致。

為什麼卻沒有人住呢？原因竟然是水！

北魏酈道元在《水經注》序文中說：「天下之多者，水也，浮天載地，高下無所不至，萬物無所不潤。」然則，並非天下的水都是可以養人的。釣魚臺島嶼上有泉水也有塘，水被鳥類汙染，喝不得。沒有了淡水，人們也就失去了在島上居住的興趣。

秀暖遞我一杯「杯裝水」，封蓋上面四個秀氣的小字「美元好水」。「美元」想必是公司行號，「好水」確是名副其實，只能用甘洌來形容。「我們蘭陽平原的水特別甜美。」秀暖鄭重告之。「原因何在？」秀暖笑答：「我們保護得好，不准隨便開發，防止了汙染。」連那「不准」和「防止」也含笑而出，頓時讓我了解她圓熟、穩健的行事作風。

感謝又感謝，近四百頁、結構嚴謹、文圖並茂之精裝本《頭城區漁會志》的出版，感謝了許多人、許多機構。待龔校長從記者會脫身，大家聽說一向在學生飯堂吃飯的校長這兩天老是錯過開飯時間，老是飢腸轆轆。漁會的男人們大為不忍紛紛給他添飯夾菜，要他「少說話，多吃飯」。龔校長面對著堆成小山的盤子不忙動箸，殷殷用臺語和老朋友們打著招呼，人多，他從容不迫一一招呼著……。遠遠望著他和他一直放在心上，關心、照顧，為他們樹碑立傳的父老鄉親們，直覺「水乳交融」尚堪用以形容。

這一晚，雨中讀書的內容又添加了這本珍貴的地方志。

書中也記載了一些美麗的傳說：「海龍王最寵愛的人魚公主，與龍宮眾兵將中最優秀的龜將軍暗中相戀，私定終身。海龍王盛怒之下，將公主化為蘭陽平原，龜將軍變為龜山島，讓他們僅能朝夕相對，卻無法終生依偎；於是情人終日以淚洗面，成了蘭陽平原終年多雨的原因。」

然則，淚眼模糊之餘，也有展顏歡笑的日子，我終於在雙十節看到了霞光萬道照耀下，金色的太平洋，看到了秀麗的五峰旗瀑布，看到了蘭陽平原一往情深的戀人，那璀璨奪目的神龜。

十多個白天與晚上，佛光的研究生們和我一起在樓下的爵士咖啡館暢談文學、暢談散文、詩歌與小說的創作，館主自己是攝影家，對人間的美好分外珍惜，在咖啡和茶的溪流裡，他注入了自己的熱情，使得我們那些無邊無涯的言語與情感的交流更加溫潤。

果真「浮天載地，高下無所不至，萬物無所不潤」。我捧著宜蘭的甜水，祝禱山水靜好，祝禱生活於其間的好男好女喜樂平安。

歲月悠悠而逝，山之巔、海之濱，遙遠的宜蘭、好山好水好人文的宜蘭銘刻在心。

距離在消失中

臺灣學人李瑞騰教授是一位熱情的朋友，認識他與他的妻子楊錦郁很多年了。他們都是優秀的作家，瑞騰的文字常常是噴薄而出的，滿溢著對國家、社會、人生、教育以及文學的情感。錦郁溫柔、婉約，文字厚道而誠摯。大家分居天南海北，偶爾相聚，話題不離文學與文化，往往來不及盡興又要揮手說再見了，完全沒有任何機會談到彼此家庭的溫馨、瑣細。

終於，父子對談錄《你逐漸向我靠近》由臺北九歌出版，我從文字中認識了李家公子時雍，一位有思想、對文學與文化認真思考的青年學者，從大學升至研究所，也從社會學轉入文學研究，走上了一條勢必艱辛的路。我自己是母親，深深了解錦郁內心可能出現的憂慮，在人文學科普遍得不到足夠重視的現代生活裡，孩子的選擇預示著可能出現的孤寂。時雍與父親的互相問道卻讓我看到了兩位勇者的坦蕩襟懷。瑞騰教授多年來全心貢獻學界、致力文學研究，組織安排各種學術研討活動，甚至也是身在臺灣而認真關心海外華文文學發展的極為稀少的學者之一。文學研究的苦況，他比任何人都清楚，但是他的熱情並沒有在磨折中稍減。現在，兒子將與自己並肩前進，瑞騰是喜悅的，是充滿期待的，甚至是歡欣鼓舞的。一篇篇短文，讓我隨著父親的激越、兒子的冷靜以及字裡行間所看到的母親的溫情與無私的支援，逐漸地，走入這罕見的、充滿哲理又親近生活的語境。距離，讀者與作者的距離，空間、時間、了解與認知各方面的距離都在消失之中。這是一本空前智慧與溫暖的書，她讓我們觸摸到了許多可以實現的希望。

時雍對於經驗的積累有著清晰而辨證的理解：「生活的厚度絕對牽涉著寫作的深度」，哪怕是一趟本來可以相當輕鬆的旅行，時雍都將其變做「自我視野的拓展」。而在大陸的旅行，於時雍而言是前往長春，發表他對臺灣詩人詹澈的研究，是學術之旅。父親送他到北京，一九八九的灰黯卻並沒有從心頭淡忘。父子兩人都談及一些旅行的經驗與心情，年齡與閱歷所帶來的不同完全沒有形成阻滯，反而互相地激勵著，使思考更為深邃，視野的拓展亦得以交互進行，達到尋常旅遊文字無法企及的高度。

瑞騰是處理危機的能人，也是促進溝通與認識的高手。時雍與外祖父母親近，卻沒有太多機會親近遠居鄉村的祖父母，在一篇〈這樣的成長令人動容〉的書寫裡，瑞騰用短短的文字為我們描述了他自己的母親。

一位在日據時代受教育的女子，不識漢文。兒子拿到中文博士的學位，已然站上大學教席的位置，母親在夜間學習小學的漢文課程，一、二十年不曾間斷，終於可以寫信。講學多年的教授一日收到鉛筆來信，竟然是母親用娟秀而稚嫩的筆跡寫給兒子的家書。多年之後，瑞騰含淚給自己的兒子憶述：「她說她在練習寫信，寫不好，要我不要笑；希望我不能只顧著工作，要注意身體健康，而且要常回家。」

這一段文字是整本對話錄裡最為淺白的，卻有著萬鈞之力。緊接著述及慈愛的外祖母的去世對整個家庭的影響，瑞騰將之歸結為「啟悟」，而且期待時雍能夠體會並且深化這樣的一個主題。兩相比照，生與死，親情與倫理、成長與啟悟，如此人生大課本也是文學的根基。這篇短文的力道相信會使每一位讀者深思。

除此之外，知識分子的社會責任也是沉重的：「涉及奉獻與冒險，勇敢與可能受到傷害。」（愛德華．薩伊德語）。但是，時雍卻說出：「知識分子必須面向社會，與其代表的反叛和抵抗特質。」這已是不可多得的風骨。我們由此而可以確知，這位年輕學人必將加入為臺灣這塊島嶼奔波的人群之中，不畏任何艱難險阻。

感性與理性的互補也是這本對談錄的極為精彩之處。父子兩人都沒有絲毫的頤指氣使，傾訴與傾聽是對談雙方的溝通方式。時雍甚至如此結論：「所有的論述都是開放性的，沒什麼是僵固而不能接受的挑戰；在過程中，也必須時刻進行理論與實踐的辨證。」那已經不只是學養的長足精進，更是成熟與智慧。

雨，終於落下來了

二〇一一年六月四日，手裡緊緊捏著的地址，終於變成了一座藍色的大樓。計程車駕駛先生和顏悅色告訴我們，就是這裡，不會錯的。我知道，就是這裡。在電話裡，她詳細描繪了大樓的樣貌。時間還早，我們仔細看著周遭的環境，大樓對面便是超級市場，想必是應有盡有。街道上樹影婆娑乾乾淨淨，停車場裡的車子停得規規矩矩，都讓我放心。不遠處，美麗的公園是她的散步之處，地下火車的站口也在數步之遙。環境很好，我踏實了許多，沉重的牽掛在巴黎早上的清靜裡稍稍地減輕了分量。

這牽掛的沉重來自一九六八年。一日，在工地上忽遭傳喚，「連部辦公室！」聲音裡有著幸災樂禍。我擦乾淨鐵鍬，扛在肩上，面無表情，在眾人各式各樣的目光注視下，順著渠道走回連部。瘋狂的時代，任何事情都可能發生，無從預備，只能見招拆招。辦公室大門敞開，不見連長、指導員的身影，只見團部政法股的幹部一個人坐在屋子當中的木頭椅子上，面前放了一張凳子。這個人，在兵團的建制中，便是無產階級專政的具體代表，手握生殺榮辱之權，無人不知。

此人見我進來，輕輕一笑：「坐。」我便將鐵鍬放在屋角，端坐在凳子上，仍然面無表情。

「兵團嘛，內地來人外調，通過我們，是很正常的事。」他說。我沒有言語。

「你還記得你的初中同學華衛民嗎？她和你，不只是同學還是朋友吧？」我的腦子飛轉。如狼似虎的兵團政法股幹部，如此輕聲細語，恐怕與所謂的「涉外」活動有關。華衛民出生在馬賽，應當有著法國國籍、法國護照；我出生在紐約，我的美國護照此時在哪裡，此人比我清楚。這場「外調」的詭異之處正是在這裡，眼前的輕聲細語隨時可以變成雷霆萬鈞。我凝聚心神，仔細聽他字斟句酌說出來的每一個字。

「你的朋友犯了事，她說了對江青同志很不合適的話，唐納的飯館啊、照片啊什麼的。你們有聯絡吧？閒來無事寫寫信什麼的，她信裡沒提這個事？」他的聲音更輕，他絕對不敢重複華衛民說過的事情，但是，他搜求「證據」的目的十分明顯。

我的心裡雪亮。在極短的時間裡，考慮周全了要說的每一個字：「這位品學兼優的同學確實是我的朋友。我們同窗只有三年，六一年進入不同的高中。六四年高中畢業，我就下鄉到山西了。再者說，在兵團的地面兒上，如果我和她有聯繫，政法股會不知道嗎？」

想來我這最後一句話說到了事實的核心，這人竟然笑了：「品學兼優啊，呵呵。成，今天就說到這兒。」

我拿起鐵鍬，跟在那人身後走出辦公室。果然，連長和指導員和幾個基幹民兵都在附近轉悠呢，這會兒，都瞧著政法股幹部的臉色。我頭也不回，朝前走去。正好伙房敲鐘，我就回了宿舍，放下鍬，拿著碗筷，上伙房打飯去了。

整個連隊上上下下沒有一個人問到政法股約談這件事。後來，我也看見過那幹部，他正忙著召開批鬥會，忙著把一些人送進禁閉室、送進勞改隊。他看見了我，並沒再提這件事。一直到一九七六年春天我離開新疆，都沒有人再問起這件事情。

夜深人靜的時分，我在心裡想著我的朋友。別的事情我不敢說，華衛民最是實事求是，從來都是有一說一，有二說二。絕不趨炎附勢，更不會跟著感覺走。如果她說了那些「大不敬」的話，必然是她去了那家飯館，也親眼看見了唐納和江青的那些照片。那家飯館在巴黎，她是回到巴黎了。但是，平平安安待在巴黎是多麼好啊，她怎麼會在狂風驟雨中又到北京去了呢，怎麼會被捲進這麼險惡的境地呢？

驕陽下，在工地幹活，休息的時候，會看到不遠處有名的勞改隊工程一支隊的犯人們幹活的情景，鐵鍊嘩嘩地響著，灰撲撲的人群正在用他們的血肉修築他們自己的墳塋。那美麗的女孩不可能落到他們中間吧？我的內心驚恐萬分。但是，有關江青的話語出了口，豈能善了？

不久，小道消息滿天飛，有人說，華衛民被抓，鋃鐺入獄了。也有人說，她返回巴黎了。我只能不動聲色地聽著，不發一言。在心裡祈禱，希望法國政府挺起脊梁，全力營救她的女兒。五〇年代的北京，混血兒少之又少，人們的鄙視刻在臉上，化成刻毒的話語。這種聲音別讓華衛民聽見，聽見就不得了，她必定揮拳相向，絕不手軟。這樣剛烈的性格，如果落入無產階級專政的絞肉機，還能全身而退嗎？我的焦慮無以復加。

二〇一〇年秋，在忽然到來的伊媚兒訊息中發現了她的名字，來信者確實告知，華衛民人在巴黎！上天垂憐，我的欣喜無以言傳，趕快寫信問候。於是，小心翼翼，我們互相談著健康等等「瑣事」。在我的感覺裡，她在不斷地看醫生。外子看我心焦，跟我說：「越快越好，去巴黎看望你的朋友吧。」我正被疼痛攪得連話都說不出來，這個樣子見了面，豈不是徒增煩惱？

終於找到比較合適的藥物，疼痛得到了短時間的抑制。終於制定了旅行計畫，我們在二〇一一年五月下旬直飛倫敦，然後從倫敦到巴黎去。在伊媚兒裡，我跟朋友說：「你一定要好好的，我們馬上就飛奔來看你了。」

在巴黎，久違了半個世紀的那個聲音在電話線上竟然中氣十足！我的歡喜無以形容。但是，這一個清早，我還是有點放心不下。往事如狂飆捲到，那窒息的、絕望的、無助的心緒排山倒海而來。我跟外子說，要去香水博物館轉一轉。我希望那甜美的香氛能夠緩解我的心緒。果真，我們去了那裡，用橘花製成的香水讓我的心境不再波濤起伏。

進入藍色的大樓，我的朋友等在電梯旁。她瘦了，往昔的美麗依然留在眉宇之間。她啞聲說：「廣播電臺都在談論今天這個日子……」一句話，把這半個世紀的距離縮短到零。

她的家視野極好，我們談談說說間感覺到她的疲倦，讓我憂心：「昨晚沒有睡好？」她回答說：「知道你要來，從前的事情都想起來了，一直流淚。」我跟她說：「眼淚早早就流乾了，我好像已經不會再流淚。」她笑笑，笑得苦澀：「還是會流淚的。」

果真，她在惡名遠播的監獄裡被單獨關押了三年半。「罪名」不止唐納的飯館，經過文革的人們一聽就明白，都是構陷，都是無中生有。無法無天的社會，她的聲音、她的抗拒，人們是聽不到也看不到的。

我的心揪成了一團，不知她怎樣熬過這一千三百多個日子？在這些日子裡，她沒有紙也沒有筆，完全不能書寫。從牢房的窗戶裡，只能看到一棵樹，偶爾，有幾隻小鳥在樹上叫。這棵樹成了她唯一的朋友。她微笑：「需要一點幽默感。」

果真，她還被「勞教」，重病之中「保外就醫」，最終回到法國。她手背上高高突起的青筋記錄著那些出過大力的歲月。牆上的照片，她回到巴黎與親愛的舅舅在一起。那神采飛揚的開懷大笑是我們同窗三年未曾見到過的。

大起大伏、大風大浪都沒有改變她熱情爽朗的性格，只是，經過了這許多的歲月，她變得非常細緻。她與哥哥一道照顧著將近百歲的老父親，無微不至。她掛念著整日為保衛北京的胡同文化奮戰不已的妹妹和她的家人。她溫柔地記掛著住在法國南部的女兒。在照片上看到她女兒美麗的倩影，我實在是喜出望外，老天垂憐，苦難終於遠去了。她也說到她撰寫的許多華語教材，她還要再次地完善它們，雖然出版多年廣受歡迎。對我這個遠道而來的朋友，擔心我在巴黎找不著北，還特意去買了精美的導遊手冊，甚至上網查詢一週天氣，列印出來，告訴我們：「明天天氣轉涼，恐怕需要加件衣服。」天哪，五十年前，常常找不到圓規和橡皮擦的華衛民現在是如此細緻而周到地照顧著所有的人。感念她的友情和細心，我將那張列印出來的天氣預報帶回美國，收藏起來，留作溫馨的紀念。

巴黎是這樣的精采，她唯恐我們錯過。請我們吃飯，從前菜到甜點，豐盛之極。席間，外子與她談得十分熱絡，他們談政治，法國的、美國的、世界的。我只是默默地看著她，尋找著她的變化，在這個方面，她認真依舊。我不禁想到她早些時候說過的話，從法國看文革的爆發與在中國親身感受那狂飆的殘酷是完全不同的。當初，她真的以為這是一場將腐敗的官僚拉下馬，還百姓以平權的群眾運動。當然，她一到北京就明白不是那麼回事。但是已經太晚了，她已經掉進了陷阱。

事後，外子跟我說：「在一個正常的社會裡，你的朋友一定是一位積極的為民請命的社會活動家。」我同意。但是，她遇到的卻是一個荒謬、怪誕而瘋狂的社會。是的，文革結束，她得到了白紙黑字寫得清清楚楚的徹底「平反」。但是，誰能夠還給她大好的青春歲月、不必流淚的回憶，以及健康的體魄？

我們到公園去，華衛民拿出了手杖，上坡的時分，她需要手杖的支持。早先，我跟她說，在奧賽博物館門外排隊一個半小時，我的左腿麻痹，完全失去了感覺，讓我相當恐慌。我們四目相對，都說不出話來。我們都知道，麻痺比疼痛更可怕。我們更知道，早年的非人生活留給我們的創傷正在迅速地顯現出來。

公園非常美，瀑布流泉讓這優雅之地更加生動。我們走走停停，在一座小橋旁，我們並肩坐在了一起。我摸著她脊椎突起的背，心痛不已：「早先，你跑得挺快，跳得挺高，也挺遠。」她笑了，從眼鏡上面瞧著我。那笑竟然是調皮的，十足小時候的模樣。照相的時候，她把手杖藏在看不到的地方，讓我感覺那個要強的絕不服輸的華衛民還是老樣子。

告別之時，她不厭其煩，絮絮囑咐我們應當在某個地方換車，生怕我們走丟了。我卻深知她已經很累了，勸她早點回家休息一下。我抓住了她的手，手指冰涼！瞬間，我明白了外婆在半個世紀以前的憂慮，那時候，正是大饑荒的歲月。華衛民來了，外婆喜歡這個知書達禮的漂亮女孩，總是要她吃飽吃好，唯恐鹹淡不合她口味。華衛民聽不懂外婆的無錫話，卻總是高高興興把碗裡的菜吃完。她的家境好，絕不會吃不飽，但是這個社會在挨餓，外婆必得要看她把飯菜吃下去才能放下心來。現在知道，其實她喜歡外婆燒的菜，而且，她父親的祖籍正是無錫。用她的話說：「咱們幾百年前必有淵緣。」這話有點道理。我的同學那麼多，外婆記得的只有她這一位。八〇年代，外婆還在念叨：「那個漂亮的孩子不知到哪裡去了，盼望著她平平安安。」

此時此刻，我的心境竟然與外婆一樣，其沉重並沒有減輕分毫，明明知道，她在法國得到最好的醫療照顧，我還是有一腔話要跟她說：「任何時候，把你的文化研究稍放一放，來華盛頓住些日子吧。咱們一塊兒去買菜，你喜歡吃什麼，咱們就買回來，我燒給你吃。我那個地方，整個兒在樹林裡，安安靜靜，除了小鳥唱歌沒有別的聲音，你來好好歇息一下。」終究，衝出口的是一句英文，"Take good care!" 外子明白我的心頭所想，跟我說：「找機會，邀請你的朋友來家裡，好好住一陣。機會總是會有的。」

頭。

這一晚，想著白天所經過的一切，翻江倒海，輾轉難眠，淚水竟然沾濕了枕頭。

窗外，雨，終於落下來了，淅淅瀝瀝。

這一天，是二〇一一年六月四日。

填平十一年的溝壑

初次見到上海學人朱大可。直覺上，這必定又是一根豆芽菜，他大約出生在大饑饉的歲月。一問之下，果然是一九五七年生人，不足兩歲，就趕上了吃不飽的日子，「個子沒能竄起來」，言語間略有些苦澀。個子雖然並不高大，精神和底氣卻是十足的，說起話來絕不瞻前顧後，沒有半點含糊。

聽他談大陸的大眾文化，聽他有根有據地數落，「當身體成為大眾文化的最高主題的時候，是以靈魂的萎縮作為代價的」。他的語境非常別致、一針見血，將鄧麗君的甜美歌聲比作「愛語」，將魯迅的尖酸刻薄比作「恨語」，令人忍俊不禁。對一九八九民主運動，他非常徹底地認為，這眾所周知的結局是「心靈解放的中斷」，旗幟鮮明地揭示其在文化上的深刻影響，令人低迴。

我清楚地感覺到，在我們之間實在地橫陳著一道溝壑。文革起始我已經成年而且遠離城市，他卻是上海一所小學的二年級學生。他曾經用一個孩童的眼光觀察那場長時間的複雜的運動。他是在七〇年代成長、成熟的。他看到了太多我們這些當時遠在邊塞的人沒有親身體驗到的事情。

及至在電腦上看到他的《記憶的紅皮書》，深深地被他的敘事方式所吸引，遂將這些篇章列印出來，拿在手上細細端詳，這才了解，何以他的同齡人多半都在今天的社會中過著渾渾噩噩的日子，甚至已經在計算著退休之後的閒適，而他卻一往直前直指整個民族在文化方面的殘缺以及可能的機遇，不肯加以粉飾。

童年是小說家的存款。葛林說過這句話，每一位認真寫小說的寫手也都心領神會。在朱大可與他的同齡人身上，這句話還需要補充。對於很多人來說，他們已經忘記了這筆存款，絕對沒有興趣去動用它。朱大可卻是全然不同的。新世紀之初，在寧靜、祥和的雪梨，他的思緒飛越空間與時間，誠懇書寫三十多年前，他以一雙孩童的眼睛所看到的世界。

朱大可的父母是中學老師，一位教歷史，一位教音樂。他的家卻在上海西區舊法租界中心，一個住滿了大資本家、高級醫生、大學教授、電影導演、共產黨高幹、外國僑民與前朝遺老遺少的街區。一九六六年，狂飆驟起，這個充滿了「牛鬼蛇神」的街區自然是首當其衝。首先是小學班主任在孩子上課的教室裡上吊自殺。孩子看到老師「怒氣衝天」的臉。隨著這個信號，街區天翻地覆了。外國僑民消失得一乾二淨，大批紅衛兵開始進進出出，展開無休止的抄家運動。孩子和他的父母每天都在恐懼地等待著厄運的來臨。很像二次大戰初期，波蘭的猶太人從窗簾的縫隙裡看著納粹們闖進鄰居的家將他們虐殺在街頭。死亡是這樣近，不知在哪一分鐘就會降臨到自己和親人的頭上。這不止是恐懼了，它會造成永久的傷害。「一些人被造反者從家裡趕走，而另一些人則在悄然死去。每天早晨，我透過狹小的窗戶都能看到，殯儀館醜陋的灰色運屍車無聲地駛入，停栖在我所熟悉的門牌號碼面前，從房子裡抬出了自殺者的屍體。」

朱家的被抄是由於「別的教師」的揭發檢舉。紅衛兵們來了，這是一些打人絕不手軟的高幹子弟。然而，教音樂的母親的一架老鋼琴竟然倖免於難，原因竟然是室內家具的老舊與沙發罩布上的補丁讓無知的人們忽略了那高貴的存在。在那個年代，補丁與「無產」有著血緣關係。教歷史的父親在沒有燈的小小儲藏室裡的舊書也得以保存。鋼琴與殘缺不全的書籍就成了朱大可少年時代的密友。

「『文革』並沒有摧毀一切。相反，在一九六七年的左傾極端主義風暴之後，一種隱形的小布爾喬亞文化在上海西區悄然流行。沉默了很久的鋼琴聲和小提琴聲再度響起，它們散布在一些法國、西班牙和德國式的住宅間，在太平洋季風中微弱而斷續地傳送著，宣示了西方意識形態的捲土重來。」

音樂與文學，哪怕並不豐饒，在蠻荒歲月裡能夠起到的作用與影響也是萬分驚人的。我為他慶幸著，明白我們之間的溝壑正在被填平。

那無數的「消失不見」，那無數的「不知所終」，是在他的面前發生的；世界是在他的面前崩塌的，也是在他的面前悄然再度降臨的。我的情形畢竟不同，那些「消失」是在遠方發生著，我仍然能夠在心底裡繼續保存著曾經有過的「存在」的美好。於是，在慶幸之餘，更多的便是痛惜了。

如果生活不是這般難耐

我們都喜歡他，漢學家馬漢茂（Helmut Martin, 1940-1999），這位風趣的、可愛的朋友。他是如此的精力充沛，如此的健談，如此的滿意著周遭的一切。我說的是他在臺北的時候。我也沒有在別的地方見過他，完全不能想像他會是另外一個樣子。

事情過去好多年了。我與臺北的朋友還是會談到他，談到他對華文文學的熱情、對臺北文壇的傾心、對臺北這個都市的不可理喻的深情款款。

他是這樣地愛戀著臺北啊，但是，世俗的牽絆卻是如此地不可改變，他是一個外國人，只能偶爾地回到他心心念念的這個城市。

無論宴會中酒醉的人們如何地語無倫次，他甘之如飴，心情完全不受影響，人們會以為他同他們一樣的豪放。但是，當一位並不常見面的異性朋友離席的時候，他會滿面春風地站起來相送，人們又會感覺到他其實非常的紳士。

身後是臺北大飯店燦爛的背景，他形單影隻地站在那背景前興奮著，告訴他那正在準備離去的朋友：「這一次我一定會成功，我們這就告別啦。」他揮著手，笑著，灰色的頭髮在夜風中飛揚起來。遠遠看到他們的告別，人們決然不會想到這神采飛揚的人到底在說些什麼。他的朋友也是在坐進計程車之後，才完全了然他是真的在告別，向臺北、向可靠的友人、向這個世界告別。

完全無法相信，他是那樣愉快地向著他的目標前進，他這次要成功，而且一定會成功地達成他的目的，他要離開這個世界！這願望是這樣的強烈而迫切。

搭計程車離去的友人在第二天的清早也飛離了臺北。她不認為自己有任何理由去干擾馬教授的計畫，她唯一想不通的只是，生活何以如此難耐？他何以完全失去了改善的興趣而一心求去？她知道，他已經試過幾次，都被救了下來。她努力回憶著他在席間短短的幾句話：「臺北真好，我回到這裡，就變成了另外一個人。可惜，我不能常住此地。」其實，她也一樣，臺北於她而言，也是珍貴無比的，也是無法常住的。「還是不一樣，我的生活畢竟還是不同，還沒有那麼難耐。」她在心中反駁著自己。

不久之後，她在報端看到人們的追悼、紀念文章的時候，她回想起他們最後的談話，想到了他興奮的笑臉。奇怪的是，她並不覺得憂傷。是啊，那是多麼精彩的一個人，一個多麼炫麗的生命啊。然而，他卻有著萬般無奈的真實生活。醫生很可能有其他的看法，但是藥石的效用畢竟有限，如果一個人的靈魂已然遠遠飛去。

二〇一八年春天，芍藥怒放的時節，與從臺北來美東探望我們的友人坐在桌旁喝茶，我們閒閒地談到了我們熟識的老朋友們。我們很自然地談到馬教授，談到他講過的那些有趣的笑話，談到他對現代華文小說的熱愛，談到他的那些宏偉的譯介計畫。我們甚至談到了他的豪飲，談到他的義薄雲天，但是我們沒有談到他的離去。我們都知道的那一段故事那樣子清晰地浮現在我們眼前，他是那樣準確地抓住了一定成功的時機，迫不及待地邁出矯健的步子，走向全新的世界。我們端著茶杯，沉默著，感覺著，這個世界虧欠了這樣一個熱情的人。

記得一位朋友說過這樣一句話：「我一點也不怕，在另外一個世界裡等著我的，都是愛我的人。」這話當然不錯，但是，如果在我們生活著的世界裡，身邊也都是愛我們的人，豈不是也很好嗎？

我常常懷疑愛情與生命的紐帶關係，一個被愛的人是不是能夠比較禁得起生活的磨礪呢？在被誤解、被輕賤、被病苦折磨、被一連串的失敗壓得喘不過氣來的時候，不肯放棄的動力來自愛情、親情的成分多些，還是來自個人的意志多些？這恐怕是個非常複雜而敏感的話題。

繼續奮戰絕對比選擇離去來得艱難，馬教授的朋友們都沒有設法阻止他，必然是緣於無權替他選擇更加困難的一條路。是啊，在人世間，我們沒有權利強迫任何人繼續煎熬於苦痛之中，然而，我們每一個人卻都有機會減輕別人的痛苦。至少，我們可以減少給別人帶來痛苦的機會。

很難忘懷，羅曼·羅蘭的《約翰·克里斯多夫》曾經怎樣地一而再再而三地激勵過我，怎樣地幫助我堅守住內心深處那一塊淨土，怎樣地讓我了解生命之高貴以及我無權棄守的理由。在懷念與祝福老朋友的時候，我也會這樣地激勵著自己。

下坡路，慢行

我們兩人有許多共同點，都有歐洲的血統，都在大洋彼岸有著艱難的經歷，回到美國，又都如魚得水。我們也都喜歡用手，閒不住。多年前，住在北加州的張博道大哥聽人說，東岸住著一個「跟他很像」的人，便開始與我聯絡。我們常通電話，他的聲音沙啞富磁性，有著天津味，好聽。我們也寫伊媚兒，簡短如電報。有一次他說，我會去東岸看你。我說，太好了，歡迎。

二〇一四年九月初，博道大哥寫伊媚兒來問，你們下個禮拜在家嗎？我去東岸看你們。在家呀，歡迎！很快又有消息，太太將飛往羅德島女兒家，他自己則會騎「雙輪跑車」上路，而且「今天」便要出發了。我知道他愛摩托車，還看到過他騎摩托車登高賞雪的照片。但是，橫跨美國，三千英里的車程，可是真正的單騎走天下啊！我非常興奮，趕緊告訴外子Jeff，來自聖荷西的客人就要到了，一輛重型摩托車會停進我們的車庫裡！Jeff悄聲問我，他今年什麼歲數？我毫不遲疑，七十二歲，屬馬。博道大哥的雙手非常靈巧，他會做任何東西，擔任

ＩＢＭ頂尖機械專家多年，直至退休。活兒做得這樣漂亮，ＩＢＭ捨不得他離開，意欲高薪回聘，卻被他婉言謝絕了。冬天上山滑雪，夏日開車赴佛羅里達潛水。噢，還要加上騎摩托車橫越美國。他這麼棒，他的車子一定也保持在最佳狀況，讓人放心。博道大哥在電話裡笑，騎摩托車到東岸，這卻是第一回，以前到東岸去都是開車。我不禁問道：「為什麼這次要騎車呢？」他聲音平穩地答道：「下坡路，慢行啊。」原來如此！

時隔四天半而已，下午兩點半，我們走出門去，一輛銀光閃閃的摩托車從街道轉角處輕輕鬆鬆駛來，不會有別人，肯定是我從未謀面的博道大哥。我們又跳又笑，看著他穩穩當當將摩托車停進我們的車庫。摘下手套、頭盔，騎士臉上連一絲倦容都沒有，好像他剛從我們家附近的什麼地方走過來串門兒似的，那般的輕鬆自在！

短短三十六個小時，除了就寢時間，我們都在聊天、吃東西、喝咖啡、散步、繼續聊天。北維州遍地青翠、警察先生滿臉笑容、駕駛人客客氣氣、到處有著整潔的工地，一片繁榮。一百多年前的小火車站、便利商店、郵局、圖書館都得到最好的保護。連鎖藥房ＣＶＳ不售香菸當然更不會接受大麻合法化。此地嚴禁賭博……。我總結說，維州是很保守的州。博道大哥微笑：「我越來越喜歡維州了。」

他對任何事情都有興趣，看我一邊聊天一邊隨手玩數獨，問了一下規則，便也拿起一支原子筆來「試試看」，頭一次玩數獨，竟也有模有樣。大華府地區有名的潮濕悶熱，我常常是滿頭大汗；他來自異常乾燥的美國西部，卻不見半滴汗珠。走在戶外，他一邊用個紙板幫我搧風，一邊平靜地說：「心靜自然涼。」果真，不再覺得那麼燠熱。但是，內心的平靜伴隨著的竟然是滿腔熱烈的情感，我們都容易受感動，一點小事常常讓我們熱淚盈眶。「瞧著寄到家裡的廣告，明白自己是『重要』的，眼淚就下來了。」他說。「回來以後頭一次掉眼淚是在大都會，面對莫內，滿臉是淚，止都止不住。」我說。過去的傷痛、屈辱，今天的喜樂、祥和都無須任何的解釋，自然會心。

入秋時分該種盆小菊花應景。博道大哥興致勃勃與我一道去苗圃採購，秋華燦爛，晚霞壯闊。他忽然說：「最喜歡傑克．倫敦。」我也是！「尤其喜歡他那本《熱愛生命》。」我也是！一跳一跳跟在他身邊，好像小孩子。

一絲不苟，整理好簡單的行裝，每一樣小設備都放到了準確無誤的位置上，不老騎士迎著滿天朝霞前往羅德島北部與家人團聚。今天，他「只有」五百二十英里的行程：「蹓蹓達達走小路，晚飯前就到了。」他微笑。

銀色的身影筆直、挺拔，緩緩遠去。Jeff說：「一路平安。」我跳起來喊：「下坡路，慢行！」

騎士穩穩揮手，摩托車留下的那一道閃電在霞光中格外明亮。

二〇二〇年，我們之間的電話較往年多些。大選年，局勢凶險，我們同仇敵愾，互相聲援。瘟疫是天災加人禍，我們都憂心不已。西部地區大火，則是人禍，博道大哥美麗的家園籠罩在不祥的橘紅色中。他卻在電話裡關心著我：「你那邊兒怎麼樣？還看得到藍天嗎？」

我這裡，天依然是藍的。我跟博道大哥說：「西岸若是不像個樣子，您跟大嫂隨時來我們這裡。」他在電話裡的聲音非常的紳士：「感謝你們的好意。」

人情之常

一年一度，美國外交圈團拜。大家相聚喝下午茶，總會在感恩節和聖誕節之間的一個月裡見到一些長久沒有機會見面的朋友，尤其是碰到回國述職或度假的朋友更是開心，可以互相交換些訊息，以解懸念。

在一個茶會上遇到從前教過的兩位學生，我們三個人便各自端了咖啡找一張角落裡的小桌子，隨意聊天。

「凱德磊，您沒有教過他吧？」A先生開門見山。我搖搖頭。

「您一定認識他的。」B先生並不打算讓我滑過去。我點點頭。

我與凱先生見到面是在一九九七年。他是助我自中國大陸脫困返回美國的幕後英雄之一。我卻不認識他，甚至連他的名字都不知道。我回國二十年之後，在雅典，當美國駐希臘的大使先生介紹我們認識的時候，告訴我，早在二十年前凱先生就為我做了許多事了。我自然非常誠懇地感謝他，他卻只是微笑說，他不過是做了他應該做的事情而已。那時候，他風塵僕僕從華盛頓來到希臘出差，滿臉倦容。他的同事們都告訴我，凱先生是極其優秀的外交官。凱先生也只是微笑著並不多言，在飯桌上，他向我提出來的一個問題卻是關於書法的，是關於懷素《自敘帖》摹本的研究與辯論。他的中文準確，不止是發音與句子結構，他的用詞也是精準的。一聽就知道，除了課業之外，他是下過苦功的。更重要的是，他對中文、對正體字、對華夏傳統文化興趣盎然。

我的學生A先生與B先生雖然都學過兩三年中文，也都在使用中文的國家和地區工作過三、四年以上，但是畢竟「技不如人」，不要說弄不清楚懷素與《自敘帖》，也沒有興趣與能力去鑽研臺北故宮博物院的學術月刊，當然也就不可能了解一千兩百餘年來的這一段公案。

即便不懂，他們對凱先生眷戀中國文化的心境卻是明白的，對於其「犯規」的緣故也是理解的。A先生深深惋惜道：「哪裡不好見面？東京啊，夏威夷啊，哪怕是香港呢，也就沒事了啊！怎麼就偏偏選了臺灣。」B先生激烈反駁：「使用中文的地方走了這麼多，什麼地方比得上臺灣？在報攤上眼看報紙快賣完了，又急著要去辦公室，報攤老闆會揚著手說：『去忙！我幫你留一份。』而且說到做到。」A先生也心嚮往之地點頭附和：「早上喜歡吃清粥小菜，每天早上奔向同一家小館。老闆娘知道我愛吃酥炸小魚，必給我留著香噴噴的一小碟。那樣的好日子，自從離開臺灣，就再也沒有啦。」

我們三個人心知肚明，凱先生樂意與程小姐見面，不是利益輸送更沒有男女私情，而只不過是有共同的話題而已，只不過是談得來而已。人到中年，若是再有點學問，能夠談得來，談得投緣的人實在是少而又少的。而臺灣，那溫暖的氛圍更是沒有任何地方可以取代的。

那麼，又何必隱瞞呢？B先生憂心忡忡地問我：「凱先生表示，他只是不想讓太座知道罷了。您覺得檢察官會相信他的說詞嗎？」

如果，那檢察官懂得起碼的人情之常，是一定能夠明白凱先生的苦衷的。君不見，那在英國倫敦查令十字街開書店的中年男子，與寫信來買書的紐約女作家從來也沒有見過面只不過通通信而已，書店老闆的太座還不是吃味的厲害嘛！她受不了丈夫讀信的喜悅，因為她自己絕對寫不出那麼風趣有味、充滿機智的信！

凱先生喜歡與一位中國字大概寫得很好，能夠對懷素的書法說出些見解的美麗東方女子見面聊天，實在是人情之常；他「冒險」選擇氣氛與情調都宜人的臺北，也是人情之常；他刻意對太座連帶著對上司也隱瞞了這段行程，以免掀起波瀾，還是人情之常。然而，政治與人情不合，外交行列猶如軍隊，容不得犯規和紀律的鬆懈。凱先生雖然已經誠懇認錯、道歉，必定還是要離開這個行列，還是要為他自己的浪漫情懷付出沉重代價的。

分手的時候，我囑咐兩位學生，待塵埃落定，請告訴我凱先生住處：「近年來，關於懷素及其《自敘帖》已經有專書在臺北出版，我會寄給他。他閒來無事大約有興趣研究研究。」

灰色的背影

——回憶梅蘭芳先生

在臺北，和立中聊天兒，不知怎麼說到了陳凱歌拍的《梅蘭芳》已經殺青。他挺高興，覺得凱歌尋來的演員一口京片子絕不至於荒腔走板。話是不錯，我卻衝口而出：「甭管陳大導演如何上心，甭管黎明啊、章子怡啊怎麼用功，怎麼才氣橫溢，片子出來了，還是免不了被人家批評。」立中哦了一聲，不大以為然。我悠悠說了一句：「因為這挑戰未免太殘酷，梅老闆太完美了。」這完美不但是舞臺上的王者之風，更是舞臺下面的滴水不漏。

夜深人靜，春雨瀟瀟，望著旅館窗戶外面的一〇一大樓睡不著，提起這些個老人兒，就沒法子不想到我的外婆。外婆無錫人，愛的是崑腔，喜歡那詩情畫意，京戲滿臺的大白話，沒那麼細緻。但是，同是無錫人的外公卻是真正的戲迷，年輕的時候就愛票戲，扮的是鬚生。我糊裡糊塗問過一句：「還像樣兒嗎？」因為那時候我有八、九歲了，很看過些好戲，辨得出美醜啦。外婆瞟我一眼：「有板有眼。」我太知道外婆了，在她老人家看來，我那從來沒見過面兒的外公什麼都是好的。就拿寫字來說吧，外婆老說外公的字好，依我看，外婆自己的字才是真好呢。所以啊，我就沒言語。外婆知我不服氣，就又來了兩句：「你外公最佩服的人是馬老闆。馬老闆給他說過戲。」想了一會兒，又添了一句：「他也跟梅老闆票過戲。」這可不得了。梅老闆的戲我是最佩服的了。頭一齣就是《天女散花》。一丁點大個人兒，看戲看得目瞪口呆，青衣不是就得硬唱嗎，梅老闆那有歌有舞的新作派實在是美得不行。打那往後，有梅老闆的戲，風雨無阻，必定是癡癡地在戲園子裡坐一個晚上，不帶動窩兒的。看戲得有票，那些個戲票想必是舒先生著人送來的，我一直這麼以為。直到有這麼一天，我眼瞧著梅老闆進了家門，這才知道，我實在是生得太晚了，錯過了多少好事情。

梅老闆和程老闆他們不一樣，他從一九四九年起就是大官，不著戲裝的大照片常常登在報紙上、畫報上。所以，他一在海棠院兒亮相，我就認出來了，飛跑進屋，緊張萬分地告訴外婆：「梅老闆拜年來了，北房已經去過了，現在，在對過兒的葉子阿姨家門口兒。」外婆抬頭笑笑，我們倆從屋裡瞧出去，身著灰色人民裝的梅老闆正跟葉子阿姨抱拳呢：「葉大姐，吉祥！」葉子阿姨海派，穿著絲棉袍子，並不彎腰低頭斂衽還禮，也是大男人似的，雙手抱拳：「梅先生，同喜。」外婆臉上並沒有什麼大喜過望的意思，輕描淡寫：「還得去南房呢，還有一會兒功夫耽擱。」我們住的是一溜兒西房，從我自己的屋子能看到東房和南房前邊的走道兒和廊子。我掀開窗帘，瞧著外頭，看著那個腰身並不婀娜的灰色身影在前呼後擁中停在了南房的門前，想著，覺得明白了外婆的冷淡，就是來到了面前，也說不上兩句話，不過恭賀新禧罷了。

沒有想到，梅老闆滿面堆笑地和人們說了幾句話就一個人邁著大步從我面前走過，直奔我們家來了。我清楚看見，他的步子快而平穩，肩膀還有點兒晃，十足的大男人作派，臉上表情急切，竟是沒有半點笑容！

我趕緊丟下窗帘，飛身奔向堂屋，梅老闆正邁進門來，雙手握住外婆的手：「謝先生，多時不見了！」我腦袋裡嗡的一聲。原來，梅老闆是屬於「從前」的人。會稱呼我外婆作「謝先生」的那些老人兒，他們與外公外婆的結識都在三〇年代或者更早。用外婆的話說，外公是世界上最有福氣的人，既沒有看到日本人打進來，也沒有經受長毛亂黨的倒行逆施，一九三七年就離開了這個熱鬧的世界。外公在世的時候，整天寫寫字、唱唱戲，做些讓自己和朋友們都開心的事情，銀行的業務有外婆在打理，所以外公對外婆敬重有加，尊稱謝先生，大家夥兒也都跟著叫。外公辭世之後，朋友們並沒有斷了往來，五〇年代，來家裡看望外婆的還大有人在。一九五七年之後明顯減少，到了六〇年代，「謝先生」這個稱呼知道的人就很少很少了。梅老闆進門的時候是五〇年代中期。

「謝謝那許多的戲票，薰出了一個小戲迷。」外婆誠誠懇懇。原來如此！那一刻，我對親愛的外公外婆滿心感激，兩位老人家做人成功，外公走了這麼多年了，梅老闆還會惦記著外婆，還會時不時地送些票來，要不然，我們家老的老、小的小，如何能經常地站隊排長龍買戲票啊。「謝謝您！梅老闆！」聽我這一聲歡叫，梅老闆這才開心起來，一雙圓圓的眼睛滿是歡喜。

「來一趟不容易，我正有事請教，您當初養鴿子，對眼神自然是好，對視力呢，有幫助嗎？這孩子左眼弱視。」外婆用語極短，梅老闆馬上就懂了，也回答得極短：「鴿子不能養，弱視的眼睛盡量多用。」他用一隻手捂住右眼：「總要不戴眼鏡，旁人又看不出為好。」

正事談完，外婆似乎已經無話。梅老闆微笑：「梅乾菜扣肉，您的拿手。」我這才聞出來，果真是扣肉的香味。外婆也笑笑，笑得勉強。「謝先生，多保重，我這就告辭了。」「問候大小姐，孩子的老生中規中矩。」梅老闆哈哈一笑，轉身出門，門外一堆人正在走近來，這灰色的背影一下子就被許多的身影遮住了，瞧不見了。

我返回身來，外婆正把一個砂鍋端到飯桌上：「果真是梅乾菜，梅老闆的鼻子真靈。」我樂哈哈地伸手拿筷子。

「梅老闆歡喜這道菜。」外婆輕聲細語。我這才恍然大悟，梅老闆不但是「從前」的人，而且是熟透了的人，在外公家不止一次吃過飯，想必是上海時期。而且，外婆知道他今天會來，也知道絕對不方便留他吃一頓飯，卻讓他聞到了「從前」的味道，留下了念想卻又不顯山不露水，讓「旁人看不出」！成人的世界是非常複雜的。我一直都知道的，但是，有那麼一些人就能夠做到點水不漏。外婆和梅老闆都是這樣的人。

那一個正月初一，我知道了，梅老闆與外公外婆的友誼始於日本，那是二〇年代的事情。難怪！我也明白，現在不同於從前，許多事情是不能做的，比方說養鴿子。四合院住著四家人家，鴿子就會帶來許多的不方便，但是，院裡有海棠樹，捂住好的右眼用不好的左眼看樹葉、看一串串的白花、看一串串青青的果子變成紅紅黃黃的果子卻是辦得到的。正如梅老闆所說，我的努力雖然沒有讓視力有所進步，卻摘除了眼鏡，而且別人也確實看不出了。我自己在戲園子裡看梅老闆那雙會說話的眼睛在華麗的頭面之下顧盼得那般嫵媚，會想到他定睛看著我的神情，會想到他男人的大步流星、男人的果斷手勢，以及男人的言簡意賅。

六〇年代初他走了，一個幾乎「沒有過過苦日子」的人怎麼會走得這麼早？他才六十七歲吧？外婆憂鬱地說：「男人的心，比海深。」我明白，梅老闆做了許多不得不做而並不一定心甘情願的事情，做得很累。如果可能，他大約是情願將力氣用在舞臺藝術的不斷精進上的。

外婆取出一把折扇，灑金扇面上的梅花生機勃勃，盛放著，一片的歡欣鼓舞。那是梅老闆的親筆，在他心境大好的日子。這把折扇放在堂屋裡好久，是我們對梅老闆的一點紀念。文革一起，八度抄家之後，家徒四壁，查封的查封、燒毀的燒毀。一九六七年春我亡命新疆途中從山西奔回家探望外婆的時候，我們扳著手指頭細數我家熟人的情形，外婆欣慰地說：「梅老闆走得恰是時候！」於是，我們還是將他歸到了有福之人的隊列裡。

八〇年代初，我與外子 Jeff 抵達北京，外婆說抄家物資中的極小部分發還了，其中有一個條幅，梅老闆畫的梅花，葉恭綽先生題了一首小詩。「那是四〇年代初梅老闆心情低落的時候畫的。」外婆嘆息，梅花還是梅花，就是沒有神采，「可以送人。」後來，我果真將其送與一位喜愛收集文人小品的很儒雅的朋友，而把綿綿不絕的念想留給那早已灰飛煙滅而我曾經拿在手上把玩過的灑金折扇。

＊文中所提梅老闆即梅蘭芳先生（1894-1961）；馬老闆即馬連良先生（1901-1966）；程老闆即程硯秋先生（1904-1958）；舒先生即舒舍予先生，筆名老舍（1899-1966）；葉子即熊佛西夫人（1911-2012）。

脾氣

二〇〇六年，白先勇的青春版《牡丹亭》熱烈喧騰，以及崑曲作為「人類文明遺產」被聯合國教科文組織明文列入應當被保護的範疇。大家都高興，覺著中國的好東西得到了應有的尊重。

熱鬧之餘，有人悄悄問，這崑曲與京戲如何分辨？聽說，有些著名的京劇藝術家，比方說俞振飛，唱崑曲，也唱京戲……。念著盛於明末清初的崑腔與南曲、南詞的淵源，又想著清代崑曲式微，地方戲曲中皮黃興起，由「徽」調而加入「弋陽」腔，而演變成西皮、二黃的京腔，京戲由此以其唱作念打的藝術風格與極其討喜、明麗的色彩而風靡中國。

其中的源遠流長與千般曲折實在一言難盡，想了想遂推薦說，章詒和的新書《伶人往事》是本好書，細讀之下必有斬獲。見問話的人面有難色，遂再進一步說明，這本書是作者特意「寫給不看戲的人看」的，通俗易懂。問話的朋友這才滿意而去。

章詒和真的是煞費苦心，舉凡「角兒」、「堂會」、「雙出」、「票友」、「壓軸」、「大軸」、「圓場」、「頭面」、「挑班」、「掛頭牌」等等梨園行術語，「榮春社」、「喜連升」、「富連成」、「四大徽班」、「四大名旦」等等中國戲曲之歷史名詞，甚至「狀元壽」一類當年社會生活中的常用語，一一加了括號，詳加說明。甚至省了讀者翻註解的麻煩，直接納入正文之中！

無他，今日之華文讀者距離傳統中國戲曲的精髓已經太遙遠、太遙遠了！

這遙遠不是戲曲自己的「落伍」造成的，而是半個世紀以來，以政治的高壓、以殘酷的壓迫手段使得中國傳統戲曲及其最偉大的傳人們凋零盡淨！使得傳統戲曲離開了她的廣大觀眾，也使得現代人與傳統戲曲之間失去了最起碼的了解。

為了恢復一點初步的、基本的認知，章詒和按捺住自己的脾氣，循循善誘！

其中，有六十頁的篇幅是寫葉盛蘭的。葉氏何許人也？天下第一的京劇小生！其父正是中國傳統戲曲最重要的教育家，「富連成」科班的當家人葉春善。

葉盛蘭資質出眾，英氣凜然，早年又將青衣、花旦、刀馬旦的行當學得十分的出色，後來的小生更是全才，他飾演的呂布、周瑜、王金龍、張君瑞、梁山伯、許仙，真正是無人能及！因為才具高、凡事求完美，自然脾氣也大。他的脾氣到了一九五七年，完全地消失。一則是受了章伯鈞等「大右派」們的連累，對京戲「改革」提出了自己的意見，成了右派；二是「富連成」的老帳。兩頂帽子壓下來，再英雄的人也沒了脾氣。

批判會空前殘酷，外行們不懂戲可懂得如何將伶人「千刀萬剮」。章詒和就其中的一個側面寫了極為透徹的一段話：「平素講義氣的藝人啥時才無義呢？我想，某件事一旦危及到飯碗、涉及到名利的時候，這些精於表演的人就翻臉無情了。批判別人就是表態自己。牽連者須表明已與被批判者劃清了界限，無干係者即以此表明立場之堅定。有規模的批判和表態，能形成政治威逼和社會壓力，迫使被批判者就範。」

就範到何種程度呢？忍氣吞聲演戲——因為缺了葉盛蘭，戲就唱不成了——而不准謝幕！兩出大戲，《西廂記》的張生與《赤壁之戰》的周瑜之間，別人休息，天下第一小生打掃劇場！於是，他被二十年不間斷的、公開的、明目張膽的折磨硬生生地累死、屈死、折騰死！

「否定人格要在公共領域中完成，才是達到思想制伏和權力征服的有效之策。而背信棄義在社會主義中國也就此成為既受到官方肯定、也獲得社會讚美的行為。啥叫歹毒？想出這個主意、還把這個主意當成無產階級政治鬥爭策略的人，就他媽的最歹毒！」章詒和再也按捺不住她的脾氣，痛快淋漓地罵了出來。

深諳利害，站出來參與、加深這折磨的首推杜近芳、譚富英、李少春這些個

「名角兒」。一九七八年，葉盛蘭冤屈而死的時候還念念不忘小生藝術的傳承。現如今，人們不懂生、旦、淨、丑，只要有心還可以補救。但是，世道人心卻已經被深深毒化，哪怕再儒雅的人，也難保沒有脾氣！

那雙藍眼睛不再明亮

手上的一本《名人》（*PEOPLE*）雜誌，以二〇〇六年夏天的話題人物梅爾・吉勃遜（Mel Gibson）一本正經的標準照作為封面，唯一不同尋常的是這大名鼎鼎的影星兼導演兼製片人那雙著名的蔚藍色的眼睛不再明亮、不再迷人，而變得灰濛濛的，露出了陰霾，著實可惜。

吉勃遜酒醉駕車超速被警察攔下，居然問警官是否猶太人，當警官誠實答說自己正是猶太人以後，這肇事者居然借酒裝瘋，大發議論，指責猶太民族應該對世界上的大部分戰爭負責。乍一聽到這樣一段公案的時候，有一種被欺騙的感覺，近些年來，喜歡吉勃遜的電影，喜歡他塑造的不畏強暴的好警察形象，喜歡他塑造的勇敢、頑強的愛爾蘭民族英雄的形象、喜歡他塑造的熱愛和平的愛國者形象、喜歡他那雙誠實、善良、坦率的藍眼睛，那雙眼睛似乎永遠閃爍著是非分明的光芒。

現在，我們在雜誌內頁裡面對的卻完全是另外一個人，他雙臂緊緊摟抱著兩位衣著清涼的年輕女子。女子們笑得燦爛，老吉勃遜醉眼朦朧、神色黯淡、衣衫凌亂。哪裡有半分的英雄氣概？又哪裡像一位負責的、顧家的好男人？之後，便是那酒醉駕車的故事了。粉絲們火冒三丈，說吉勃遜太驕傲，太狂妄，太以為自己是個人物，可以隨便胡言亂語誰也拿他沒轍。其實，在好萊塢的遊戲規則裡，公眾形象永遠是重要的，比奧斯卡小金人的肯定還要重要。要知道，公眾的不棄不離才是票房的保證啊。吉勃遜不是不懂，他不過是酒後吐真言罷了。這才是關鍵，這才是他在一夜之間失去大量支持者的主要原因。我們終於明白，那雙明亮的藍眼睛不再明亮的原因是眼睛背後的靈魂過於自大、輕狂、狹隘，眼睛背後的頭腦也不夠冷靜、有些無知的緣故。

酒，喝得並不算多，當然醒得也還算快，馬上就知道自己闖下大禍了，趕緊挽救，趕緊道歉，趕緊表示接受訓誡。吉勃遜是有錢的人，自然也有能力拜託出色的律師幫助自己轉危為安。然而，從今往後，那雙藍眼睛再也無法像以往一樣贏得觀眾充分的信任卻是鐵打的事實，尤其在二〇〇六年，這個充滿煎熬的夏天。就在這個夏天，忍無可忍的以色列奮起反擊，世界上素質最高的陸軍直搗恐怖分子的老巢。戰火正在熾烈地燃燒，以色列正在「國際輿論」的高壓之下頑強進擊。此時此刻，梅爾．吉勃遜的張狂就格外地不容易獲得諒解。

隔壁鄰居瑷琳是一位美麗的愛爾蘭舞蹈老師，她的少女時代在著名的愛爾蘭民間舞團度過，現在，她在此地的舞蹈學校教舞。數年來，她和我一樣著迷於吉勃遜的電影，更有甚者，她與吉勃遜一樣是虔誠的天主教徒，所以除了電影以外，她與這位影星還有共同的宗教情懷。這會兒她滿臉幸福地抱著未滿週歲的小女兒，步履輕盈地向我走來，高聲地打著招呼。我坦然地將雜誌攤放在茶桌上，雖然四周溢滿花香完全沒有戰爭氣氛，但是，如果璦琳偏袒吉勃遜，我打定主意要與她辯論一番。

紅光滿面的璦琳將女兒放在膝上四處打量，問那花香來自何處？我就指著盆栽茉莉給她看，在她的驚呼聲中還摘了一捧含苞欲放的花兒給她帶回家泡茶。她連聲道謝。正熱鬧著，她的小女兒看到了雜誌，伸手就抓。璦琳一見封面人物竟然臉色變得凝重起來，小心地從女兒手中拿過雜誌，放到了一邊，害得孩子幾乎要哭了出來，我只好奔進屋去取一隻絨布小豬來平息孩子的不快。

「那吉勃遜實在是不應該，」璦琳嘆息：「猶太人在為全世界擋住了真主黨（Hezbollah）的狂焰。那個瘋狂的納斯魯拉（Hassan Nasrallah），他不是祇想把以色列沉入海底，他也不是祇想占領耶路撒冷。他是要全世界臣服在他所崇拜的教義之下，按照他的意志生活。吉勃遜應該了解，天主教和基督教、猶太教、佛教，甚至非什葉派的伊斯蘭教一樣，都是納斯魯拉要剿滅的對象。如果這樣的兇徒得逞，我們的下一代要過什麼樣的日子呢？」

遠。

這話是很嚴重了，我甚至在想，吉勃遜只是一時糊塗而已，恐怕沒有想那麼

沒有想到，瑷琳深吸一口氣居然還有話：「納斯魯拉是文明世界的公敵，

無論什麼人出於什麼樣的動機或者新思維，與這魔頭勾勾搭搭，都是對世人的蔑

視，都不可原諒。」

我瞧著滿臉憂傷的瑷琳，心裡想，看起來，不只是吉勃遜，一些糊塗人的麻

煩可大了！

當星星殞落的時候

畢竟是資訊非常發達的時代，世界各地的人，如果生活在一個沒有戰火較為平安的地區，大概都不會錯過二〇一四年八月十日皓月當空的奇偉景觀。那不是一般的月圓之夜，那一晚的月亮出奇地靠近地球，於是「大」到無法想像。人們無需仰望，就感覺著好像自己正在走進這「超級月亮」。

在美國加州馬林郡，在面對太平洋的美麗街道上，這一天晚上十點鐘的時候，在許多看月亮的人們中間走動著一個人，他的臉上沒有特別興奮的表情，他的身邊沒有家裡人，也沒有親戚朋友，他是那麼不顯眼的一個人，默默走在平坦整潔的街道上，有時候，他會停下腳步，端詳著面前巨大的月亮。雖然他是那麼平常，那麼安靜。還是有一位女子欣喜發現，就要擦身而過的這個人就是大名鼎鼎的羅賓．威廉斯（Robin Williams），全球影迷熱愛的喜劇表演藝術家。女子感覺幸福得不得了，背後是大得無可比擬的超級月亮，面前是第一次當面見到的超級巨星，於是結結巴巴請求與威廉斯合影。正如這女子預期，好脾氣的心靈導師威廉斯點頭應允，女子在手機上留下了兩人的合影，背景正是皎潔的超級月亮。

捧著手機，女子快步回家，想要盡快把珍貴的照片留到電腦上。但是，無法置信的事情出現了。照片的背景竟然是漆黑的夜空，超級月亮蹤影不見。照片上，女子自己滿臉興奮，身邊的威廉斯卻是眼神憂鬱，表情哀戚。女子呆坐電腦前，不知到底發生了什麼事情。本來打算將這張照片傳給好朋友們，現在只好作罷，女子忐忑不安地關閉電腦，默默看著月亮，心裡充滿不祥。她決計沒有想到，她的手機留下的是威廉斯生命裡最後的一張照片。

八月十一日的上午，威廉斯在自己的家裡自行了斷，結束了他六十三年的生命。消息迅速地傳了開來，多半的人們都覺得不可思議，不只因為天才藝術家威廉斯在他長達三十多年的演藝生涯裡帶給影視觀眾太多歡笑、太多鼓勵、太多勇氣去對抗厄運、度過災難、戰勝病苦。更重要的是，長時間以來，他是一位心靈導師，曾經那樣誠懇地為許多人解決心中的疑慮。在許多脫口秀和即興演講中，他用那樣智慧幽默的語言感動大家，為多少人在人生的困境中尋求最為可行的方向。但是，他自己卻深陷於無法戒除酒癮毒癮的痛苦，深陷財務危機的泥沼，深陷憂鬱症病人對解脫塵世苦難的渴望，進而完全地失去了與初期帕金森病痛搏鬥的勇氣，他選擇了最不應當選擇的道路——逃避。

這一切是怎麼發生的？為什麼一位如此陽光、如此明朗的公眾人物，一位大家熱愛的表演藝術家，他的外在表現與他的內心糾結有著這樣巨大的差異？人們在痛惜之餘不可能不面對這樣一個問題。

八月十二日晚間，來自西班牙的著名諾奇佛羅明哥歌舞團（Noche Flamenca）在美國東部北維州狼夾子演藝中心（Wolf Trap Performing Arts）的演出，完全改換了戲碼，去掉了大量歡樂的歌舞，換上了沉痛的深思的節目。主持人在開場白中這樣說：「今天，我們改換戲碼，把整個晚上的節目獻給羅賓．威廉斯。」全場觀眾起立鼓掌致敬，不只是為威廉斯，更是為西班牙藝術家的睿智。果然，蒼涼的歌聲中飽含著對生命的熱愛，對生命的珍惜，對生命的尊重。奔放有力的舞步更傳達出一種永不屈服的高貴，不向任何艱難困苦低頭的勇敢精神。歌者與舞者莊重地將一支支的紅色玫瑰花放到了舞臺前方一側，象徵著將鮮花敬獻到威廉斯靈前，同時傳遞出一個最為強烈的詰問：為什麼？全場觀眾再次起立，淚光閃爍，表情凝重。那是一個烏雲壓頂的夜晚，沒有月亮，也沒有星星。大家的心裡都沉甸甸的，終於面對了一顆星星已經殞落的事實。第二天，《華盛頓郵報》以顯著位置為這一場演出喝采，感謝西班牙藝術家帶給世界的啟迪。

八月十三日，在美國發行的各種語文的報紙紛紛報導美國心理學會（American Psychological Association）最新的研究報告，這篇報告指出，根據北德州大學心理學教授魯傑羅（Camilo Ruggero）的研究，所謂的「文明疾病」憂鬱症，青少年並沒有免疫力。美國疾病防治中心（CDC）更憂心忡忡告訴我們，美國每年有四千六百名十五歲到二十四歲的年輕人自己結束生命，其中憂鬱症是最主要的致命因素。同時，世界衛生組織（WHO）也曾經針對青少年的憂鬱症問題進行深入的研究，認為，若是在青春期罹患憂鬱症，將會嚴重影響成長過程中的學習效果和身心健康。如此嚴重的形勢，有沒有預防和化解的辦法呢？魯傑羅教授經過長期研究發現，運動與體能鍛鍊能夠幫助青少年遠離這可怕的心理疾病。

團隊運動，比方說足球、棒球、籃球、排球等等本身就有健康心理的功用，球員們團結一心共同努力本身就是加強人際關係的好辦法。跑、跳、投，各種田徑項目自然有著加強體能的功用，同時得到訓練的還有恆心與意志力。那怕是游泳、踏青、騎單車、做體操、跳舞、打保齡球等等這些可以與家人、同學、朋友一道在節假日隨興進行的活動都有利於體能的進步，都有利於保持開放樂觀的心態。以上種種都是憂鬱症的剋星，不僅如此，更是每個人在成長過程裡不可或缺的重要組成部分。換句話說，我們每天都要提醒自己，關掉手機，到戶外跑上一圈；關掉遊戲機，和同學一道打一場球；關掉電腦，到陽臺上做半個鐘頭體操；關掉電視，和好朋友一道去游泳……。非如此，不能抬頭挺胸做一個真正健康的現代人。

八月十七日，美國哥倫比亞廣播公司（CBS）播出《週日早安》節目。這個節目長年來報導美國和世界文化、藝術、社會思潮的動向，以平和、公允著稱，傳統與現代兼顧。這一天的節目全面回顧了威廉斯璀璨的一生貢獻，我們在短短的時間裡，再次看到他成功扮演的詩人、老師、愛孩子的父親、戰士、管家、電臺主播、總統。我們看到他對社會的關心，看到他勞軍，看到他和孩子們玩在一起，我們也看到了他無意中流露出孤寂的面容，憂鬱的眼神。主持人這樣說：「當一顆星星殞落的時候，我們看到星星的輝煌，也看到了星星留下的軌跡，這是威廉斯給我們留下的多方面的思考。」

海神波塞東的指紋

一九九九年的夏天，我們即將離開駐節三年的雅典，返回美國。無論時代怎樣的演變，無論現代科技怎樣地突飛猛進，希臘這個國家依然是一個神話國度。奧林帕斯山上的諸神依然是希臘男女老少可以傾訴衷腸、可以排憂解難的家人、鄰居、朋友。三年間，我早已同希臘人一樣，最要緊的日課便是與神對話。

告別是艱難的，我奔到德爾斐去看望阿波羅，太陽神笑道：「無論你在哪裡，我們每天都會見面，不是嗎？」祂溫暖親切的笑容一下子拂去了我臉上的淚水。是啊，阿波羅的金馬車永遠會駐足我家門前，我永遠會看到祂的笑容。但是，三年來一直在身邊的海神波塞東就不一樣了，我的家在北維州，與大海有滿長一段距離，我們不再能天天見面。但是，在我牙牙學語的時候，第一個字便是ocean，因為曼哈頓畢竟是一個島……。

從德爾斐返回雅典，直奔索尼昂（Sounion）。那是波塞東的大本營，最壯觀的神殿屹立在海邊。每天一早一晚波塞東、阿波羅叔姪倆在這裡同臺演出世界上最懾人心魄的日出與日落。我站在大理石臺階上，親愛的拜倫爵士的名字篆刻其上，我望著夕陽西下時分金燦燦的海面，看著正在奔湧的海浪將萬千鑽石拋灑在神殿腳下，淚如泉湧：「親愛的波塞東，我七十歲的時候，一定回來看你。」那一年我五十三歲，深信在十七年的時間裡一定會找到機會奔回來探望。好一陣，只聽得海浪溫柔的拍擊聲，金色的海面顏色漸漸地加深，終於一個浪頭奔突上岸，送來了波塞東低沉的語聲：「我的世界寬闊，你來地中海，我當然高興，你到別的海濱，我們也有見面的機會……」我沒有聽到祂呵呵的笑聲，心裡一直牽掛著……。

這就是為什麼無論在太平洋東岸還是大西洋西岸，當我面對汪洋大海的時候，思念海神的心情總也得不到徹底的緩解。這也是為什麼當我七十歲的時候一定要回到地中海之濱，實踐我對波塞東的承諾。

搭乘火車從艾克斯—普羅旺斯到馬賽只需半個小時，再搭乘兩站捷運，我們便抵達馬賽擠滿船隻的港口。這裡可是古代希臘船民發現的「天然良港」。念及此，我已經看到了波塞東美髯下調皮的微笑。

在馬賽同卡西斯（Cassis）之間，是法國的峽灣國家公園（Parc National Calanques），一個屬於波塞東的博物館。觀賞二十二道峽灣美景需要搭乘兩個半小時的郵輪。於我而言，最重要的便是可以乘此機會在地中海遨遊一番，一定能見到海神的，我自忖。

我們買到的船票是三點鐘的，於是，就在港口的餐廳吃午餐，馬賽的海鮮赫赫有名。我們到得早，占了一張三人座的圓餐桌。半個小時不到，大批觀光客來到，一位風度翩翩的中年人找不到座位，眼光投向我們身邊的空椅子，我們便開心地邀他同我們共進午餐，也告訴他我們來自美東華府。這位新朋友姓舒爾茨來自海德堡，先是很開心地告訴我們，他曾經在美國西南部的亞利桑納大學（U Arizona）做過研究，然後很靦腆地自報家門，他是研究所的水文地質教授，峽灣是他的研究項目之一。雖然對馬賽峽灣研究多年，每次來到此地仍然要去「朝見」這個「謎一樣的神奇景觀」。我大為好奇，峽灣在此地總有數萬年以上的歷史了吧？水文地質學家們對於這些峽灣的形成、變遷大約早有定論了吧？對於我這種全然外行的提問，舒爾茨教授微笑作答：「眾說紛紜、莫衷一是、沒有定論。」聽他這樣說，我在心裡笑了，我已經看到了海神會心的一瞥，於是不再說話，專心享用美食。

外子 Jeff 對這個話題大感興趣，很虛心地請教馬賽—卡西斯峽灣同挪威峽灣的不同。舒爾茨教授便解釋給我們聽。當冰川以雷霆萬鈞之勢緩緩切割大陸之際，海水倒灌進陸地上的河流，形成美麗壯觀的峽灣，挪威西海岸的峽灣便是典型。但是，馬賽卻是全然不同的，規模小，似乎與冰川無關，亦無火山，同普羅旺斯兩條河系也沒有什麼直接的關係，峽灣只在地中海濱，沒有深入河谷；它們直立著，也並沒有隨著歲月的侵蝕而緩緩入海⋯⋯。舒爾茨教授不知不覺進入了他的研究領域，我們聽得又興奮又迷惑，雲裡霧裡找不到北。

終於，上船了。郵輪緩緩駛出馬賽港沿著海岸線向南再向東進發。首先映入眼簾的當然是地中海水色的豐富多變，鉛灰、墨藍、海軍藍、湛藍、寶藍、蔚藍、碧綠、松綠、天青，甚至酒紅。正感動得說不出話來，眼前白光一閃，天吶，一道又一道雪白的岩壁自水中拔地而起威風凜凜直插碧空，仰望岩頂，頭上的草帽滑落下來，這才看到峭壁頂端小小一棵樹。耳邊，舒爾茨教授讚歎：「峽灣，舉世無雙⋯⋯」

為了保護這天然美景，法國政府嚴禁任何形式的開發。峽灣附近地域沒有任何建築物，更沒有道路通車，若是要沿著山路健行，必定要付出極大的體力。遠離了人群，峽灣安然無恙。雪白的巉巖之上偶爾見到勇敢的攀岩者正沿著繩索攀援而上。峭壁極為險峻，與海平面成九十度角。偶有岩洞出現，杳無人跡。那岩洞似乎正在開口說話，講述著古老的故事。岩壁之下，偶見小小沙灘，著泳裝的三五男女在沙灘上曬太陽，海水中幾位泳者正在競技。龐然的岩壁高聳入雲，星星點點幾個人真是不成氣候。岩壁之下有小小避風港，可容一兩條小船轉身，偶見油漆得鮮豔奪目的小船鑽進岩壁消失不見，轉瞬間又開了出來，在湛藍的海水上畫出細細一道漣漪，如同晶瑩的珠串。

正看得入神，忽見一道岩壁來到面前，上面布滿平行的迴紋，岩壁頂端有一洞，似乎是手指用力時留下的痕跡……，我喃喃自語：「海神的指紋！」瞬間，我聽到了來自身後海面上那呵呵大笑的聲音，一顆心被幸福的感覺融化了。

舒爾茨教授指點著卡西斯的方向：「你看，卡西斯的地貌完全是棕黃色，白色峽灣山巖到此戛然而止，不是非常奇異嗎？」我回答：「一點不奇怪，當初古希臘船民西來探險無處停靠，海神波塞東雙手用力，掀起海底嶙峋白石推成直立的岩壁，航道豁然開朗，天然良港就在眼前了，船民歡喜無限……。這一推留下的指紋到現在依然清晰可見……」海浪跳躍著，郵輪左右搖擺，緩緩轉身駛回馬賽，一路上，我都見到海神美髯下會心的微笑。

奔向普林斯頓

二○一七年四月初的一個星期四，我們早上七點半鐘從北維州維也納小鎮的家中出發，飛車撲向北方，直奔兩百英里之外位於新澤西州的普林斯頓大學博物館。我們的身後是緊緊追趕的暴風雨。一個半小時之後，烏雲罩頂，大雨傾盆，高速公路上車流明顯減速。在德拉瓦大橋上更是雷電交加，一個個霹靂當頭劈下，聲勢驚人。我們的車子繼續勇往直前。

天氣這麼糟糕，為什麼非要在這一天北上？因為平時博物館下午五點鐘關門而在星期四卻會延長到晚上十點鐘才關門，我們若是在途中遇到狀況，最少可以贏得進館參觀的最後幾個鐘頭。

一所大學的博物館總是在那裡的，又何必要這麼緊張？是啊，博物館總是在那裡的，一個極為難得的特展卻有著時間的限制，一個絕對不容錯過的展覽自三月四日起到六月十一日止。我們必得在工作的間隙找出一天，奔去看這個展覽。

什麼展覽需要如此的不顧行車安全飛奔而去啊？世界上就是有些東西有著致

命的吸引力，萬一錯過，今生絕對沒有機會再見。這一次，「柏林畫師與他的世界」就是這樣的一個展覽。

讓我們展開想像力，在兩千五百年以前的西元前五世紀，在古希臘的雅典城邦，有這麼樣的一位藝術家在黑色釉彩的陶甕上以黑色勾勒，以陶土本身的棕紅色精緻描畫神話故事、社會生活、人生百態而形成了他（或者是她）的個人風格。這位藝術家的首次「個展」在西元二十一世紀隆重舉行，難道不值得我們飛奔而去嗎？

古希臘陶甕的製作始於西元前五千年，到了西元前六世紀，在陶甕上以紅線勾勒的黑色圖形（Black-figure style）盛行起來，而到了西元前五世紀，更為精緻的以黑線勾勒的紅色圖形（Red-figure Style）開始流行，將其發揚光大的就是我們這位藝術家。

彩繪陶甕是極為複雜而艱難的技藝，陶甕將乾未乾之時，表面如同細膩的皮革，藝術家們便要刻出圖形輪廓並且做簡單的勾勒，圖形以外覆以黑色釉彩的部分成為陶甕的整體色彩，沒有上釉的部分成為圖形的背景，圖形本身覆以黑釉。入窯燒過之後，沒有上釉的部分不但保持了陶土的顏色而且因為高溫而產生了變化成為一種美麗的棕紅色，烘托出黑色圖形的堅實、清晰、美觀。但是如果要讓圖形更為細緻，就要反過來做，用黑線勾勒圖形，以黑釉為背景，而讓陶土窯變成的棕紅色成為圖形的主體。在燒過一次的陶甕上再用細如髮絲的畫筆以透明的釉彩描繪細部或用黑色描摹頭髮、鬍鬚、裙襬等等，然後再次入窯，高溫產生的窯變很可能帶來失敗，若是成功，便成就了世界上最古老的精湛繪畫，人類要等到歐洲文藝復興，才能見到可以與之媲美的藝術品。

我們來看一下近代史，一八三四年，一批雅典古甕、陶瓶在義大利中西部海濱城市烏爾契的伊特魯斯坎墓穴中被發現，並且移居柏林的一家博物館。一九一一年，牛津學者約翰．畢茲里爵士對這批陶甕的深入研究導致出一個結論，這批陶甕上面沒有簽名，但它們是典型的雅典古陶器，多半採用紅色圖形的精細畫法，絕對出於大師之手，不但非常的精美而且展現出非常獨特的個人風格，線條細膩而流暢，畫面採用神話或日常生活的部分情節，不顯得擁擠；在弧形陶器上，圖形平坦而渾厚、豐滿，充滿立體感，不會造成任何視覺障礙而且生動活潑；人物的眼神流露出喜悅、祥和、歡愉，栩栩如生；這些彩繪陶器似乎沒有經過兩千多年歲月的折磨，好像昨天才剛剛做成，其鮮明亮麗耀人眼目。它們很可能出自同一位藝術家之手，而他的強項正是黑線勾勒的紅色彩繪。於是西元五世紀初的一位畫師在藝術史上便有了一個名字，叫做「柏林畫師」，因為有關他的作品的研究是在柏林進行的。

西諺有這樣一個說法，「為了得到一支伊特魯斯坎花瓶，人們不惜傾家蕩產。」

普林斯頓大學博物館為世人爭取到這樣的一個機會，親手研究、鑑定過數千件希臘古陶器的專家麥克・帕傑特經過精心的策劃，推出了這個絕無僅有的展覽，讓我們看到八十四件珍品，其中五十四件出自柏林畫師的手筆，二十二件是他周圍的畫師的作品，還有八件同時代的作品，於是我們便有了對照，更清晰地看到了柏林畫師的與眾不同。這些展品不只是來自柏林、慕尼黑，也來自巴黎、維也納、倫敦、牛津、梵蒂岡、巴塞爾等地的頂尖博物館。在美國本土，普林斯頓大學不但貢獻出自己的館藏，而且調集了來自波士頓、紐約、佛蒙特、新罕布什爾等地著名博物館的館藏。我們何其幸運，在短短數小時裡，能夠看到這許多珍品滙集在一起，帶著歷史的香氛，展現出古代藝術家無與倫比的才華與技藝。那種幸福的感覺是終生難忘的。對普林斯頓大學的感激也是不會由於歲月的消逝而稍減的。

至於在豪雨中飛車四小時才能抵達此地的辛苦，在面對第一尊陶甕的瞬間，早已被我們拋到了九霄雲外。

活的紀念碑

從我居住的北維州小鎮維也納開車向東進發，不到二十分鐘便來到我曾經教書的地區，一個拔地而起的水泥叢林卻有一個美麗的名字，叫做「玫瑰苑」。玫瑰苑在波多馬克河的西岸，隔河相望，便可以看到一個白色的巨大建築物坐落在河濱，在它的前方不遠處是林肯紀念堂，在它的背後是著名的「水門」，旅館與公寓群落。林肯紀念堂讓我們銘記美國的歷史，水門會讓人聯想到政治的險惡、弔詭與殘酷。但是這個白色的高度將近一百英尺的巨大建築物卻是文化、藝術的守護神，它就是世界聞名的華府甘迺迪演藝中心，一座活的紀念碑，不只是紀念一位偉人，不只是紀念我們在戰爭中的勝利，不只是歌頌我們和平建設的成就，它的存在是在昭告世人，文化與藝術才是人類文明的基石。

一九五八年，艾森豪維爾總統簽署了文件建立基金會以便設立國家文化中心。一九六三年，一輩子熱愛藝術的甘迺迪總統親自檢視了愛德華．斯東設計的建築模型並且簽署了動用資金的法律文件，指定自己的妻子與艾森豪維爾夫人共同擔起責任，那時候，基金的來源主要是甘迺迪圖書館與波士頓美術館兩個民間機構。同年十一月總統遇刺之後，美國國會決定撥款兩千三百萬美元營建這個文化中心，並且易名為甘迺迪演藝中心，使其成為一座活的紀念碑。一九六四年底，詹森總統為這個建築物挖了第一鍬土，來自美國五十個州的學生參加了地基建設工程。大家都記得，那時候，空前殘酷的越戰開打。演藝中心的建設與戰爭同步進行，讓我們想到人類文明的積累與戰爭之間錯綜複雜的關係。建設的速度比較快，戰爭膠著期間，一九七一年，甘迺迪演藝中心正式啟用。第一臺大型節目就是伯恩斯坦為歌唱家、舞臺劇演員、舞蹈家同臺演出而創作的大型音樂劇 Mass，演出轟動卻也遭到批評，正如同許多的文藝創作一樣，常常是毀譽參半的。

走進甘迺迪演藝中心，就走進了世界上最大的一個「房間」，空中懸掛著美國五十個州的旗幟。在通往寬廣如同球場的露臺一側，中心的位置，矗立著甘迺迪總統的頭像，這件作品的作者是羅伯特．比爾克斯，著名的美國雕塑家。比爾克斯一生創作了數百尊雕塑，在華府就有非常著名的愛因斯坦雕像。他的作品還曾經被《時代》雜誌選為封面「人物」。經過總統頭像的身邊，推門而出，波多馬克河波光粼粼就在伸手似乎可以觸摸到的地方，不遠處，高聳的華盛頓紀念碑平和地站立著，藍白紅三色星條國旗圍繞著這座方尖碑形式的建築物，在風中飄揚著。這是美國的首都，繼往開來，歷史與現實與未來一目了然。

返回大廳，三座演藝場所一字排開，有一千一百六十四個座位的艾森豪維爾舞臺劇劇場在一側。中間是有兩千三百六十二個座位的歌劇院。另外一側則是有兩千四百六十五個座位的音樂廳。演藝中心的頂樓還有小劇場，一個小劇場是比較特別的表演場地，日本能劇通常在這裡演出。另外一個古希臘劇場形式的表演場地則為小型的演出而設，比方說默劇、獨角戲。

簡單來說，在這個演藝中心，每天接待的觀眾不會少於六千人。在這裡演出的團體與個人來自全世界。

二〇一八年二月二十三日上午十一點鐘，我們來到這個演藝中心的音樂廳，來聽一場音樂會，表演者是八十七歲高齡的美國國家交響樂團。國家交響樂團一九三一年組建，四十年之後，才有了自己的家——甘迺迪演藝中心音樂廳。不只有晚場演出，有些時候，也有午場演出。這一天，我們來聽出生於波蘭的德國指揮家馬爾克．捷諾斯基指揮國家交響樂團演奏三位德國作曲家的作品。捷諾斯基是世界級的優秀指揮家，他最熟悉最為熱愛德國作曲家的作品。我們知道，這一場音樂會絕對是天籟，不可多得。

果然，第一個曲目是韋伯歌劇《幽麗安特》的序曲，韋伯是將浪漫派音樂引進德國徹底改造德國歌劇的先驅人物。民謠風格的音樂便帶著我們流連於千變萬化的自然風光中，歐洲中世紀騎士們彬彬有禮地出現在樂曲裡，華貴而迷人。第二個曲目是布魯赫的小提琴協奏曲，作品26號。布魯赫是首屈一指的旋律高手，這首曲子讓小提琴引吭高歌，唱出狂想，唱出柔情，唱出故事。於是協奏曲如同歌劇一樣地懾人心魄。休息之後，我們聆聽的是布拉姆斯的第一號交響曲。創作時間超過二十年的這部交響曲以迷濛的C小調引出長長的啟人疑竇的慢板，戰爭的氛圍逐漸凝聚，沒有喧譁，只有舒緩的、謹慎的抒情化解了緊張，以讚美詩的樂調引領我們走向和平。

音樂會在觀眾起立長時間鼓掌中落幕。

走出音樂廳，我們聽到了全然不同的樂聲，便循著樂聲向大廳的另外一頭走去，就在艾森豪維爾劇場大門外，在大廳的盡頭，有一個舞臺，是供演出團體排練的地方，舞臺下方有些座椅，有興趣的人們可以隨意坐下觀賞。這一天，一個印度舞蹈團在舞臺上排練，激越的打擊樂聲中，身穿長裙的女舞蹈家們赤足在臺上旋舞，舞姿優美而強勁。我們正看得起勁，忽見身邊一位大約六、七歲的小女孩脫下鞋襪交給母親，走向前去，在舞臺下面，面對著印度舞蹈家們跳起舞來。這個金髮碧眼的小女孩穿著牛仔褲、白色T恤衫，跳得如醉如癡，其動作與臺上的舞者如出一轍。舞者們看到了小女孩，伴奏的樂者們也看到了小女孩，音樂的速度更快，舞者的舞步更繁複多變化，小女孩一點不著急，舞成了一陣旋風。

正看得有趣，發現演藝中心的工作人員正同小女孩的母親交談，原來小女孩參加演藝中心的印度舞蹈學習項目，今天課程結束正巧有印度專業團體在此地排練，便大膽地前來比舞一番。曲終人散之時，臺上的舞者紛紛跳下臺來把小女孩擁在懷中……。

我們滿心歡快地走出甘迺迪中心，成排的櫻樹含苞待放。華府最美的季節就要到了。

地標〇英里

二〇一七年的聖誕節頗為冷清，這一年輪到安捷小倆口到岳家過節，我們決定到美國的最南端去，並非為了避寒。外子Jeff的愛車是一部福特公司的絕版敞篷車「雷鳥」Thunderbird，馬力超強，在大都會地區走走停停幾乎沒有用武之地。Jeff深知愛車的委屈，便決定要讓車子在海天一線的美景中飛馳一番，Key west是最佳選擇。我當然贊成，因為海明威從一九三一年起，在那裡的一所大宅住了一段不太短的日子，海明威是我最喜歡的美國作家之一，去看看他寫小說的地方，那是再好也沒有了。

一切順利，元旦這一天，我們連同雷鳥一道在佛羅里達州中部下了火車，飛車近五百英里向美國最南端進發。果真，碧海藍天之間一條珠鍊一般的道路連接著一連串的小島，真是海天一線，雷鳥在陽光下意氣風發平穩飛馳，Jeff終於一償心願。我靜靜看向周邊，不久前颶風過境留下的創傷正在平復中，雖然仍有卡車停在路邊做最後的清理工作，但整個災區已經秩序井然，商店開門、餐館營業，繁榮而平和。海上漁帆點點，港口漁獲正在上岸。若是海明威還在老地方住著，這樣的好天氣，大概正興致勃勃同朋友一道駕船打魚……。

終於，抵達地標〇英里的 Key west，隔海相望，九十六英里之南就是古巴，那也是個海明威住過的地方。我們住進燈塔旅館，海明威故居就在對街。剛走進房間，兩頭貓跟蹤而至，一黑一黃，安閒自在，似乎這地方是牠們的地盤。毫無疑問，愛貓的海明威確實就住在對街。至於那著名的燈塔並非在頭頂，而是在旅館身後，海明威半夜醉懵懵返家，全靠這盡責的燈塔指路，到了燈塔跟前，就看到了自家大門，再聽到貓叫，那就萬無一失，可以推門而入……。

現如今，是我們推門而入。導覽人員正詳細介紹海明威的四次婚姻，還自以為幽默地警告在場年輕男士：「千萬不要把你的女友介紹給海明威認識」，引發一陣無聊的哄笑。餐廳懸掛的威尼斯水晶吊燈、水深九英尺的超大游泳池之類都是海明威第二任妻子的「傑作」，海明威愛的是藝術品而非奢侈品；至於泳池更是不必，小說家有大海為伴。

我關心的只是保母房間裡一只樣式簡單的白色食器櫃，那個毫不起眼的小東西是海明威放置手稿的地方，他把寫完了的稿子在這裡放上一陣，再拿出來修改，然後才會寄給出版社。我伸手撫摸著這個油漆剝落沒人注意的小櫃子，情緒複雜。我們都有過這樣的一個不為人知的地方，一個抽屜、一個紙板箱、一個小櫃子，在我們用筆寫稿的年代。「現在，我們把稿子寄放在『雲端』裡，寄出前的修改已經不落痕跡。」我跟海明威這樣說。

人們跟著導覽觀賞群貓，叫著牠們的名字，白雪公主、小王子、夢露、邱吉爾之類。

我一個人靜靜來到海明威的工作室。這是一個兩層的建築，樓下是堆放雜物的儲藏室，樓上是小說家寫稿改稿的地方。當年老廚房與此地連通，清早五點鐘，海明威端著咖啡從廚房來到這裡，要到下午兩點鐘才離開。一九四八年，老廚房與通道在暴風雨中倒塌。現在，工作室的門口建了鐵扶梯，一道向上，一道向下，方便遊客入內參觀。我拾階而上，走進空闊、冷清的工作室，三架書，書架上方是小說家獵取的大動物標本，這些標本在這裡助他寫完《非洲的青山》。兩張簡陋的木頭桌子，上面置放著兩臺老舊的打字機。就在這兩臺打字機上，海明威完成了《午後之死》、《戰地鐘聲》、《全有與全無》以及幾篇重要的短篇小說。桌子後面的木頭椅子，坐在上面九個鐘頭絕對不是什麼愉快的事情，所以，海明威大約會在室內踱步，朗讀他剛剛寫完的文字。工作室的窗檯上有一個大號的水瓶，室內有一個僅能容身的小洗手間，再無其他。我跟他說：「我來看您，您是那樣熱情的人，文字是那樣的直白清爽平實，卻繼承了無可救藥的家族遺傳，每念及此，我總是非常的傷心。」海明威苦笑：「更多的人卻認為我再也寫不出好東西，只有自我了斷。」那只是遲來的榮譽帶來的誤解而已，我的心裡有著一些些憤怒，但我沒有出聲，只是把一支筆留在桌上，筆桿是維吉尼亞州的楓木。離去之前回頭望，海明威正拿起那支筆細細端詳，臉上露出溫暖調皮的笑容。

回程遭遇大雨，何止是大雨，整個美國五分之四的土地都籠罩在凝重的冷氣團中。換句話說，我們正從美國溫暖的最南端撲進酷寒帶來的冰雪風霜之中。雷鳥的車篷拉起，快速飛進傾盆的冷雨之中。此時此刻，雷鳥展現了它的英雄本色，怒目圓睜，展翅翱翔，完全無懼惡劣天候。Jeff碎碎念，真是對不起，天氣這麼差……。我大聲讚歎，這才是雷鳥威風八面的好日子啊。

瓢潑的冰雨中，將雷鳥送上火車，我們也走進了溫暖如春的車廂。火車準時啟程兩小時後，停靠路邊，因為搬道岔被厚厚的冰層封住，解決之後，走不遠，再度停車，因為柴油短缺，而且運送柴油的車子無法準時抵達……。車窗外雪霧瀰漫，乘客們都了解路況有多麼危險，各自尋找打發時間的辦法，安靜等待。

在等待中，天亮了，列車周圍一片銀白。太陽升起來了，白熾的光線強烈地照射著鐵軌旁邊的鋼鐵設施，只見半英尺厚的冰雪以極其緩慢的速度一毫米一毫米地融化著，背陰處則動靜全無。此時此刻，我們還在美國的南部，外面的氣溫是攝氏零下十八度。

時間流淌，本來應當在火車上度過十六小時，結果我們在那裡度過了三十七小時。重溫了海明威的《渡河入林》同一本短篇小說集，心生異想，盼望著再回到 Key west 約了海明威去釣魚。然則，此時我已經站在自家門前的冰天雪地之中，〇英里地標已經在南方一千五百英里開外。

百分之三十俱樂部

萬里迢迢，從美東飛到美西，再穿越加拿大，直奔阿拉斯加的大城安格拉奇，唯一目的就是想親眼看看北美洲第一高峰，海拔六千一百九十四米，嚴冬時分，峰頂氣溫可達華氏零下一百五十度，終年積雪的麥可康利（Mt. McKinley）。按捺住渴望的心緒，在玻璃的全景車廂裡晃盪幾個鐘頭，滿眼只見撲天蓋地的濃雲密霧，心裡哀嘆，這九月初的日子，大約是見不到麥可康利了。

果不其然，在迪納利國家公園（Denali National Park），距離山腳只有五十英里的地方，生物學家C先生津津樂道的只是迪納利紅得耀眼的地衣。是的，這植被真是希罕，不同層次的紅色布滿山丘，十分壯觀。但是，麥可康利在哪裡呢？C先生遙指遠遠的雲霧深處那閃亮的小拇指甲般大小的一點點白亮之處，輕聲細語：「那就是了。」看我表情木然，他補充說：「要知道，全年三百六十五天，只有十八天，能夠看到她的容顏啊！」C先生不但使用女性稱呼而且一往情深。

回到投宿的塔基特納（Talkeetna）旅館，寬敞舒適的大廳裡赫然掛著巨大的麥可康利的玉照，黑白兩色，線條層次清晰無比，雪山端凝肅穆。燈火通明的禮品店門口，正在展示精美絕倫的攝影作品，模特兒只有一位，就是麥可康利。在晨曦或是夕陽的輝耀下，雪山或嬌羞或華貴，真正儀態萬芳。禮品店櫥窗展示著大書「百分之三十俱樂部」的各色無領衫，主旨明確，到此一遊的賓客們只有百分之三十的幸運兒能夠見到雪山真面目，有資格加入這一獨特的俱樂部，有必要購買這美麗的無領衫！遊客們望衫興嘆，紛紛轉移視線，研究攝影作品。禮品店提供送貨到家服務，遊客們知道自家的照相機無法捕捉到那迷人的容顏，只好打開錢包選購名家攝影。

我望著照片上的麥可康利，心裡一動，沒有阿波羅的關照，再棒的攝影家大約也是束手無策。

在只有短短一條街的塔基特納「市中心」信步漫遊，看到飛機服務站（Air Taxi）櫥窗裡懸掛著著名日本攝影家松本紀生的作品，雪山何止華貴，簡直是輝煌！服務站的R小姐熱情地告訴我，這位松本先生搭乘他們的直升飛機多次飛到麥可康利的山腰，降落在冰川上，都沒能夠捕捉到滿意的鏡頭。「結果，你猜怎麼樣？他居然像生活在北極的愛斯基摩人一樣，在山腰上鑿出一個冰洞，在裡面蹲了三個月，靠我們的飛機提供食物和燃料，就這樣，才拍到這麼出色的照片。」天吶！在雪山上等待三個月，才等到雲開霧散的日子！我對松山先生肅然起敬。

R小姐凝視著電腦屏幕，語聲頗沉重：「一位來自美東的攝影家，已經是第五次搭乘我們的直升飛機了，還是沒有辦法取得最好的鏡頭，雲霧太厚，能見度太低，雪山面目模糊。而且，氣象預報，最近幾天，都沒有轉晴的跡象。」

聽到這最後的一句話，我與外子對望一眼。他二話不說，買下了日本攝影家的作品。

望著鉛灰色的天際，我跟阿波羅聊天。我轉彎抹角：「也許這些天您太忙，沒有時間照顧阿拉斯加……」我沒說雲霧太厚的廢話，因為我知道，再厚的雲霧也抵擋不住阿波羅的凝視。

第二天，九月三日清早，六點五十分，外子忽然從床上跳起來，望向窗外，他揉著眼睛：「這是真的嗎？竟然是鮭魚色的！」我驚跳起來，一面望向窗外一面下意識的抓過衣服往身上套。窗外，薄雲繚繞，麥可康利整個兒沐浴在晨曦之中，美不勝收！隔著玻璃，拍不出好照片，我迅速穿鞋著襪，提起相機，飛奔出去。外子急問，樓上還是樓下？樓上！三樓露臺！話聲未落，人早已彈射出去，飛奔過樓道，一步三級跳上三樓，越過電腦室……。餐廳領班迎面含笑招呼，我絲毫也沒有放慢速度，匆匆說一聲待會兒見就向露臺大門撲去。

簡直是一頭撞進麥可康利懷中！晨曦漸退，碧空如洗，雪山連綿，晶瑩如玉。就那麼坦蕩，就那麼雍容地展露著她的丰采。我舉起相機，鏡頭裡是莫內的畫！

天吶，謝謝阿波羅費心關照，謝謝麥可康利慷慨大方，謝謝手中的小尼康克盡職守……。忽然聽得外子在身後說：「謝謝你那剛剛動過手術的膝蓋，它們可是盡其所能，讓你跑得像一陣風似的。」忽然，樓下歡呼聲大起，原來是一票遊客，歡天喜地，揮舞著百分之三十俱樂部的無領衫，正在向麥可康利致敬呢。

雪山見怪不怪，還以溫暖的微笑。

二〇〇九年九月十八日寫於華府近郊維也納小鎮

一個離我們很近的地方，叫做索契

索契在哪裡？展開一張世界地圖，在北緯四十三與四十四度之間、東經三十九與四十度之間畫一個方形的區域，索契正好在中間，黑海之濱，大高加索山脈西部山腳下，一個狹長的地帶。背山臨海風景壯麗，氣候宜人，使得這個地方在十萬年以前便有著人類的活動。此地又正好在歐洲與亞洲相接的地方，原住民多半來自亞洲。西元前五、六世紀，古希臘的商船便穿過地中海來到此地，與原住民做起了生意。十九世紀，北方俄羅斯一心控制黑海的全部資源與當地的原住民爆發衝突，導致幾十年的高加索戰爭，戰爭的結果之一便是索契地方的原住民被驅逐到土耳其境內。一八九六年，俄羅斯人才開始在這裡定居。現在，索契屬於蘇聯解體以後的俄羅斯，是一個冬季度假勝地，位於俄羅斯西南邊陲。離它最近的一個國家便是喬治亞，更確切地說是喬治亞境內的阿布哈茲自治共和國。

臺灣位於亞洲，位於太平洋海域，四周環水。地理位置在東經一百二十與一百二十二度之間，北緯二十一度與二十六度之間。臺灣與索契之間幾乎相隔整個亞洲大陸，看起來好像不近。但是，我們居住的藍色星球實在是很小，跨越亞洲的飛行時間不過數小時而已，更何況臺灣東西南北各地都是背山臨海風景壯麗氣候宜人的好地方，更拉近了與那北國小城之間的距離。

二〇一四年的二月，索契成為全球矚目的地方，因為這裡正在舉辦第二十二屆冬季奧運會，也是俄羅斯首次舉辦奧運會。同時，世界四大國際書展之一的臺北書展正在首都臺北市舉行，正巧也是二十二屆，吸引了全世界出版社、書商與愛書人的目光。在這個月裡，臺灣與索契成為亞洲東西兩端最明亮的兩顆星，倡導的正是人類最需要的和平、理性、智慧。

奧林匹克運動會不但是體壇大事，也關係到舉辦地的繁榮、昌盛，以及在國際社會的美好形象。因之，各舉辦國無不竭盡全力，將運動會辦得美輪美奐。索契的這屆運動會卻有著非常複雜的樣貌。首先，開賽之前的焦慮就異乎尋常，不但盛會所需設施久久無法準確到位，各國政府與代表隊也擔心恐怖襲擊。眾所周知，早在高加索戰爭時期，沙皇俄羅斯對頑強抵抗的車臣民眾採取高壓，引發激烈衝突。托爾斯泰的小說《戰爭與和平》、萊蒙托夫的詩歌《當代英雄》對此都有清晰的描述。之後，無論是前蘇聯還是解體後的俄羅斯都沒有吸取教訓，對於車臣的獨立呼聲一味高壓導致衝突不斷。索契離車臣很近，自然誘發疑慮。

然而，「恐怖襲擊」完全沒有出現。車臣人根本不想給奧運找麻煩。給奧運蒙上陰影的是俄羅斯自己。事關烏克蘭。

烏克蘭在哪裡？從索契往西，沿著黑海北岸，不遠處，便抵達與俄羅斯接壤的烏克蘭。更準確地說，最早抵達的地方就是烏克蘭境內的克里米亞半島。

烏克蘭前總統曾經順應民意同意發展與西方的關係加入歐盟，卻忽然翻盤決定靠攏俄羅斯，與歐盟保持距離。烏克蘭民眾十分清楚，總統先生必然是受到俄羅斯的威脅與利誘，於是奮起抗爭，要求無能的總統下臺。警察向抗議民眾開槍，血濺街頭。這一非常事件導致烏克蘭代表隊在索契奧運會上高舉烏克蘭國旗表達烏克蘭人民的憤怒與哀痛，也是向這一流血事件的背後操縱者俄羅斯領導人普亭表示抗議。所以，索契的運動會雖然花費鉅資，雖然自始至終辦得漂漂亮亮，但是全世界都知道，普亭不是贏家。俄羅斯的野心與控制慾完全不符合奧林匹克精神。

在烏克蘭人民的抗議聲浪中，腐敗的前總統逃之夭夭，他逃到哪裡去了？當然是俄羅斯。與此同時，普亭不再遮遮掩掩，派遣大軍壓境，直接進入有著許多俄羅斯人居住的克里米亞，逼迫烏克蘭軍隊撤出，實際控制了這個半島，甚至單方面「宣布」將克里米亞納入俄國版圖。

整個事件發展得極快，西方世界從一開始就提出口頭的抗議。烏克蘭是主權國家，俄羅斯的侵略行徑是對國際法的公然蔑視。然而，面對俄羅斯的坦克與大砲，國際社會的口頭抗議、私下斡旋、「經濟制裁」都顯得蒼白無力。大家也都知道，克里米亞的「陷落」只是開始，俄羅斯虎視眈眈，一心想要將烏克蘭東部的工業重鎮也都搶到手裡。烏克蘭的命運將怎樣發展，世人都在密切地注視著。

由於對俄羅斯霸權的厭惡，我們知道的一個事實就是，索契在奧運會之後不可能成為一個繁榮的旅遊地。人們心繫烏克蘭，來索契遊山玩水是無法想像的。

國際國內有六百四十八家出版社熱情參與的臺北書展風光開幕，圓滿落幕，繼續在世界上閃亮。主辦單位中華民國文化部在華沙駐臺北貿易辦事處與臺北書展基金會的大力支持下請到波蘭作家古瑞茨基。古瑞茨基與他在允晨出版的新書《邊境》一道出現在臺北國際書展。波蘭在哪裡？波蘭就在烏克蘭的西邊，兩國接壤！非常的時刻，非常的書寫，非常的展示。於是，臺灣與黑海之濱零距離。

我們都知道，波蘭在很長的時期裡，簡直不是一個國家，而是一片戰場。敵對數國軍隊在這裡碾過去，壓過來，留下的是廢墟與瓦礫，留下的是悲歌。當然，今日之波蘭早已是另外一個景象，波蘭作家古瑞茨基所書寫的卻不是波蘭的歷史與命運。他關注和書寫的是高加索南部三小國的歷史與命運。從索契往東，除了喬治亞，還有亞美尼亞，還有亞塞拜然。這些小國的命運與北方俄羅斯的舉動息息相關，與東、西方的理解與合作息息相關。

臺灣的讀者何其有幸，在古瑞茨基這本書翻譯成英文之前，就可以讀到這本書優秀的中譯本。於是，我們知道，世界上不是只有加拿大、美國、印度、中國、俄羅斯等等幅員遼闊的國家，也不是只有英國、法國、日本、德國、以色列等等說話很大聲的國家，還有烏克蘭、科索沃、喬治亞等等為了自己的命運奮戰不息的國家。關心他們就是關心我們自己，就是關心自己國家的歷史與命運。

當一條河變成了毒龍

二〇〇五年十一月的松花江，就是那條被人們傳唱了七十餘年的美麗河流。那曾經養育出漫山遍野的大豆高粱的河流，在化工廠發生爆炸，造成苯汙染，引發哈爾濱市斷水、俄羅斯憤怒的時候，再次引起國際社會的高度關切。這一連串的震動不但關係到中國大陸新聞不自由、重大事件仍然被掩蓋、被粉飾的現實，當這一條河變成了毒龍的時候，人們終於面對了更深層的文化方面的殘缺。

活性碳是什麼東西？那不是有泳池的美國家庭必須常備的過濾物質嗎？美國社會使用的活性碳，不是有很大數量都是來自中國大陸的嗎？當中國東北一個化工廠出現事故的時候，卻怎麼會「沒有足夠的活性碳」呢？難道，這化工廠平日排出的廢水沒有經過一定程度的處理就任憑它們自由地流淌到河流裡去了嗎？石化工業所可能造成的汙染是必須小心防範的，前提是必須對生態環境的保護有清醒的認識，更要了解的是保護自然環境是非常昂貴卻是絕對必須的。只顧賺錢而不肯花錢控制汙染，這不止是「程序」問題，實在是價值觀的問題。「崛起」的同時，戕害自然、蔑視生命，這所謂的崛起也就飽含了傾覆的危機。

就在松花江事件之前不久，大陸一位「熟悉環境保護」的官員在華府侃侃而談大陸政府在宏觀調控方面的高瞻遠矚。在座聽眾對長江的汙染深表關切。眾所周知，由於生態的被破壞與嚴重的汙染，早年的江南水鄉已經變成缺少飲用水的地區。沒想到，這位官員居然大手一揮，「對黃浦江施行的潔流工程將汙水全部送往出海口，黃浦江清爽多啦！」聽眾們錯愕不已，汙水進入大海，然後呢？順著海流，去向哪裡？官員卻頗為納悶，不知這些眉頭緊鎖、滿面愁苦的華府人到底在憂慮些什麼！

東北的嚴冬來臨，松花江水裡面的苯毒已經被冰封，將不可阻擋地被兩岸土地所吸收，將不可避免地影響到食物鏈。排毒的工作將需時十數年！中國大陸真正關心國計民生的有識之士發出了清醒的警告。這位在華府侃侃而談的官員是不是從中得到了一點啟發呢？

心潮難平的當兒，就很想看看最近還接觸過的一位東北詩人的作品。很想看看他筆下的松花江，他筆下的黑土地，以及那些辛勤勞作、生命毫無保障的善良人的生活。

打開詩集，一字全無。整本書都是「試驗性」的文字，滿篇的隱喻與暗示。個人的情感當然是很要緊的，但是，這些當代的知識精英距離這塊土地已經這樣的遙遠了嗎？難怪有人說，在大陸的出版品裡，討論「後現代」的文字遠遠超過關心國計民生的文字。

倒是出身農家的作家陳佳棣在一九九五年悄悄地、繞過各種人為的障礙，私下採訪了淮河流域四十八座城市，將他一百零八天的見聞，寫成了報導文學《淮河的警告》，首次大幅度地揭露了淮河流域驚心動魄的嚴重汙染。油汙的河面、火苗濺入河中、水面燃起熊熊大火、火焰竄起五米之高！讀過陳先生文章的人恐怕不會忘記這些樸實無華、毫無後現代意識的沉重文字。人們不禁要問，河水已經惡質如此，老百姓喝什麼呢？

大陸新華社一九九七年坦承：「中國國土汙水負荷量約為平均每年每平方公里八千六百噸；為世界汙水負荷量平均數每年每平方公里五百二十噸的十六點五倍。」

一九九八年，美國約翰·霍普金斯大學公共衛生學院也提出了切實的報告：「中國五萬公里主要河流的四分之三以上，都已經無法讓魚類繼續生存。」

北京《經濟參考報》在一九九六年就告訴社會，全中國有九億以上的人口在飲用已經被汙染的水。

臺北《聯合報》與《中央日報》都在最短時間裡，轉述了這個報導提供的一系列恐怖數字……。

住在華府的大陸作家鄭義更是在二〇〇一年根據極為翔實的資料寫出了六百頁的《中國生態緊急報告》。細讀這些報告，對於真正關心中國的人們來說，遠比翻閱「風花雪月」或「金枝玉葉」這類的文字來得緊迫。

當代名家·韓秀作品集

風景線上那一抹鮮亮的紅

2021年1月初版　　定價：新臺幣350元

著者	韓秀
叢書主編	陳逸華
校對	施亞蒨
整體設計	李偉涵

出版者	聯經出版事業股份有限公司
地址	新北市汐止區大同路一段369號1樓
叢書主編電話	(02)86925588轉5305
台北聯經書房	台北市新生南路三段94號
電話	(02)23620308
台中分公司	台中市北區崇德路一段198號
暨門市電話	(04)22312023
台中電子信箱	e-mail：linking2@ms42.hinet.net
郵政劃撥帳戶第	0100559-3號
郵撥電話	(02)23620308
印刷者	世和印製企業有限公司
總經銷	聯合發行股份有限公司
發行所	新北市新店區寶橋路235巷6弄6號2樓
電話	(02)29178022

副總編輯	陳逸華
總編輯	涂豐恩
總經理	陳芝宇
社長	羅國俊
發行人	林載爵

行政院新聞局出版事業登記證局版臺業字第0130號

本書如有缺頁，破損，倒裝請寄回台北聯經書房更換。　ISBN 978-957-08-5690-3 (平裝)
聯經網址：www.linkingbooks.com.tw
電子信箱：linking@udngroup.com

國家圖書館出版品預行編目資料

風景線上那一抹鮮亮的紅/韓秀著．初版．
新北市．聯經．2021年1月．304面．14.8×21公分．
（當代名家・韓秀作品集）
ISBN 978-957-08-5690-3（平裝）

874.6 109021710